〖中华诗词存稿·名家专辑〗
中华诗词学会 编

拾慧斋诗词选

李栋恒 著

中国书籍出版社
China Book Press

图书在版编目（CIP）数据

拾慧斋诗词选 / 李栋恒著 . -- 北京：中国书籍出版社，2019.11
（中华诗词存稿）
ISBN 978-7-5068-7579-0

Ⅰ. ①拾… Ⅱ. ①李… Ⅲ. ①诗集—中国—当代 Ⅳ. ① I227

中国版本图书馆 CIP 数据核字 (2019) 第 273505 号

拾慧斋诗词选

李栋恒 著

责任编辑	吴化强
责任印制	孙马飞　马　芝
封面设计	采薇阁
出版发行	中国书籍出版社
地　　址	北京市丰台区三路居路 97 号（邮编：100073）
电　　话	(010) 52257143（总编室）(010) 52257140（发行部）
电子邮箱	eo@chinabp.com.cn
经　　销	全国新华书店
印　　刷	北京虎彩文化传播有限公司
开　　本	710 毫米 ×1000 毫米 1/16
字　　数	280 千字
印　　张	25.5
版　　次	2019 年 11 月第 1 版　2019 年 11 月第 1 次印刷
书　　号	ISBN 978-7-5068-7579-0
定　　价	398.00 元

版权所有　翻印必究

《中华诗词存稿》编委会名单

顾　　问： 郑欣淼　郑伯农　刘　征　沈　鹏　
叶嘉莹

编　　委：（按姓氏笔画排序）
丁国成　王　强　王改正　王德虎
刘庆霖　吕梁松　李一信　李文朝
李树喜　陈文玲　张桂兴　范诗银
欧阳鹤　杨金亭　林　峰　罗　辉
周兴俊　周笃文　宣奉华　赵永生
赵京战　钱志熙　晨　崧　梁　东
雍文华

主　　任： 范诗银

副 主 任： 林　峰　刘庆霖

执行主编： 吕梁松　王　强　李伟成

秘　　书： 李葆国

作者简介

李栋恒，河南南阳人，1963年考入上海交通大学学习，毕业后曾在部队农场劳动锻炼一年；入伍后历任战士、排长，师、军党委秘书，营政治教导员，团政治处主任、政治委员，师政治部主任、政治委员，总政治部干部部院校处处长，机械化集团军政治部主任、副政治委员、政治委员，中国人民武装警察部队政治部主任，总装备部副政治委员兼纪律检查委员会书记，中央军委纪律检查委员会副书记；陆军中将军衔；中国共产党第十六届中央委员会委员，中国人民政治协商会议第十一届全国委员会常务委员。中华诗词学会顾问，中国人民解放军《红叶》诗社社长，中国书法家协会会员，中国作家协会会员。著有《李栋恒将军诗词书法作品集》（四卷）等。

总　序

　　我们这个诗歌大国有一个很好的传统，历来注重"采诗"、搜集整理诗歌材料。作为唯一的全国性诗词组织的中华诗词学会，自 1987 年 5 月成立以来，就十分重视这项工作。学会每年的学术研讨会和历届"华夏诗词奖"，都出版论文集和获奖作品集。纪念学会成立二十年、三十年时，还专门编辑出版了《大事记》《论文选集》《诗词选集》。《中华诗词》创刊以来，每年都制作年度合订本。2007 年 5 月，在北京天识东方文化艺术传播有限公司的资助下，以近代以来诗词创作、诗词理论、诗词运动重要文献汇编，当代名家个人作品专集等为主要内容，出版了《中华诗词文库》。经过十来年的编辑整理，已经出了近百卷。这些诗集、文集的出版，记录了近百年来尤其是改革开放四十多年来，中华诗词从起步、复苏走向复兴的砥砺前行的历程，为近、当代诗歌史的撰写准备了丰富的资料。

　　党的十八大以来，中华民族优秀传统文化重新受到应有的重视。习近平总书记《念奴娇·追思焦裕禄》词和《军民情》七律的相继发表，引领中华大地诗潮滚滚而来。《中共中央关于繁荣发展社会主义文艺的意见》和中办、国办《关于实施中华优秀传统文化传承发展工程的意见》，都明确提出"加强对中华诗词、音乐舞蹈、书法绘画、曲艺杂技和历史文化纪录片、动画片、出版物等的扶持。"国家教育部组织制定由中华诗词学会起草的新中国语言体系中的新韵书《中华通韵》已经通过国家语言文字工作委员会语言文字规范标准审定委员会审定，即将颁布全国试行。这些都使我们真切地感受到，中华诗词的春天真的到来了。诗人们乘着骀荡春风，正以高昂的激情，书写着中华民族伟大复兴的新时代、新史诗，国家富强、民族振兴、人民幸福的中国梦；正以与人民同呼吸、共命运的诗人之心，对人民的欢乐、人民的忧患、人民的情怀给以诗意的表达；正以"美"或"刺"的诗人之笔，对市场经济大潮中人民对幸福生活的期待，对美好未来的希望，对假丑恶的深恶痛绝，或给以方向，或给以赞美，或给以鞭挞。正如习近平总书记所指出的："好的文艺作品就应该像蓝天上的阳光、春季里的清风一样，能够启迪思想、温润心灵、陶冶人生，能够扫除颓废萎靡之风。"

当前，传统诗词创作者和诗词爱好者队伍发展迅速，已超过三百万。每天创作的诗词作品超过唐诗、宋词、元曲的总和。诗词评论研究队伍也成长很快，诗词评论、诗词学、诗词创作理论研究成果丰硕。如何从浩如烟海的诗词作品中"淘"出优秀作品，并使之存下来、传下去，如何使诗词研究理论成果"面世"并发挥应有的指导作用，确实是摆在我们面前的无可回避的一个重要课题。中华诗词学会是一个没有国家编制，没有国家拨款的社会团体，事业的运转主要靠社会赞助和会员费支撑。俊识（北京）文化传媒有限公司总经理吕梁松、北京采薇阁总经理王强，两位一直是对中华传统文化情有独钟的热心人，慷慨解囊，愿意同中华诗词学会一起，搜集整理编辑推出《中华诗词存稿》这套书，共同为中华诗词文化的继承和发展，做成这件十分有意义的事情。

《中华诗词存稿》主要搜集整理出版三部分内容的资料：一是当代诗词名家的个人作品集；二是当代诗词评论家、诗词学者的学术著作集；三是当代诗词作品、诗词理论学术成果阶段性、专题性、地域性的集成类作品集。诗词作品强调精品意识，沙里淘金，把"有筋骨、有道德、有温度"的优秀诗词作品搜集起来。诗词评论、研究类资料强调理论性和创新性，应具有鲜明的个性特点，具有创建性的见解。集成类的资料应有一定的史料保存价值。总之，做成一套具有当代价值和历史意义的好书。在此，我们编委会人员，向提供资料、筛选编辑、版面设计、校对勘误，包括所有为这套资料付出辛勤劳动的同志们，表示真诚的谢意！

郑欣淼

二〇一九年七月于北京

三、各卷主编为完成本书付了出艰辛的劳动；许多同志不计报酬、不图名利，为本文库的出版做了许多不为人知的工作；出版社的编辑同志们为本书也付出了大量心血。在这里，我们和吕梁松、李伟成执行主编一起，对他们表示衷心的感谢。

郑伯农　周笃文
二〇〇七年五月于北京

序

周笃文

这是一部别具异彩的诗集。

它纪录了一个山乡学童成长为共和国栋梁之才的足迹；

它奏响了一位戎马倥偬的歌者用大气浓情谱写的乐章；

它展现了一位共和国高级将领英文巨武的泱泱风采。

他，就是解放军中将、十六大中央委员、总装备部副政委李栋恒将军。

下面就让我们来巡礼一下他那光昌壮丽的人生轨迹：

一代聪明要自开

当新中国第一面红旗在天安门升起的时候，他才五岁。国家的巨变给地处伏牛山深处的内乡带来了深刻的变化。教育的逐步推广为农家子弟打开了求学之门。虽僻处山乡，生活艰苦，但乡贤宗悫的"愿乘长风破万里浪"的宏大襟抱，激励了这个少年奋发图强。他在《有感》（1961年）诗中写道："小邑犹如闺宿楼，隔离天下几多州。长风健翻书间有，化古融今苦索求。"这年他十七岁，已经鼓翼欲飞了。尽管当时生活十分贫困，衣食维艰，但他意志坚定，安之若素。在《眼儿媚》（1960年）中说："瓜菜多代饭仍稀，数米苦为炊。一杯开水，辣椒半勺，搅饮充饥。唯游学海甘甜觅，冻饿暂忘离。牛馋丰草，蜂恋花蕊，似醉如迷。"徜徉学海中，便冻饥俱忘，似醉如迷了。他以优异成绩升入高中后，为了稍补学费，寒假与同学王生去牧猪羊，以挣每天六角的补助。甚至发生了与猪争夺地垄红薯的插曲："王生撵豕争残薯，羊牴令其仆。龇牙捂股痛呼娘，忍俊心翻百味泪盈眶。"（虞美人）有时因缴不起饭费而踯躅校园："迎考逢收饭费，学堂又变愁城。无门告借叹天行，何日梦中能醒？"（西江月）"风雪饥肠夜，经纶锥股灯"（五律·寒门），"万盏明灯攻读夜，千帆骤雨远征船"（七律·随感）。天道酬勤，吉人多助。在师友与亲戚的支持下，栋恒终于以高分考入上海交大这所一流名校。从此可以享受国家的补贴，衣食无忧，充分发挥聪明才智，实现其冲击苍天的梦想了。他在《庆春泽》中说："喷薄朝阳，涂红抹彩，顿教光满乾坤。……青春勃发寒门子，聚名城老校，比翼云津……中华强盛钧天梦，报隆恩、务饱经纶。看他年，装扮神州，人尽东君。"一颗闪亮的将星，就这样从万山丛中冉冉升起。

金戈铁马作干城

栋恒同志1970年投笔从戎，为实现自己的强国梦，他贡献了自己的心血与才华。这，在诗中多有精彩的表述。如《浪淘沙》："星闪刺刀寒，独步回还。安危忽觉压双肩。真正人生从此始，万水千山！"这里他作为士兵第一次上岗的记录。"乍上风云路，初开日月篇。思奔连宇宙，步起洗腥膻。"这是参军周年的誓言。写行军拉练的有："风势助银龙，周天布阵重。夜沉沉、步履匆匆……三九练兵奔袭急，为来日，建奇功。"（唐多令）写国防施工的有："高山俯首，歌起冲星斗。地下长城穿远岫，大显英雄身手。炼成铁骨钢筋，更增壮志凌云。来日硝烟若

起,奇兵处处如神。"(清平乐)都是气冲霄汉的力作。再如演兵诸作,更充满排山倒海的气势。《率机械化集团军演习》:

  荒原万里腾狮影,晴宇千寻掠鹘姿。
  地裂天崩开火令,灰飞烟灭凯旋诗。
  大风忧曲何须唱,我自高歌砥柱师。

《寒冬大风沙中部队演习》云:

  健儿练兵来旷野,战车辚辚声震天。
  ……
  车隐人藏忽不见,唯有风沙空盘旋。
  红外侦察沟沟岔岔密密查,
  航拍照片勾勾点点细细研,
  千车万人何处去?踪迹难寻颇犯难。
  ……
  一声令下又复出,犹如天兵降人间。
  万炮响过重拳集,铁甲隆隆碾碎敌营盘。
  祖国有我雄师在,不教恶魔玷江山!

  这就是作为一线指挥官笔下的现代化军演的雄姿之实录。干城虎旅,尽显威风,足令顽敌丧胆。这些大气磅礴的诗篇可说是军旅诗词中开山性的鸿篇力作。

栋恒同志后来调任总装,参与领导了导弹卫星的试验与发射。于是在中华诗国的光谱中又新添了绚烂的色调。如写给酒泉发射中心的《赠东风人》:

万顷不毛地,千人枪一支。
冲天霹雳响,满世凯旋诗。

《赠海上卫星测控队》:

凌波增浩气,海上牧繁星。
事业垂天宇,长歌唱转萍。

其《永遇乐·贺神舟六号载人航天圆满成功》云:

玄奥天宫,人间世代,魂萦情系……
而今巨变,中华龙醒,不再仙凡迢递。
叩约前秋,此行多住,娓娓传心意。
来年将往,苍穹深处,探秘遨游星际。
复兴业,扶摇直上,更加壮美。

一幅幅卫国强军、振兴中华的巨丽图景,就这样呈现在我们眼前。作为新中国培养的英才之代表,他同人民解放军之科技强军可以说是同步前进的。在他的诗作中,我们可以感受到共和国发达的肌体与强健的心脏之搏动。

心香一瓣献诗坛

栋恒少时负笈县中，已显露出众的文学才华，不仅是精于数理而已。当他考入上海交大学理科时，语文教师齐子义老师不与祝贺，说："要是我亲弟弟，非让你学文科不可。"后来他在《惜芳菲》中说："中榜恩师无贺语，怪我程门立误……今日虽年暮，强睁昏眼寻章句。"事实上，在栋恒的波澜壮阔的人生征途中，诗词一直陪伴、激励着他去搏击、奋斗、创造辉煌。从而为当代诗词留下如此厚重多姿的宝贵篇章。如果说到他创作的特点，我以为至少在以下几个方面给人留下了深刻印象，首先是气象雄浑：如《黄河壶口》：

呼啸群龙争出，势似山崩地裂，百里响轰雷。遮日晴空雨，千丈彩虹飞……

万代风云战鼓，万众心声哮吼，险阻化烟灰。葆此精神在，古国永朝晖。（水调歌头）

另如：《海螺沟冰川》

已越千重雨，又拨数层云。迎来红日东照，方识近天门……万载冰川浩荡，雄气振乾坤。几挂狂喷飞瀑，百丈高悬素练，欢唱伴冰神。人处晶莹界，澄澈化清纯。（水调歌头）

壮丽奇伟的山河，已融入作者的诗歌世界，焕发出昂扬的精神力量。诗人需要山水作育，也能使山水增辉，这就是一个佳例。

乡情与爱心也是李诗的长处。如《沁园春·寄故乡南阳》：

> 地灵尽显风流，有灿灿群星耀九州。算医商二圣，泽滋万世；地天两仪，誉载千秋。光武中兴，孔明宏对，大略雄才凭运筹。看来者，似青松队队，衮衮骅骝。

又如《离亭燕·妻携幼女休假期满，送其还乡》：

> 微雨高灯昏照，纷乱站台喧闹。幼女不知离别苦，挤上列车嬉笑。转看送行人，"爸没上来"惊叫……报国此身非属我。无限亲情深窖。湿夜望沉沉，汽笛渐遥声杳。

英雄壮志与儿女柔情是如此相融相浃地统一在一起，这就是当代军人的崇高风采。

沉潜的理性思考，是李诗的又一特点：其《无题》云：

> 三人成市虎，众口能铄金。
> 若无辨奸术，空有伯乐心。

诗下小注说：这首诗是作者在总政干部部工作期间所写，"强调要把全面考察识人与深入分析传言统一起来，防止谣言误人"。《虞美人·闻喜》云：

儿时闻喜心花放，笑挂眉梢上。中年闻喜喜无形，口不多言志欲摘天星。老来闻喜常猜度，辨析藏何错。心如古井气如磬，大树斜凭思索克新难。

面对喜讯，青年、中年与老年的心境如此不同。"心如"二句是何等沉潜与睿智的境界。一个成熟的哲人与政治工作者的形象便跃然纸上了。

《乐记》，中国这部最早的美学专著中提出了"情深而文明，气盛而化神；和顺积中而英华外发"的经典性论断。读栋恒的诗最令人感动的就是其充实而高尚的人格的芬芳。在他的诗中，真诚、坚定、宽容、博爱的德行美与雄浑、厚重、高朗、绵密的风格美是那样和谐地统一着。如《诉衷情·春草》：

生生小草傲寒流，顶石硬探头。
火烧兼遇千踏，更见嫩芽抽。

再如《雁》：

不负清秋不负春，饥寒万里越云津。
一年两度昭尘世，仰对青天大写人！

从缤纷的万象中发掘诗材，并把它升华为一种积极向上的生命体悟，鼓舞人们开拓、创造、前进。这就是我读后的一点体会。时代需要这样的佳作，我们期待栋恒同志为当代诗坛作出更多的贡献。

序作者：周笃文，字晓川，一九三四年生，原中国新闻学院教授，中外文化研究所所长，是国务院表彰的特殊贡献专家，从事古典文学及文献学教学研究四十余年，于宋词研究、敦煌文献及中医学古籍、文学训诂之学攻治有年，是中国韵文学会和中华诗词学会创始人之一。历任中华韵文学会常务理事、中华诗词学会副会长、中华诗词编著中心总编辑。发表百余万字的专著及论文。主编《中外文化辞典》、《全宋词评注》，已发表近千首诗词，多次获得论文及创作大奖。主要著作有《宋词》、《宋百家词选》、《金元明清词选》、《华夏之歌》及《敦煌王羲之二帖古临本考》、《暖笙杂考》、《敦煌古脉经考略》、《世纪诗谜新解》等。

目　录

总　序························郑鑫淼 1
序··························周笃文 1

有　感························ 1
雪夜思亲，时值全国大饥荒············ 1
看　书························ 2
长相思························ 2
西江月························ 3
谒南阳武侯祠···················· 3
接大学录取通知书·················· 4
卜算子·孤飞天鹅。兼惜友人············ 4
庆春泽·入上海交通大学学习。晨，登高望远···· 5
国庆观灯······················ 6
夜宿江南小村···················· 7
武陵春························ 7
江南飞雪······················ 8
如梦令························ 8
晨江咏························ 9
江南春························ 9
在上海听焦裕禄事迹报告·············· 9
秋日登高······················ 10
酷夏午间村景···················· 10
南歌子·村趣···················· 11
长　江························ 11
登长城························ 12
忆秦娥·风雨中行军················ 13

读　史……………………………………………… 13
远　征（新韵）…………………………………… 15
清平乐·雨中行军………………………………… 15
在江西煤矿井下劳动一个月……………………… 16
破阵子……………………………………………… 16
苏北早行道中……………………………………… 17
水龙吟·过北宋故都汴梁………………………… 18
减字木兰花·大学假期勤工俭学………………… 19
满江红·游景山…………………………………… 19
过山海关…………………………………………… 21
1969年在农场接受再教育纪事　十首…………… 21
　　　一、赶猪……………………………………… 21
　　　二、灭火……………………………………… 22
　　　三、破冰育苗……………………………… 22
　　　四、驾辕拉大车…………………………… 23
　　　五、抓蛙…………………………………… 23
　　　六、海滩捕蟹……………………………… 24
　　　七、捉鼠…………………………………… 24
　　　八、糗事…………………………………… 25
　　　九、雨夜宿舍前墙外倒……………………… 26
　　　十、盖新房………………………………… 26
扬州慢·山石……………………………………… 27
寄同窗……………………………………………… 28
浪淘沙……………………………………………… 30
欣　欣……………………………………………… 31
五绝　十二首……………………………………… 31
中秋观月…………………………………………… 35
除夕夜自辽南寄河南友人………………………… 35
入伍一周年作（新韵）…………………………… 36

随　感	36
题《岳少保书武侯出师二表》	37
三十随感	38
严冬夜间拉练	38
暮登盘龙山	39
唐多令·雪夜奔袭	39
阮郎归·山村人家	40
读《金光大道》中对冯少怀家虐待童养媳的描写有感	40
赠医生朋友	41
严冬，致青帝	42
村　媪	42
暮登四工区山	43
七律　二首	43
女儿在武汉诞生，登蛇山观长江	45
有　感	46
挽周恩来总理	47
自　省	47
周恩来总理逝世周年祭	48
读　史	48
瑶台聚八仙·谒西湖畔岳飞墓	49
三炮连文化夜校开课，喜赋	50
呈老首长彭仲韬政委　二首	51
复在军校学习的同志（新韵）	52
醉太平·久别见幼女	52
卜算子	53
清平乐·国防施工	53
边寨秋深	53
黄　河	54
感事思李兆书老首长	54

故　宫…………………………………………………………… 55
水调歌头·观海………………………………………………… 56
离亭燕·妻携幼女休假期满送其还乡…………………………… 56
带　飞…………………………………………………………… 57
咏花三章………………………………………………………… 57
　　桃　花……………………………………………………… 57
　　荞麦花……………………………………………………… 57
　　昙　花……………………………………………………… 58
诉衷情·春草…………………………………………………… 58
复老同学、老战友转业后来函………………………………… 58
老友重逢旋别…………………………………………………… 59
满江红·红七连荣誉室………………………………………… 59
临江仙·春节纪事……………………………………………… 60
最高楼·时间…………………………………………………… 60
沁园春·读屈原、李白、杜甫、陆游、
　　辛弃疾爱国诗词有感…………………………………… 62
减字木兰花……………………………………………………… 64
江城子·率部进行实兵检验性师进攻演习…………………… 65
永遇乐…………………………………………………………… 65
满江红·贺115师建师45周年………………………………… 66
深　山…………………………………………………………… 67
无　题…………………………………………………………… 67
读　史…………………………………………………………… 68
世　赏…………………………………………………………… 68
读　史…………………………………………………………… 68
随　感…………………………………………………………… 69
念奴娇·戏谈诗酒……………………………………………… 69
永遇乐…………………………………………………………… 71
春………………………………………………………………… 72

西汉人物杂咏　五首……………………………………… 72
　　刘　邦………………………………………………… 72
　　萧　何………………………………………………… 72
　　张　良………………………………………………… 73
　　韩　信………………………………………………… 73
　　虞姬、戚夫人………………………………………… 73
过三峡……………………………………………………… 75
读　史……………………………………………………… 75
电视片狮子家族组诗　三首……………………………… 76
　　雄　狮………………………………………………… 76
　　母　狮………………………………………………… 76
　　幼　狮………………………………………………… 77
西江月·夜雨后…………………………………………… 77
八声甘州·我军官兵佩戴军衔标志……………………… 78
榕　树……………………………………………………… 78
赠友人……………………………………………………… 79
赠小作家…………………………………………………… 80
乌夜啼·山溪……………………………………………… 81
瑶台聚八仙·天目山……………………………………… 82
读　史……………………………………………………… 83
忆秦娥·急行军…………………………………………… 83
鱼…………………………………………………………… 84
读　史……………………………………………………… 84
摩托车比赛（新韵）……………………………………… 85
冬暮野行道上……………………………………………… 86
伤某君……………………………………………………… 87
苏联沉沦有感……………………………………………… 87
读　史……………………………………………………… 88
行香子·读《虎团长》一文……………………………… 88

偶　记	89
可怜松	89
高山哨所	90
满庭芳・王府豪宅	91
踏莎行	92
感时步鲁迅诗韵	92
扁　舟	93
金风吟	93
满江红・咏梅	94
冰灯展	94
三九天在待机地域地下工事中演习	95
咏　桂	95
赠画家兼作家李人毅	96
沁园春・游二龙湖	97
无　题	97
寒冬大风沙中部队演习（新韵）	98
读　史	98
浣溪沙・地下待机歼敌	99
御街行・寒冬夜拉练	100
乌夜啼・夜行军	100
冬　练	101
六州歌头・寒冬演习	101
虞美人・闻喜	102
率机械化集团军演习	102
访周恩来留学法国时巴黎故居	103
鹊桥仙・六月上天山	104
夏雨后游颐和园	105
念奴娇・秦兵马俑	105
水调歌头・黄河壶口	107

赴玉田途中突遇黑风……………………………………… 108
百字令·为母校上海交通大学建校一百周年而作……… 110
望海潮·五台山…………………………………………… 110
玉漏迟·乘车穿行塔克拉玛干沙漠公路………………… 112
谒昭陵……………………………………………………… 113
浣溪沙·九寨沟…………………………………………… 114
望海潮·峨眉山…………………………………………… 114
沁园春·云南……………………………………………… 116
观大型国画《江山万里图》……………………………… 117
秋雨中游南京莫愁湖……………………………………… 118
与友人登石头城,谈南朝旧事…………………………… 118
守卫黄河铁路大桥武警官兵……………………………… 119
暮游嘉峪关………………………………………………… 120
千秋岁·谒海南毛公山…………………………………… 120
宁夏银川沙湖……………………………………………… 121
观世界杯足球赛有感……………………………………… 122
于　谦……………………………………………………… 122
西江月·参观河北平山县西柏坡………………………… 123
月牙泉……………………………………………………… 123
岳飞墓……………………………………………………… 124
望海潮……………………………………………………… 125
登北固亭…………………………………………………… 126
林则徐虎门销烟160年祭………………………………… 127
调笑令·贪官……………………………………………… 127
山区偶见…………………………………………………… 128
六盘山……………………………………………………… 128
夏夜旅次海滨……………………………………………… 129
东海看日出………………………………………………… 129
烟　花……………………………………………………… 129

感皇恩·为老人祝九十大寿…………………………… 130

庆澳门回归…………………………………………… 130

黄山看日出，久候不见，观者多散去。
　　忽风起云开，日方出矣…………………………… 131

木兰花慢·驱车访"岳阳天下楼"，至时天已暮矣。… 132

游京西樱桃沟………………………………………… 133

西江月·夜登高观市容………………………………… 134

人月园·颐和园大雪…………………………………… 135

锦缠道·赴八宝山参加遗体告别仪式………………… 136

偶　书………………………………………………… 136

画堂春·初夏晨练闻莺………………………………… 137

读东坡、稼轩词……………………………………… 137

妄咏诗坛巨擘　六首………………………………… 138

　　李　白……………………………………… 138

　　杜　甫……………………………………… 138

　　李商隐……………………………………… 138

　　苏　轼……………………………………… 138

　　陆　游……………………………………… 139

　　辛弃疾……………………………………… 139

赠马卫华……………………………………………… 141

无　题………………………………………………… 142

贺新郎·竹海…………………………………………… 142

游甲午海战故战场刘公岛…………………………… 144

南阳独山……………………………………………… 144

千秋岁·战马，兼惜友人……………………………… 145

西江月………………………………………………… 146

临江仙·寻……………………………………………… 147

五　律………………………………………………… 147

雁……………………………………………………… 148

七　律	148
沁园春·寄故乡南阳	149
沙尘暴	150
示女儿	151
浣溪沙·北疆坎儿井	152
贺兰山	152
平遥古城	153
汉宫春·乘艇近观金门诸岛	154
第三次谒韶山毛主席故居	155
牡　丹	156
动物园看狼	156
赠东风人	157
赠马兰人	157
赠草原人	158
六十述怀	158
花甲岁游恒山悬空寺	159
退休老将军	160
白首聚	161
水龙吟·游抚仙湖	161
青玉案·访意大利威尼斯城	162
读　史	163
虞美人·堵车	164
水龙吟·游圆明园遗址	165
江城子·除夕烟火	166
永遇乐	167
曾　当	168
鹧鸪天·颐和园百态口占	169
七　律	169
七　律	170

杨靖宇将军诞辰百年…………………………………………… 170
水调歌头·微雨乘缆车登海螺沟山观冰川…………………… 171
沁园春·钱………………………………………………………… 172
赠海上卫星测控队………………………………………………… 173
点绛唇·望山……………………………………………………… 174
江神子·访四川海螺沟冰川再赋………………………………… 174
七　律……………………………………………………………… 175
浣溪沙·游秦皇岛、北戴河……………………………………… 176
蝶恋花·春游植物园……………………………………………… 176
丑奴儿·梨园歇台老生…………………………………………… 177
小园晚竹…………………………………………………………… 177
观豫剧《程婴救孤》……………………………………………… 178
懒人戏说读书难…………………………………………………… 179
念奴娇……………………………………………………………… 180
鹧鸪天·戏吟老来耽诗词………………………………………… 181
赠退休诸友………………………………………………………… 182
夏日晨兴…………………………………………………………… 182
寒　门……………………………………………………………… 183
定风波·读《牧边歌》…………………………………………… 184
七律　二首………………………………………………………… 184
八声甘州·读历代诗词选，深感说愁太多……………………… 186
南乡子……………………………………………………………… 187
念奴娇·送友人…………………………………………………… 187
贺中华诗词第二十一次（湖南衡阳）研讨会召开……………… 189
雁都喜逢南阳诗词学会会长丁林老先生，步其韵……………… 190
附：丁林会长原诗
　　丁亥衡阳秋幸会解放军总装备部原副政委、
　　中将李栋恒……………………………………………………… 191
南岳衡山…………………………………………………………… 191

沁园春 …………………………………………………… 192
　五　绝 ………………………………………………… 194
西江月·访大磴岛 ……………………………………… 194
捧读晓川老《影珠书屋吟稿》有感 …………………… 195
　月 ……………………………………………………… 196
拜读子皋老《鸣皋集》 ………………………………… 197
玉楼春·酒后戏作 ……………………………………… 198
秋游宝天曼 ……………………………………………… 198
减字木兰花·大雾中访宝天曼 ………………………… 199
内乡古县衙 ……………………………………………… 200
　五　律 ………………………………………………… 201
沁园春·游张家界奇山 ………………………………… 202
西江月·九日登高 ……………………………………… 203
西江月·阔别桑梓四十余载，回乡有记 ……………… 204
傍晚登黄鹤楼 …………………………………………… 204
卜算子·元旦贺岁 ……………………………………… 205
题鹿寿图 ………………………………………………… 205
蓦山溪·访绍兴鲁迅故里 ……………………………… 206
惜余春慢 ………………………………………………… 207
钗头凤 …………………………………………………… 208
　春 ……………………………………………………… 208
　七　律 ………………………………………………… 209
看北京奥运会乒乓球男女单打决赛有感 ……………… 209
　七　律 ………………………………………………… 210
西江月·南方冰冻灾害 ………………………………… 210
秦淮河 …………………………………………………… 211
兰亭怀古 ………………………………………………… 211
鹧鸪天　三首 …………………………………………… 212
　五　律 ………………………………………………… 214

念奴娇·迎奥运圣火传递……………………………………214
戊子端午，汶川大地震后第一个节日…………………………215
国家体育场鸟巢…………………………………………………215
东风第一枝·参加北京奥运会开幕式有感……………………216
庆千秋·雾中游颐和园，此日适值余六十四周岁初度…217
五　　律……………………………………………………………218
贺大姐七十寿诞…………………………………………………219
苏幕遮·雨夜思…………………………………………………219
扬州慢·贺八一建军节…………………………………………220
浪淘沙·戊子年贺岁……………………………………………220
桂枝香·游绍兴，忆春秋时南阳乡贤范蠡、文种………221
西江月·戊子中秋………………………………………………222
沁园春·秋日登高………………………………………………223
西江月·普者黑泛舟戏水………………………………………224
西江月·贺彭仲韬首长九十寿辰………………………………224
南乡子·小园四季，兼答友人…………………………………225
颐和园日暮………………………………………………………225
七　　绝……………………………………………………………225
永遇乐·观神舟七号航天员太空行走，
　　感叹三十年改革开放伟绩………………………………226
送2008年…………………………………………………………227
沁园春·金融海啸………………………………………………227
调笑令·仓鼠……………………………………………………228
小外孙诞生………………………………………………………229
步南阳诗词学会郭玉琨会长原韵………………………………229
破阵子·忆率部演习……………………………………………229
三亚登高眺南海…………………………………………………230
观日全蚀有感……………………………………………………230
游神农架…………………………………………………………231

沁园春·访神农架 …………………………………… 231
醉蓬莱·游黄龙、九寨沟有感 …………………… 232
秋游九寨沟 ………………………………………… 233
七　　律 …………………………………………… 234
庆贺建国六十周年 ………………………………… 234
满庭芳·与高中诸老师、同窗阔别46年欢会 …… 235
如梦令·井冈山笔架山风景区 …………………… 235
西江月 ……………………………………………… 236
破阵子·游云台山 ………………………………… 236
早　春 ……………………………………………… 237
深秋日暮 …………………………………………… 237
南乡子·鸭绿江残桥 ……………………………… 238
潇湘神·贺新年 …………………………………… 238
七绝　六首 ………………………………………… 239
虎年寄语 …………………………………………… 240
水龙吟·梅 ………………………………………… 241
东风第一枝·早春 ………………………………… 242
参加全国政协反映民意共商国是会议有感 ……… 242
水龙吟 ……………………………………………… 244
夜宿千岛湖 ………………………………………… 245
读　史 ……………………………………………… 245
西江月 ……………………………………………… 246
柳梢青·赤壁雨中观江 …………………………… 246
读　史 ……………………………………………… 247
雨后游镜泊湖 ……………………………………… 247
镜泊湖 ……………………………………………… 248
参观上海世博会有感 ……………………………… 248
风入松·岳麓山爱晚亭 …………………………… 249
旅顺游记 …………………………………………… 249

观渤海、黄海分水线有感 ··· 250
患白内障戏作 ··· 250
西江月 ··· 250
宝鼎现 ··· 251
孤　树 ··· 252
巫山一段云·夜练 ··· 252
捣练子·除夕 ··· 253
风光好·贺兔年 ··· 253
送虎年　三首 ··· 253
口　占 ··· 254
雪　后 ··· 255
早　春 ··· 255
参加全国政协会议有感 ··· 255
红　线 ··· 256
宴　散 ··· 256
中华民族颂 ··· 257
恭王府赏海棠 ··· 258
厦门海滨晨吟 ··· 259
游杜甫草堂 ··· 259
瀑　布 ··· 260
人生感言　八首 ··· 260
有　感 ··· 266
西江月·游平山堂 ··· 266
有　感 ··· 267
昆玉河夏晨即景 ··· 267
忆　旧 ··· 268
久旱逢透雨 ··· 268
东北行 ··· 269
念奴娇·谒汤阴岳飞庙 ··· 269

千秋岁·谒太昊陵……271
南社百年纪念……272
步南阳诗词学会郭玉琨会长韵　二首选一……272
附：郭玉琨会长原诗
　　邀宝珊打乒乓球……273
某青年说……273
大渡河铁索桥……274
如梦令·花……274
如梦令·晨……274
苏北小村……275
西江月·又上井冈山……275
夜宿科尔沁大草原……276
沪上暮雨……276
为南阳百名诗词老师培训班而作……276
紫竹园小景……277
咏　诗……277
为南阳第二次诗词吟唱会而作……277
纪念中国共产党诞生九十周年……278
转调踏莎行观看庆祝建党九十周年大型文艺晚会有感……278
过卢沟桥……279
纪念武昌起义一百周年暨南昌起义八十四周年……279
垂　钓……280
西江月·偶感……280
老槐树……281
北戴河观海……281
南乡子·夏日晚饭后，海边久坐，大雾渐弥……282
水龙吟·海……282
水调歌头·海边有悟，兼寄友人……283
齐天乐·蝉……284

闲吟五题 ··· 284
　　蝉 ··· 284
　　蚊 ··· 284
　　蝶 ··· 285
　　蛮 ··· 285
　　萤 ··· 285
莲　子 ··· 286
部队跨区远程机动演习 ····························· 286
河　套 ··· 286
题《走出军营的士兵》一书 ······················· 287
贺天宫神八两次对接成功 ·························· 287
看电视动物世界《寂静的山林》 ················· 287
有　感 ··· 288
赠大宏 ··· 288
洛阳龙门石窟纪行 ································· 289
函谷关怀古 ··· 289
游皇城相府 ··· 290
老区临沂印象 ······································ 290
谒巩县杜甫墓 ······································ 291
西江月·泰山 ······································ 291
水调歌头·游白云山 ······························ 292
再到泉城 ·· 292
黄果树瀑布 ·· 293
参观摄影展十记　十首 ··························· 293
　　绿　意 ··· 293
　　沙　漠 ··· 293
　　群　瀑 ··· 294
　　天　际 ··· 294
　　深山小学 ······································ 294

梯　田 …………………………………………… 294
忧 ………………………………………………… 294
古　藤 …………………………………………… 295
山　村 …………………………………………… 295
晨　曲 …………………………………………… 295
秋 …………………………………………………… 295
读《当代军旅诗词选》…………………………… 296
采桑子·深秋练兵场 …………………………… 296
有　感 …………………………………………… 297
寄河南诗词学会会长林从龙老先生 …………… 297
读姚雪垠先生长篇巨著《李自成》……………… 298
乘飞机西行口占 ………………………………… 298
丝绸古道上 ……………………………………… 299
胡杨颂 …………………………………………… 299
南歌子·罗布人村 ……………………………… 300
画堂春·辛格尔哨所 …………………………… 300
宴山亭·秋游胡杨林 …………………………… 301
读　史 …………………………………………… 301
读　史 …………………………………………… 302
记某山村一师一校乒乓球活动 ………………… 302
冬　泳 …………………………………………… 303
潇湘神　四首·龙年贺岁 ……………………… 303
全球华人喜庆春节 ……………………………… 304
早　春 …………………………………………… 305
蝶恋花·倒春寒 ………………………………… 305
壬辰春望 ………………………………………… 306
海棠开 …………………………………………… 306
傍晚逛街 ………………………………………… 306
沁园春·洛阳牡丹花展 ………………………… 307

夏日暮望野　308
登黄鹤楼　308
鹧鸪天·偶感　308
重返辽阳，已阔别十六年矣　309
在上海大厦夜瞰外滩　309
贺我国女航天员刘洋乘神舟九号飞船上太空　310
登三清山　310
偶　记　311
偶　感　311
有　感　311
秋日暮游呼伦贝尔大草原　312
对　弈　312
大风曲　313
高阳台·游颐和园　314
临江仙　314
颐和园怀古　315
与老友王永民同访当年接受再教育时渤海湾部队农场　315
雅安行　二首　316
题刘迅甫长诗《农民工之歌》　317
岁　月　317
游武赤壁　318
游文武赤壁有感　318
吟于蔡伦墓前　319
谒武侯墓　319
《万马军中一哑兵》读后　320
水龙吟　321
题《云水佳境》图　322
家乡南阳举办第七届全国农运会，喜赋　322
题《中州英雄图谱》　322

全国多地打击黑社会···323
感皇恩・秋兴···323
摸鱼儿··324
摸鱼儿··325
苏幕遮・立春日挥毫··326
苏幕遮・除夕···326
寄友人··327
苏幕遮・边防哨所之春···327
酷　夏··328
毛主席120周年诞辰日有感·····································329
学书自嘲··329
夜游宫・夜宿三亚海边···330
三亚海滨月夜思··330
怀焦裕禄　二首···331
云南寄北··332
七　律··332
喝火令··332
七　律··333
看电影《那些失去的岁月》有感·································333
纪念"七・七"事变七十七周年·································334
访山东峄县冠世石榴园···334
蝶恋花　二首···335
为南水北调中路通水而歌······································336
浪淘沙慢・游古城邯郸···336
秋雨中访邯郸古丛台··337
甲午重阳至圆明园··337
西山赏秋··338
风入松・霾中至扬州··338
冬至日游公园··338

自京来三亚海滨有寄 …………………………………………… 339

瑞鹤仙 …………………………………………………………… 339

鹧鸪天　三首 …………………………………………………… 340

　　一、樽前说梅 ……………………………………………… 340

　　二、雪中品梅 ……………………………………………… 340

　　三、月下赏梅 ……………………………………………… 340

鹤冲天·贺三中全会胜利召开 ………………………………… 341

龙抬头歌 ………………………………………………………… 341

访通道侗寨 ……………………………………………………… 342

通道转兵 ………………………………………………………… 342

长相思·夜幕初降乘机赴京 …………………………………… 343

谒柳州柳侯（宗元）祠 ………………………………………… 343

满江红·为抗战胜利七十周年而作 …………………………… 344

昆玉河边春游有记 ……………………………………………… 344

再至玉门 ………………………………………………………… 344

齐天乐·蝉 ……………………………………………………… 345

水调歌头·乘夜航机 …………………………………………… 345

沁园春·贺军悦终端阅读器研制成功 ………………………… 346

齐天乐·观"九·三"大阅兵有感 …………………………… 346

望远行·大阅兵放歌 …………………………………………… 347

南浦·与大学同班同学游北固山 ……………………………… 347

七　　律 ………………………………………………………… 348

隆冬乘飞机返京作诗不成 ……………………………………… 348

　　和郭会长岁晚诗 …………………………………………… 348

　附：郭会长原诗

　　岁　晚 ……………………………………………………… 349

游天台山国清寺 ………………………………………………… 349

隋　梅 …………………………………………………………… 350

贺母校上海交通大学建校120周年 …………………………… 350

念奴娇·乘高铁去江南	351
咏龙泉剑龙泉青瓷	351
龙泉剑	351
永遇乐·游千峡湖	352
吟　家	352
南海非法仲裁案有感	353
G20峰会晚会	353
秋	353
写于毛主席诞辰日	354
敬步凯公韵贺《中华辞赋》创刊三周年	354
致友人	354
五　律	355
七　律	355
我航母舰队巡洋有感	356
海峡边月夜偶吟	356
无　题	356
有　感	357
海边月夜	357
作诗有感	358
蝶恋花　三首	358
夏晨游小园	359
夜宿海峡边，更深登楼远眺	360
粉蝶儿·忆上大学时与同学自上海步行韶山记事	360
附：于右任	
《国　殇》	361
中夜思	362
霜风晓角·海边晨步	362
党的十九大盛会有感	363
天　山	363

江城子·习主席颁训令全军开训……………………363
咏冬　八首……………………………………………364
五　律…………………………………………………366
水调歌头·咏梅………………………………………367
调寄清风满桂楼·阔别游子春日回故乡……………367
月中桂…………………………………………………368
垂杨碧·郏县三苏墓…………………………………368
访三苏祠　二首………………………………………369
山坡羊·寄友人………………………………………370
咏槐花…………………………………………………370
高　铁…………………………………………………370
将军山…………………………………………………371
春日小景………………………………………………371
钗头凤·花园口………………………………………372
河南炎黄广场…………………………………………372

再版后记……………………………………………373

有 感

小邑犹如闺宿楼,隔离天下几多州。
长风①健翮书间有,化古融今苦索求。

1961 年

【注】
① 长风:《宋书·宗悫传》:"悫年少时,炳问其志,悫答:'愿乘长风破万里浪。'"健翮:健壮的翅膀。

雪夜思亲,时值全国大饥荒

家人分五地,难晤似参商①。
鼠闹空粮罐,雪侵残纸窗。
父忧常肿腿,姊念共饥肠。
书寄还相慰,明朝有艳阳。

1961 年

【注】
① 参商:同为星名,此升彼落,永难相会。

看 书

看书何不惜，勤可把愚医。
净手清心后，再来求所期。

1962 年

长相思

偶过儿时租住旧居。我九岁时，慈母病逝于此，不久全家搬离，后即无人居住。

母鸡行，小鸡鸣。高树巢雏争饲声①。炊烟淡淡横。　房坍倾，草荒生。扫尽春晖②风过惊。断肠难了情。

1962 年

【注】

① "高树"句：院中高高的树上，鸟巢中的雏鸟发出了争要大鸟饲哺的叫声。

② 春晖：春天的阳光。唐朝孟郊诗《游子吟》云："谁言寸草心，报得三春晖。"以春晖指母爱。

西江月

元旦之夜，复习迎月考。逢收饭费，不得安坐。告借未获，踯躅校园。

天上星疏月仄，四周人静窗明①。风寒更觉薄衣轻，雪地徘徊孤影②。　迎考逢收饭费，学堂又变愁城。无门告借叹天行，何日梦中能醒？

1963 年

【注】

① "天上"二句：头顶上的星星疏朗，不圆的月亮斜挂着，四周的教室中，灯光明亮，复习迎考的人们在安静地学习。

② "雪地"句：在有积雪的校园中，一个人孤独地徘徊着。

谒南阳武侯祠

宛襄两地争贤相①，诸葛英名处处香。
苟立丰功滋②万世，今人亦可史留芳③。

1963 年

【注】

① "宛襄"句：河南南阳卧龙岗与湖北襄樊隆中都有诸葛庐，两地都说诸葛亮在自己地盘上躬耕隐居过。贤相：诸葛亮是蜀国丞相。

② 滋：滋润、泽被。

③ "今人"句：当今的人们亦能像诸葛亮那样万世留芳。

接大学录取通知书

囊中羞涩腹中空,唯在书间慰苦衷。
衣敝何曾心内怍①,学勤幸夺榜前雄。
寒家困境凭添喜,老父疴颜暂为融②。
莫叹难题仍费解,孔方驯服有长功③。

1963 年

【注】
① "衣敝"句:意即不曾为衣服破旧而心感惭愧。敝:破旧。怍:愧,惭愧。
② 融:消融,此指因喜悦而病容暂解。
③ "莫叹"二句:不必叹息囊羞问题仍难解决,长期的艰苦奋斗已培养了战胜困难、驯服孔方的本领。孔方:金钱别称。

卜算子·孤飞天鹅。兼惜友人

阵阵顶头风,滴滴秋凉雨①。力尽湖边暂憩停,梦扰喳喳语②。　　莺笑少歌喉,鸦贬雎雎羽③。鸡比卵多鹦比言,昂首高飞去④。

1963 年

【注】
① "阵阵"二句:一只天鹅顶着秋风、冒着秋雨在飞行着。
② "力尽"二句:它太疲劳了,在一个湖边暂时停留下来,想休息一下。但被喳喳私语扰了它的好梦。
③ "莺笑"二句:善唱歌的黄莺笑话天鹅没有一个好歌喉,

乌鸦却讽刺天鹅一身白衣十分难看。皬皬（hé）：《文选·何晏〈景福殿赋〉》："悠悠玄鱼，皬皬白鸟。"李周翰注："皬皬，白貌。"

④ "鸡比"句：鸡嘲笑天鹅生的蛋太少，鹦鹉挑剔天鹅不会学人说话。

庆春泽·入上海交通大学学习。晨，登高望远

喷薄朝阳，涂红抹彩，顿教光满乾坤①。楼海翻涛，路车宛若鱼群②。烟囱伟立丹霞里，似诗人、披发长吟③。浦江中，争渡轮船，汽笛干云④。　　青春勃发寒门子，来名城老校，比翼云津⑤。寻觅书山，全忘路转林深。中华强盛钧天⑥梦，报隆恩、务饱经纶⑦。看他年，装点神州，人尽东君⑧。

1963 年

【注】

① "喷薄"三句：指旭日喷薄而出，使天地涂染上红光异彩，阳光顿时普照了天地万物。

② "楼海"二句：无边的高楼大厦像一片海洋，时而卷起波浪。城市道路上的车辆在楼海中穿行，就像海洋中时隐时现的鱼群。

③ "烟囱"二句：那屹立在朝霞中的烟囱，冒着烟雾，就像披着长发的诗人迎着旭日长吟着壮美的诗歌，抒发自己如日喷发的激情。

④ 干云：直接达到云霄。

⑤ 云津：天河、银河。比翼云津：指在天上比翼奋飞。

⑥ 钧天：古代神话传说：谓天之中央。《吕氏春秋·有始》："天有九野……中央曰钧天。"高诱注："钧，平也，为四方主，故曰钧天。"此句是说中华腾飞是学子们的梦想。

⑦ "报隆恩"句：报答人民的哺育大恩，务必要饱学经国济世的本领。

⑧ "人尽"句：人人都是司掌春天的神。东君：春神。

国庆观灯

10月1日晚，游上海南京路、外滩，观建国十五周年大庆盛景。华灯竟放，为有生以来初见也。

才辞白昼昼重来，风舞龙腾骋壮怀。
疑泳星河分彩浪①，如探水府展琼瑰②。
舟轮妆盛江波醉，焰火花新天幕开。
安得东君借神力，九州处处尽移栽。

1964年

【注】

① "疑泳"句：人似乎在银河里游泳，破开彩浪前进。星河：银河。

② "如探"句：又好像到了水晶宫里，看琼美瑰丽的珠宝竞相展出。

夜宿江南小村

无边夜气稻香涵,乌鹊高巢睡正酣。
明月溶溶蛙合唱,凉风习习竹倾谈。
溪头隐约闪渔火,天际朦胧堆晚岚。
主客清茶当院坐,话完庄稼话桑蚕。

1964 年

武陵春

1953 年,慈母见背,时长姊方上初中一年级,坚持边学习边做家务,照顾父亲及五个弟妹。

窗外月斜蛩①叫晚,灯烬②再添油。缝补寒衣针脚稠。功课背声柔③。　慈母仙归留老幼,家务压肩头。小弟佯眠④已解愁⑤。望影泪悄流。

1964 年

【注】

① 蛩：蟋蟀。白居易《禁中闻蛩》诗："西窗独暗坐,满耳新蛩声。"
② 烬：火烧东西的剩余。灯烬：即灯无油而灭。
③ "功课"句：意即边做活边轻声背诵功课。
④ 佯眠：假装睡着了。
⑤ 解愁：懂得什么是愁。

江南飞雪

飘来塞外意悠悠，碎玉梨花地一陬①。
篠簜②烟囱成蜡树，村房稻垛兀银丘。
矜梅偏喜周天雪，寒水何拦破浪舟。
更见北风狂舞处，绿芽春景不胜收。

1964 年

【注】
① 陬：隅，角落。
② 篠簜：篠（xiǎo）：小竹；簜（dàng）：大竹。

如梦令

入大学前未见过收音机。大学一年级时与同学樊君共同动手组装了一台。

缩食凑齐材料，细焊确连精校。
慢慢转中周①，忽出人声谈笑。
真妙，真妙，产妇初闻儿叫②。

1964 年

【注】
① 中周：晶体管收音机中调频用的主要部件。
② "真妙"二句：意即听到自制收音机出声，真如初产妇听到自己的婴儿啼叫一样，令人激动不已。

晨江咏

天连地接浑无边,绿树红瓴浮白烟。
何处雄鸡啼晓日,川头隐约见征船。

1964 年

江南春

春入江南百鸟啼,惠风好雨绿苗齐。
塘前柳弱怜寒水,屋后笋尖凌细泥。
东燕未归西燕往,桃花始坠菜花迷。
人勤早与耕牛作,晨唱登篱是懒鸡。

1965 年

在上海听焦裕禄①事迹报告

我感乡音任泪流,满堂哽咽泣难收。
战灾度劫人亲历,伟节高怀世渴求。
心系万家忘一己,德存百姓足千秋。
大旗映得山河艳,喜见新风遍九州。

1965 年

【注】

① 焦裕禄:河南兰考县原县委书记,带领人民艰苦度灾,奋力创业,鞠躬尽瘁,病逝在岗位上。被授予"县委书记的好榜样"光荣称号。

秋日登高

无边空阔展秋清，万物今朝为我荣。
禾染田原千顷碧，河分天地一条明。
纵横阡陌[①]牛羊影，错落村庄鸡犬声。
但见轻风催绿浪，健农挑担对歌行[②]。

1965 年

【注】
① 阡陌：田间南北、东西方向的道路，泛指道路。
② 对歌行：这里指喊着号子负重快走。

酷夏午间村景

抱叶蝉声咽，贪荫犬舌长。
塘中老牛卧，草下小鱼藏。

1965 年

南歌子·村趣

岫影擎黄月①,林梢挂白河②。流萤造访柳婆娑③。阵阵塘蛙齐唱振团荷④。　　院敞藤床惬,娘慈故事多。讲完牛女说嫦娥。小子卧听看指问缠磨。

1966 年

【注】

① "岫影"句:夜间山丘模糊不清,山头上有初升的黄黄的月亮。

② "林梢"句:树林上面横着银河。白河:银河。杜甫《送严侍郎到绵州,同登杜使君江楼宴》:"不劳朱户闭,自待白河沉。"

③ "流萤"句:萤火虫在迎风摆舞的柳条中穿飞。婆娑:盘旋舞动的样子。毛传:"婆娑,舞也。"

④ 团荷:圆圆的荷叶。

长　江

万里奔波润九州,摧山坼①地阅千秋。
英才代代因生息,雄史涛涛不绝流。
喜浪开怀频击水,望洋极目再登楼。
长歌借寄江河语,一路清风送疾舟。

1966 年

【注】

① 坼:裂开。

登长城

久期当好汉，今上古长城。
瀛瀚高低接①，天时内外更②。
原图攘狄虏③，孰料笑元清④。
真正金瓯堞⑤，并非砖石营。

1966 年

【注】

① "瀛瀚"句：言长城高低起伏，把大海和戈壁沙漠接起来。瀛：大海。瀚，瀚海，唐代泛指从内蒙古高原大沙漠以北直到今准噶尔盆地一带广大地区。

② "天时"句：言长城内外季节时令有相对区别，长城成为分界线。

③ "原图"句：言修长城的本意是抵御当时来自北方民族的威胁。图：意图，目的。狄、虏：古人称北方诸民族。

④ "孰料"句：指谁能料到长城并没有能够挡住北方民族南下，遗笑于他们入主中原所建立的元朝、清朝等政权。

⑤ 金瓯堞：金瓯：盛酒器，常比喻国土完整，也指国土。堞：城上如齿状的矮墙，此处代保卫国土完整的城墙。

忆秦娥·风雨中行军

神刀劈，穿天乱石愁飞翼①。愁飞翼，松涛声壮，雨哗声急。　　苍山狂舞红旗疾②，青春远志冲天立。冲天立，歌回深谷，号鸣悬壁③。

1966 年

【注】

① "神刀"二句：比喻山像天神用刀劈出来的一样高耸陡峭，连鸟飞过也发愁。飞翼：翅膀，指鸟。

② "苍山"句：苍山狂舞：指山势迤逦，高低走向变化很大。红旗疾：指红旗引导队伍行进很快。

③ "歌回"二句：歌声在深深的山谷中回荡，军号在悬崖上激越地响着。

读　史

变节承畴倡国祭①，尽忠崇焕与凌迟②。
煤山脚下歪身树，青史公平报一枝③。

1966 年

【注】

① "变节"句：意即对变节投敌的洪承畴，崇祯皇帝却误认为他已阵亡，下旨举行国祭来悼念他。洪承畴，明万历进士，历迁延绥巡抚、陕西三边总督、兵部尚书兼督河南、山西、陕西、四川、湖广军务。崇德三年（1638 年）皇太极率师逼近明都，崇祯帝征他入京师，次年令总督蓟辽军务，进驻松山，七年之后清

兵破松山，他被俘降清。顺治元年，随睿亲王多尔衮入关，占领北京，任兵部尚书兼右副都御史。二年，随豫亲王多铎师下江南，诛杀明宗室诸王及大臣，平定江南。五年，还京。十年调内翰林弘文院大学士，不久以内翰林国史院大学士、兵部尚书兼都察右副都御史，灭南明桂王朱由榔永历政权，败李定国等。康熙即位后，他疏乞致仕。他在松山兵败降清后，崇祯帝曾误以为他已捐躯报国，亲率大臣举行国祭，后中止。

② "尽忠"句：意指对朝廷忠心耿耿的袁崇焕，崇祯皇帝却中了后金设计的离间计，将他一刀刀剐死。袁崇焕：明末大将。明万历进士，授邵武知县。天启二年，自请守辽。三年，修筑关外重镇宁远城，继而又修锦州、松山、杏山等城，抚循将士，招集流移。六年，后金努尔哈赤率军攻宁远城，袁与诸将誓死守城，并用红衣大炮击伤努尔哈赤。后金兵败归后，努尔哈赤死亡。史称"宁远大捷"。次年，后金兵再攻锦州、宁远，又被击败。袁因不附魏忠贤，不久即为其党所劾去职。崇祯元年，袁受命以兵部尚书兼左副都御史，督师军务，仍镇宁远。二年，后金兵分道入长城逼京师，袁引兵入卫，逼退清兵。后，崇祯中后金离间计，将袁崇焕凌迟冤杀。凌迟：古刑法，即千刀万剐。

③ "煤山"二句：意即由于崇祯皇帝忠奸不辨，国势日衰。李自成破京后，崇祯惊恐无奈，吊死在煤山（今景山）脚下的一棵歪脖子树上。

远 征 (新韵)

如此豪情如此坚,远征赤帜趁①风翻。
无边淫雨清尘面,不尽宵寒笼汗斑。
恶水湍惊歌曲伴,险山林密笑声喧。
早经泥里千番滚,道义承担有铁肩②。

1966年

【注】
① 趁:随。
② "道义"句:李大钊联:"铁肩担道义,妙手著文章。"

清平乐·雨中行军

群山失雾①,大雨倾如注②。 万籁莫名喧震怒③,不见行军去路。 相携登上岖嵚④,征旗指处云深。降伏崇山恶水,艰难成就雄心。

1966年

【注】
① "群山"句:群山被浓雾遮掩。
② "大雨"句:倾盆大雨灌了下来。注:流入,灌入。
③ "万籁"句:大自然像发了无名火,宣泄着震怒。万籁:自然界的声音。
④ 岖嵚;高峻貌,此处指高山峻岭。

在江西煤矿井下劳动一个月

投身深井下，交友采煤人。
脸黑金心实，衣脏铁念纯①。
相知融血汗，互信沐烟尘②。
经月辞行去，男儿竟湿巾③。

1966 年

【注】

① 脸黑二句：指煤矿工人脸虽黑，但心像金子一样实在可敬；他们的衣服虽然脏，但信念像钢铁一样纯洁坚定。

② "相知"二句：作者和同志们与工人们在血汗相融、共沐烟尘中而增进了相知互信。

③ 湿巾：落泪。

破阵子

1967 年，学校革委会为落实干部政策，选抽部分学生党员从事外调工作。我被派往老区，早出晚归，奔波访查，历时三个多月，终于为解放、结合一批干部创造了条件。

早踏启明阡陌①，晚摇碎月孤舟②。走遍千村穿万户，送别炎天接素秋③。皱纹爬额头。

问访当年战地，寻谈昔日同俦④。去伪存真精析义，除黑清污细运筹⑤。平冤帮洗羞⑥。

1967 年

【注】

① "早踏"句：清晨早早就在启明星的照耀下，踏上田间小道。阡陌：田间的小路。《风俗通》：田间"南北曰阡，东西为陌；河东以东西为阡，南北为陌。"

② "晚摇"句：夜晚还摇着孤舟，犁碎水中明月，行进在访调的途中。

③ "送别"句：送走了炎炎夏日，迎接来了秋天。炎天：夏天。素秋：金秋。晋潘正修诗："予登素秋，子登青春。"秋为金而色白，故曰金素，因而秋既称金秋，亦称素秋、素律、素节。

④ "问访"二句：到当年战地去访问，找当事人过去的同事朋友交谈询问。

⑤ "去伪"二句：对调查得来的情况，进行认真分析，得出真实可靠的结论，清除强加于人的"黑帮"帽子与丑化诬蔑不实之词。

⑥ "平冤"句：帮那些蒙冤的人们洗刷屈辱、平反昭雪。

苏北早行道中

启明①驱夜暗，沉月揖朝晞②。
麦熟香弥野，霞生色染矶③。
远山浮霭霭，明水润菲菲。
布谷声方起，农家露湿衣。

1967 年

【注】

① 启明：启明星，我国古代指拂晓出现在东方天空的金星。

② 晞：《辞海》：破晓。《诗·齐风·东方未明》："东方未晞。"

③ 矶：水旁突出的岩石。

水龙吟·过北宋故都汴梁①

古城遍觅遗踪，人云多被淤埋去②。上河图景③，金宫玉砌，知归何处。铁塔孤昂，繁台沉寂，斜晖回顾④。对飞鸿疏影，秋云絮片，悬河⑤水，声如诉。　　吟步潘杨湖堵。取斯名、几多期许⑥？浊清不辨，沉迷声色，敌来谁拒。纨绔儿孙，俗庸昏聩，难寻光武⑦。叹徽钦大辱，梁沦杭继，有谁人悟⑧！

1967 年

【注】

① 北宋故都汴梁：汴京，现河南开封。

② "古城"二句：指在开封古城到处寻找当年的遗迹，人们说因黄河多次决口，北宋遗迹大都被淤泥埋没了。

③ 上河图景：指《清明上河图》所绘北宋当年繁华盛景。

④ "铁塔"三句：铁塔：即佑国寺塔，位于开封东北隅，北宋皇祐元年（1049 年）所建，为十三层八角塔。繁台：在开封东南郊，上筑繁塔，建于北宋太平兴国二年（977 年），为开封市内现存最早的建筑物。由于黄河泛滥，二塔塔基都没入地下甚深。此三句是说，由于铁塔、繁塔是北宋所留不多的遗迹，夕阳斜照迟迟不忍离去（实因其高）。

⑤ 悬河：黄河。因其河床高于开封市，此段亦称悬河。

⑥ "吟步"三句：潘杨二湖：位于开封市西北隅龙亭高台下，两湖相邻，一浊一清，后人分别以北宋奸臣潘仁美和忠臣杨继业姓氏名之。堵：水边。期许：期待要求。此三句是说，在潘杨二湖边沉吟漫步，不禁思悟着，人们为二湖取这样的名字，寄托着什么深意？

⑦ 光武：汉光武帝刘秀，他在王莽篡夺西汉政权后，起兵

讨伐，建立东汉，为汉中兴起了决定作用。

⑧ "叹徽钦"三句：徽钦耻辱：指宋徽宗、钦宗及100多位大臣被金兵攻破汴京掳去之事，史称"靖康之变"。梁沦杭继：继北宋京城汴梁沦陷，南宋都城杭州后来也被攻破，宋朝就此灭亡。

减字木兰花·大学假期勤工俭学

炎天建厦，运石抛砖听汗洒。冬日搬粮，麻袋沉沉弯脊梁。　　无钱购买，夜借好书抄不懈。数载思亲，唯靠飞鸿①慰梦魂。

1968年

【注】

① 飞鸿：指书信。

满江红·游景山

造访煤山①，曾感慨、追根问佚。坡崖上，哪株奇木，崇祯魂泣②？岂料大明绵亘史，皆悬小树须臾毕。或告曰③：帝去木凋枯④，浑⑤无迹。　　洪武⑥业，何处觅；三保⑦盛，何堪忆。算兴衰成败，总因人易⑧。崇焕冤诛邦运尽⑨，承畴⑩错用江山失。树功高，千古警钟鸣，当长立⑪！

1968年

【注】

① 造访煤山：到景山访问、游玩。煤山：景山另名。

② "坡崖上"三句：煤山坡上是哪一株奇特的树木，吊死了明朝最后一个君主崇祯皇帝？

③ 或告曰：有人告诉说。

④ "帝去"句：崇祯皇帝吊死后，这棵树也慢慢凋枯死去。

⑤ 浑：全然。

⑥ 洪武：明朝开国皇帝朱元璋。即位称帝时，建国号明，建元洪武。

⑦ 三保：郑和，本姓马，小字三保。明初即入宫为宦官。永乐三年（1405年）始受成祖派遣，七次率舟师通使"西洋"，历时二十八年，到达三十余国，促进了中国与各国间的经济、文化交流，盛况空前。

⑧ 易：不同，改变。

⑨ "崇焕"句：崇焕：明末大将袁崇焕。与后金军作战中屡立战功，炮伤努尔哈赤，使其不治而亡。后任兵部尚书兼左副都御史。崇祯昏庸，误中后金所设离间计，将袁崇焕凌迟处死。成为明末一大冤案。诛：杀。

⑩ 承畴：明末大臣洪承畴。崇德三年（1638年），后金皇太极率师逼近明都。崇祯皇帝令洪承畴总督蓟辽军务，进驻松山。后兵败被后金俘虏，变节投降。崇祯皇帝却听信误传，以为他尽忠死国，于是发起国祭，并亲率众臣祭祀。后来，得知真相才停止，传为笑谈。洪承畴以后成为清灭明的得力臣子。

⑪ 当长立：应当永远存在。

过山海关

1968年底,我大学毕业后奉命自上海赴东北部队农场接受再教育,路经山海关。时全国文革正烈。

征衣渐觉不禁寒,学子初登第一关①。
危脊古楼迎夕照,长城巨影压群山。
堪怜门固兼墙厚,未挡清兵与日顽②。
久望当年烽火路,心头隐隐叹时艰。

1968年

【注】
① 第一关:山海关是长城最东重要关隘,号称"天下第一关"。
② "未挡"句:未能挡住清兵入关和日寇侵犯中原。

1969年在农场接受再教育纪事 十首

一、赶猪

农场给新成立的学生连一头百斤左右的壳郎猪,连长让三个学生到十多里外的场部猪场把它赶回来。

八戒拒离高老庄,往回奔突近疯狂。
书生恨乏观音智,武艺嗟无大圣强①。
人累扪膺坡下喘,猪疲佯死路中僵。
百般战术都输尽,唯有肩抬借竹筐。

【注】

① 前四句用《西游记》中唐僧收猪八戒为徒事。

二、灭火

一晚，连队集体到场部看电影。李生留下值班，烧炕过热。众生夜半熟睡中，一团红火炕起，大家急忙起来手捏物压。此时，许生拎来满满一桶水，倾于炕上，顿时水淹各铺盖。

  书痴烧炕祸端萌，夜半炕燻乱了营。
  似碗红团穿被褥，如猿赤膊赴烽情[1]。
  是谁请得龙王至，缘甚横冲桃偶行[2]。
  一宿水深兼火热，池鱼泛梗两重惊[3]。

【注】

① 烽：烽火，烽烟。古时用狼粪在高台上点火燃烧炕烟，以报军情。

② 桃偶：《战国策·齐策》载，木偶对土偶说，遇到大雨你会被水浸残的。土偶说，我本来就是河岸上的土，最终还是回到河岸罢了；而你本是桃木刻的，雨后河水冲来，你还不知道会漂到哪里去呢。结句泛梗即指木偶漂流。

③ 池鱼：用"城门失火殃及池鱼"典。

三、破冰育苗

  江南三月好春光，东北冬神却正狂。
  冻地翻平堆垄圃，薄冰踏破耙苗床。
  寒侵双脚麻逾股，冷逼周身痛到肠。
  今解盘中餐不易，虽无汗滴更珍粮[1]。

【注】

① 汗滴：用古诗"锄禾日当午，汗滴禾下土。谁知盘中餐，粒粒皆辛苦"诗意。

四、驾辕拉大车

皮鞶攀肩手把辕，弓腰俯首奋前奔。
自知驽钝非良骥①，倍感荣光充壮健。
高载多装削王屋②，快搬远运截昆仑③。
泥中苦历千番滚，汗水洗心兼换魂。

【注】

① 骥：骐骥，良马，千里马。

② 王屋：山名。是《愚公移山》故事中横在愚公门前的大山，愚公曾率子孙挖山不止。此处喻以愚公移山精神拉车。

③ 截昆仑：毛泽东主席《念奴娇·昆仑》词："安得倚天抽宝剑，把汝裁为三截。一截遗欧，一截赠美，一截还东国。太平世界，环球同此凉热。"这里是说拉车要抬头看路，胸怀天下，不忘世界大同。

五、抓蛙

辛劳又送日西斜，余勇堪夸夜捉蛙。
田埂循声悄然近，电筒定影快哉抓①。
半宵雾露侵衣透，几路英豪斩获嘉。
谁计蛙权亦须护，佐餐味美赛鱼虾。

【注】

① "电筒"句：青蛙被电筒照到，一动不动，抓起来很痛快。

六、海滩捕蟹

滩涂夜挖数深坑，内放光明各置灯。
八卦阵成人笃定，几支烟尽果丰盈。
蟹来如奉神灵唤，阱满唯张网袋盛。
举酒执螯相属乐①，苦中倍感地天情。

【注】

① 螯：指螃蟹的大钳子。相属：相互敬酒。

七、捉鼠

住房老旧，壁上报纸越糊越厚，渐与不断剥落的土墙相脱离。其间游隙竟成恶鼠活动的一块天地。

开会讨论炕上围，忽闻墙纸透声微。
无猫守户纵贪黠①，五鼠闹京为歹非②。
黑夜横行常造访，白天猖獗继施威。
闽生扪揞轻擒取，炒食连称硕且肥③。

【注】

① 贪黠：指老鼠。元邓文原《钱舜举硕鼠图》诗句："平生贪黠终何用，看取人间五技穷。"

② 五鼠闹京：即五鼠闹东京，发生于北宋时期的历史故事。这里借其意而用之。

③ "闽生"二句：一位福建籍学生按住壁纸，掏出老鼠，并加工吃了它。

八、糗事

　　一学生休息日去镇上购物，因需在雪地里行走20里，便脱去棉裤换了绒裤。在镇上见有缝纫铺，思及绒裤裆破，欲补。寻一公厕，去三次方见无人，在内脱下绒裤。不料刚出厕门被一中年汉子劈胸抓住，声称早就注意他总在此转悠，不是流氓就是贼。不由分说扭送派出所。他只穿单裤，冻得发抖。警察误认作心虚，严审至夜，确无所获，才通知连队去人领回。

　　　　黑貂裘敝路难行①，老九乖张恶运生②。
　　　　三顾茅房原有故，一揪嫌犯却无情。
　　　　身因寒抖疑心怯，面对严询失舌争③。
　　　　审至中宵归队后，笑余学友泪花盈。

【注】

　　① 黑貂裘敝：敝，破。《战国策·秦策一》载，说客苏秦奉赵王之命到秦，说秦与赵结盟。临行，赵王赠其黄金与黑貂裘。苏秦至秦，上书秦王12次，均被冷落，结果黄金之囊空，黑貂之裘敝，离秦而归。这里指该生为衣破，狼狈不堪。

　　② 老九："文革"间对知识分子的戏称。时谓地富反坏右叛（徒）特（务）走资（本主义道路当权派）臭（知识分子），知识分子位列第九，故称臭老九。乖张：不顺利，不和谐。

　　③ 失舌：《史记·张仪列传》记张仪在楚国受辱归，"其妻曰：'嘻！子毋读书游说，安得此辱乎？'张仪谓其妻曰：'视吾舌尚在不？'其妻笑曰：'舌在也。'仪曰：'足矣。'"此处反其意，是说该生在奇辱严逼下，已无舌能辩。

九、雨夜宿舍前墙外倒

夜半雷隆扰梦乡，碱滩千里动危房。
狂风乱卷重茅顶①，恶雨斜侵老土墙②。
巨响一声全线溃，惊呼满屋六神慌。
倾盆直泼书生炕，相顾同嬉鸡落汤。

【注】

① "狂风"句：用杜甫《茅屋为秋风所破歌》中"八月秋高风怒号，卷我屋上三重茅"诗意。农场房为茅草顶。

② "恶雨"句：化用柳宗元"急雨斜侵薜荔墙"诗句。

十、盖新房

农闲上阵建场房，仍是书生新课堂。
干打垒墙频颓倒，表忠心会又空忙。
今朝层土堆难立，来日丸泥封岂强①。
湿度巧调同击壤②，终将群栋伫东方。

1969 年

【注】

① 丸泥：河南灵宝函谷关，是历史上著名的险关，被称作"一夫当关万夫莫开"，可"以一丸泥封之"。丸泥封：此处意指事业上独当一面。这两句是说，今天的小事都干不好，将来独当一面干大事岂能胜任？

② 击壤：《帝王世纪》中记载："尧时有壤父五十人，击壤于康衢，或有观者曰：大哉，尧之为君也。壤父作色曰：吾日出而作，日入而息。凿井而饮，耕田而食。帝力于我何有哉！"此句借击壤说打夯，要把筑墙土的干湿度调整好，同心协力夯实，墙就可以立住了。

扬州慢·山石

众石坚刚,一岩松软,畏风滚落溪间①。任泉硠波磕,渐皱漏空残②。有群匠、建房采料,访贤寻隐③,敲凿开山。唯工头,慧眼窥微,水底惊眠④。　　众坚毕集,举高楼,直耸云端⑤。但大厦门旁,高台美座,瘦透恭安⑥。宾客往观称秀,何人记、基石维艰⑦。料踌躇询父:"兄吾相较谁贤?"⑧

1969 年

【注】

① "众石"三句:众多的山石,多数都质坚性刚;只有一块石质松软一些,被风吹落,滚入了山谷的溪水之中。

② "任泉硠"二句:任凭泉水波浪常年冲刷拍打,这块质地不坚的岩石,变得高低不平,洞穿空漏,残缺不全。硠磕:水石撞击的声音。

③ 访贤寻隐:到山里访求贤者,寻找隐士。这里指寻找好的石材。

④ "唯工头"三句:只有工头有眼力,发现了在水底冲刷变形的那块石头,把它捞了出来,不让它再沉睡。

⑤ "众坚"三句:把那些质地坚硬的好石头都采集来了,作为房基,建起了高楼大厦。

⑥ "但大厦"三句:但是在大厦门口,修了个高台,置以精美的底座,把水底捞起的那块变瘦蚀透的石头恭恭敬敬地摆放在上边。

⑦ "宾客"三句:来往的客人都称赞这块石头秀美,谁也没注意那些擎起大厦的基石。

⑧ "料踌躇"二句：料想这块皱透瘦漏秀的石头，一定会得意洋洋地问它的父亲："我的那些哥哥们和我相比哪个更有出息？"史载，刘邦未显时，其父常责其不如兄。称帝后，邦诘其父：兄吾相较谁贤？

寄同窗

逸乐销志药，
名利囚人笆。
世间多少儿女，
终未超脱俗气，
泯然入尘沙。
营什么安乐窝，
羡什么富贵花。
纵有那，
银山金殿，
宝车仙娃，
怎禁得，
醉生梦死，
行尸走肉，
回首羞愧然！
古往今来，
无志之人常立志，
兴来浩气盖天涯；
挫折稍经志已短，
迷恋舐犊赛婆妈。

翘首看，
激浪相推拥，
代代重任加。
莫把那，
如火青春，
枉付于东流逝水，
老来空悲嗟。
血气方刚叱风云，
老骥伏枥犹可嘉。
要将这，
一腔热血，
毕生岁月，
化作华章奇葩。
献给我，
亿万人民，
锦绣中华。

1970 年

浪淘沙

入伍不久的一个深夜,我第一次站哨。时,连队在盐碱滩执行任务。

缺月挂西天,北斗阑干[①]。碱滩荒坦望无边[②]。万籁更深都睡去,静寂森然[③]。　星闪刺刀寒,独步回还[④]。安危忽觉压双肩[⑤]。真正人生由此始,万水千山[⑥]!

1970 年

【注】

① "缺月"二句:有着缺口的月亮已经运行到西边天上,北斗星也倾斜了。

② "碱滩"句:荒凉平坦的盐碱滩一望无际。

③ "万籁"二句:自然界的一切声音好像都睡着了,周围静得有点可怕。

④ "独步"句:一个人来回走着。

⑤ "安危"句:忽然觉得,连队的安危、国家的安危、人民的安危,都压在自己的双肩上。

⑥ "真正"二句:学生生活结束了,跋涉人生由此起步,眼前是万水千山。

欣 欣

欣欣犹惴惴①，客路②遇名葩。

储放无金舍，陪持少玉笆。

朝烦遮日雨，夜累避风沙③。

踏雪寻梅去，标高胜百华④。

1970 年

【注】

① "欣欣"句：既高兴，又不安。

② 客路：旅行的路途中。此指人生途中。

③ "储放"四句：养护名花需要很高的条件、付出巨大的辛劳。

④ "踏雪"二句：梅花不畏严寒，品格高尚，全无娇奢之气，应是寻求的目标。

五绝 十二首

(1970—1976 年)

军旅颇多夜行军，每以诗记之。今汇集一起。

(一)

低低传口令：轻步过村庄。

野犬无严纪，声高扰梦乡。

（二）

千村闻犬吠，万树宿鸦惊。
诧月穿云看，热心陪我行。

（三）

头上星偷眼，周遭山设障。
此行何处去？信号闪岗梁。

（四）

得意寒风笑，我侪迷雪原①。
孤房兀自立，夜半歉敲门②。

【注】
① 我侪：我们，我辈。
② "夜半"句：夜半因迷路而心怀歉意敲门问路。

（五）

军旗红野雪，枪刺挑寒风。
明月多情种，诗思逗始终。

（六）

雪野凝园月，高林隐远山。
亲人应入梦，遥祝不思还。

（七）

冰教棉变甲，寒使水壶砣①。
星野喉咙哑，仍留一路歌。

【注】
① "寒使"句：因为寒冷，壶中水变成了一个冰砣砣。

（八）

夜阑饥腹闹①，短憩共凭墙②。
战友花生米，至今犹觉香。

【注】
① 夜阑：夜深。
② "短憩"句：行军间靠着墙壁短暂休息。憩：休息。

（九）

步履沉难挪，谁传瞌睡虫？
忽闻战令下，腿脚顿生风。

（十）

冻河车碾破，人陷裂冰开①。
却为军情急，带凌追上来②。

【注】

① "冰河"二句：前边的车过沟河时，把冰轧裂了，后边人走时，冰开人落水中。
② 带凌：带着一身冰凌。

（十一）

风吹手指硬，雪打眼迷离。
夜战神威发，枪喷胜利诗。

（十二）

寒风帮拭汗，飞雪为粉妆。
曙色难相认，霜眉久打量①。

【注】

① "曙色"二句：天亮了，曙光几乎不认得战士了，盯着结霜的眉毛细细打量。

中秋观月

九天河匿迹，四海尽生辉。
忽解婵娟①意：毋将岁月违②！

1970 年

【注】

① 婵娟：此处指月亮。苏轼词："但愿人长久，千里共婵娟。"解：理解、领悟。

② "毋将"句：不要虚度岁月。违：辜负，违背。

除夕夜自辽南寄河南友人

声声鞭炮脆，星汉百花浮。
渤海连黄水①，云山接伏牛②。
偏教藏月色，不得照朋俦③。
遥祝无归意，男儿志未酬④。

1971 年

【注】

① "渤海"句：渤海与黄河水相连。意即作者在渤海东岸，又通过渤海水、黄河水，把在河南的友人连接起来。

② "云山"句：天上的云堆如山，也和河南的伏牛山脉相连。此二句意即地上的水、天上的云都引起了作者的乡思。

③ "偏教"二句：偏偏除夕无月，不能千里共照双方。

④ "遥祝"二句：远远地祝福家乡的友人，但并没有归去之意，因为自己的志向还远未实现。

入伍一周年作（新韵）

书山十七年，学海始扬帆。
乍上风云路，初开日月篇。
思奔连宇宙，步起洗腥膻①。
翘首环球赤，生平战马鞍。

1971 年

【注】
① "步起"句：从铲除邪恶东西做起。腥膻：臭恶的东西。

随　感

早岁书生气，常期道路平。
无心征坎坷，有意叹峥嵘①。
既历千帆雨，何愁万里行。
最堪称羡者，逆水伏沧瀛②。

1972 年

【注】
① "无心"二句：没有心思去征服眼前坎坷之路，却故意夸张吹嘘自己如何不容易、不平常。坎坷：道路不平貌。峥嵘：高峻貌，不平常。
② "最堪"二句：最值得称颂的是那些逆着潮流征服大海的人。

题《岳少保书武侯出师二表》①

笔走龙蛇抑郁倾②，惺惺相惜字含情③。
三分未统哀先死，半壁安收叹苟生④。
名相终难扶昧主⑤，大忠恨不敌奸狞⑥。
珠文宝墨交辉映，摹读常教热泪盈⑦。

1973 年

【注】

① 岳少保：岳飞。武侯：诸葛亮，为出兵伐魏，曾两次上表给刘禅后主，阐明出兵的理由，表明自己的心迹，安排朝中的大事，史称《前后出师表》。岳飞曾于宋高宗绍兴戊午八月过南阳，谒武侯祠，恰逢下雨，遂宿于祠内，夜间端着蜡烛，仔细观看了祠内墙壁上昔日贤者赞扬诸葛亮的文词、诗赋以及祠前石刻的《前后出师表》，不觉泪如雨下。是夜，竟不能眠，坐待天明。道士献茶后，拿出纸笔，要求岳飞留字，岳飞挥涕走笔，写下了诸葛亮的两个《出师表》。后人出书，名以《岳少保书武侯出师二表》。

② "笔走"句：意思是岳飞挥笔写下《出师二表》，使胸中的抑郁之情得以倾泄。岳飞在书"二表"后的"跋"中写有："挥涕走笔，不计工拙，稍舒胸中抑郁耳。"龙蛇：形容书法的蜿蜒盘曲。

③ "惺惺"句：指岳飞对诸葛亮十分爱敬，字字充满感情。

④ "三分"二句：指岳飞哀叹诸葛亮在三分天下状况未能改变、天下没能统一时就死去了，联想到自己还没把半壁河山从金人手中收回，只能是苟且地活在世上。

⑤ "名相"句：指像诸葛亮这样有名的宰相，也难把阿斗这样愚昧的后主扶起来。

⑥ "大忠"句：指像岳飞这样的大忠之将也敌不过秦桧这般奸臣。

⑦ "珠文"二句：诸葛亮的文章字字如珠玑，岳飞的字写得如龙蛇飞动，两相辉映，十分宝贵。临摹阅读时常常让人热泪盈眶。

三十随感

偶开影集百思牵，岁月峥嵘三十年。
万盏明灯攻读夜，千帆骤雨远征船。
歧途尽处探新步，鏖战酣时袒稚肩。
吾辈胸怀常似海，蹉跎名利等云烟。

1973 年

严冬夜间拉练

旷野云垂遥犬吠，寒宵人过宿鸦惊。
面球似铁真难嚼①，壶水成冰不可倾。
汗浸征衣干复湿，雪迷山路止犹行。
抢攻命令凌晨下，风卷红旗遍杀声。

1973 年

【注】

① 面球：部队寒天行军所带干粮，一般以面团在热石子中炒熟。

暮登盘龙山

迎香怜浅草，携友共登临。
绿野承红日，明河绕碧林。
心随列车骋，意逐啭莺吟。
羲辔匆匆别，天留万片金①。

1974 年

【注】

① "羲辔"二句：夕阳很快地落下不见了，空中留下了万片如金彩云。羲辔：太阳的别称。

唐多令·雪夜奔袭

风势助银龙，周天布阵重①。夜沉沉、步履匆匆。冻透皮衣成铁甲，眉睫白，鼻霜浓。　　军号咽寒风②，红旗引剑锋③。正挥师、百里争雄④。三九练兵奔袭急，为来日，建奇功。

1974 年

【注】

① "风势"二句：狂风吹卷大雪，像无数银龙满天布下重重阵容。化用古人"战罢玉龙三百万，败鳞残甲满天飞"之意。
② 咽寒风：在寒风中，军号难以响亮。
③ 剑锋：指先头部队。
④ 百里争雄：指奔袭百里，争夺战机。

阮郎归·山村人家

淡云霜叶透鸡啼[①],房前喧小溪。葫芦瓜果挂疏篱。炊烟缓缓移。　　挂柿密,压枝低。群童摘食嬉。老翁喝嘱慎高危[②]。殷勤犬跃随[③]。

1974 年

【注】
① "淡云"句:在淡云微绕、霜叶红黄之处,传出了声声雄鸡啼唱。
② "老翁"句:老人高喊着嘱咐小孩子不要爬高摔着。
③ "殷勤"句:家犬殷勤地摇着尾巴追逐着孩子们奔走嬉闹。

读《金光大道》中对冯少怀家虐待童养媳的描写有感

可怜误入鬼门关,自幼亲经世事艰。
稚脊累弯偷咽泪,大牙棒落逼开颜。
春花少雨枝先萎,秋实多霜味更酸。
试问羲和何不察[①],专朝邪恶策轩辕[②]?

1974 年

【注】
① 羲和:神话传说中为太阳驾车的神。
② 轩辕:指车辀。朱骏声《说文通训定声·孚部》:"大车左右两木直而平者谓之辕,小车居中一木曲而上者谓之辀,故

亦曰轩辕，谓其穹隆而高也。"此处代车。此二句是说，替太阳赶车的羲和为什么这样不明白，专门给恶人送温暖，而让弱者受气。

赠医生朋友

扁鹊华佗世未忘①，犹看今日谱新章。
一疴脱解萦千虑②，万户奔波任百忙。
妙手回春药有限，热心似夏力无量。
何当长送瘟神去，遂让人民富又康。

1974 年

【注】

① "扁鹊"句：古代名医扁鹊、华佗，人们都永远铭记不忘。扁鹊：战国时医学家，真名为秦越人，善用针石、服汤、熨等多种方法治病，通过望色、听声，即能知病之所在。华佗：东汉末医学家，字元化，精内、妇、儿、针灸各科，外科尤为擅长。是世界医学史上最早之全身麻醉手术者，强调体育锻炼，提倡防病为主。

② "一疴"句：为治好一个病人费尽千辛万苦，日夜放在心上。疴：病。

严冬，致青帝①

万象伤离别，思君苦至浓②！
雀莺歌噤舌③，草木靥凋容④。
日月愁云锁，山河冷气封。
归期常共盼，天地数行踪⑤。

1975 年

【注】

① 青帝：春神。
② "万象"二句：自然界万物都为离别感伤，思念青帝的苦味是最浓最浓的啊！
③ 噤：闭口，不说话，引申为关闭。
④ 靥：脸上的笑窝、酒窝。此处指姣好的容颜。以上二句是说，雀和莺（泛代小鸟）因思念停止了歌唱，花草树木因思念凋谢了容颜。
⑤ "天地"句：天和地都计算着青帝归来的行程。

村　媪①

檐上呢喃燕，来寻旧日巢。
吾孙书昨到，奉调守云坳②。

1975 年

【注】

① 村媪：乡村老太太。
② 云坳：云之凹处，此处泛指边关地名。

暮登四工区山

连巅多起浪，落日变乾坤①。
野绿红云映，山苍碧水奔②。
牛羊归熟道，烟霭绕幽村③。
忽惑银河决，星辰进万门④。

1975 年

【注】

① "连巅"二句：山头层层相涌，高低不一，太阳落下的过程，不断地改变着乾坤的面貌。

② "山苍"句：在苍茫山色中，碧水奔流着。

③ "牛羊"二句：牛羊正在沿着熟悉的道路返回家园，山窝里幽静的村庄隐现在暮霭和炊烟之中。

④ "忽惑"二句：指天黑了，电灯亮了，像是银河决口，星落万家。

七律 二首

一九七六年过去了，它将永垂史册。

（一）

风狂雨骤又经年，几度悲愁几度煎。
强震连创灾可胜①，巨星纷陨泪成川②。
万民哀痛心将碎，四害谋权眼欲穿③。
赤县浮沉难入梦，茫茫沧海向何边？

【注】

① "强震"句：继1975年2月海城、营口地震之后，1976年8月又发生了更为强烈的唐山大地震，二十余万人丧生。但灾犹可战胜。

② "巨星"句：1976年周恩来、朱德、毛泽东先后病逝，使人们热泪成川。

③ "四害"句：指江青、王洪文、张春桥、姚文元企图篡夺党和国家最高权力。

（二）

瞳瞳暖日逐云开，响鼓欢歌竞抒怀。
激浪怒淘精骨去①，大旗狂舞彩虹来。
安邦定有擎天手，治国还看济世才。
千里鲲鹏翰羽奋，一冲玉宇一惊雷。

1976年

【注】

① "激浪"句：指一举粉碎江、王、张、姚"四人帮"。精骨：当时人称江青是"白骨精"，这里泛指害人之帮。

女儿在武汉诞生，登蛇山观长江

摧峰穿峡挟甘霖，滋润千秋布泽深。
江水何愁黄鹤去①，楚天更喜紫云临②。
三城图画添春色③，九派弦歌奏好音④。
前浪从来输后浪，我曹起舞⑤莫轻心。

1976 年

【注】

① "江水"句：长江水不因黄鹤飞去而放慢脚步。唐代崔颢诗："昔人已乘黄鹤去，此地空余黄鹤楼。黄鹤一去不复返，白云千载空悠悠。"

② "楚天"句：楚地的天空有紫云飘来，更令人高兴。

③ "三城"句：武汉三镇（汉口、汉阳、武昌）像图画一样美丽，如今又增添了春色。

④ "九派"句：众多的河流都放声歌唱，奏响了佳音。九派：长江中游有九条支流入江，故称九派。

⑤ 起舞：即闻鸡起舞。听到鸡叫，就要起床舞剑练武。形容志士奋发自励，为国效力。语本《晋书·祖逖传》："（逖）与司空刘琨俱为司州主簿，情好绸缪，共被同寝。中夜闻荒鸡鸣，蹴琨觉曰：'此非恶声也。'因起舞。"

有　感

冷暖风云岂料时，狂漩恶浪有谁知。
射工技巧鬼愁影①，织将网恢神着丝②。
二姐弥留怀凤姐③，苏词何敢吐微词④。
世人莫叹难行路，百炼钢成总任之⑤。

1976 年

【注】

① 射工：即蜮，古代传说中一种动物，能在水中含沙，射人或射人的影子，使被射中的人生病。唐朝白居易诗："含沙射人影，虽病人不知。"鬼愁影：传说鬼是无影子的，这里极言射工蜮的厉害，连鬼也怕自己的影子被射中。

② "织将"句：织将的网很大，连神也能被网着。织将：蜘蛛。这里喻为善于罗织罪名的恶人。恢：大。着丝：落入网中。

③ "二姐"句：尤二姐、凤姐均为《红楼梦》中的人物。凤姐得知贾琏纳了尤二姐，恨之入骨，外表却装得极贤慧善良，亲自迎尤二姐进家门，暗中却让手下人刁难讽刺，害尤二姐一病不起。尤二姐至死也认为手下人坏，凤姐对她是有恩德的。这里是说有的恶人害了人，还得让人感激他，手腕阴狠。

④ "苏词"句：指恶人整人手段很高，整了人还让人不敢说什么，有苦难言。苏词指苏东坡词作。苏东坡在乌台诗案中被人构陷歪曲，说是"讪谤朝廷"而入狱。半年后经多方营救出狱，仍被贬谪、看管。生性率直的苏东坡也不敢在诗词中直吐胸中冤情。而且，苏东坡在《满庭芳》词中还劝世人："又何须抵死，说短论长。"

⑤ "百炼"句：用"百炼钢化为绕指柔"之意。

挽周恩来总理

为民不问名和利，报国甘当马与牛。
碧血端来描旭日，骨灰撒去沃神州。

1976 年

自 省

投笔从戎忽六年，扪心常扰半宵眠。
清高自许书生累，寡陋无知世事煎。
放眼应穿千里雾，碰头莫坠万重烟①。
扬帆辨斗明航道②，审慎操舟巨浪巅。

1976 年

【注】

① "放眼"二句：放开眼界，应该能够看穿千里尘雾；碰头之后，不要迷失方向不能自拔。

② 辨斗：辨认北斗星。

周恩来总理逝世周年祭

伟人逝别一周星，欲作颂歌难写成。
语海遍寻无好句，千秋青史细推评。

1977 年

读 史

岳飞恨未捣黄龙①，道济空忧外寇凶②。
多少沙场无敌将，死于竖子③舌如锋④。

1977 年

【注】

① "岳飞"句：南宋抗金名将岳飞，进兵中原，直抵朱仙镇，以"直捣黄龙府"激励部队乘胜前进。却被宋高宗、秦桧用十二道金字牌召回，受诬陷入狱，以"莫须有"（也许有）罪名杀害。

② "道济"句：南朝宋将领檀道济，战功卓著，官至征南大将军、司空，因受刘氏宗室猜忌，被杀。临死前叹道："乃复坏汝万里之长城。"

③ 竖子：小人。

④ 舌如锋：舌头像刀子一样锋利。指谗言杀人。

瑶台聚八仙·谒西湖畔岳飞墓①

武穆冤魂,飞重九,讨要玉帝公平②。子胥文种,三殿碧酒相迎③。倒尽金壶消怒火④,击弹御剑忆悲声⑤。史无情,我曹遗训,何不心铭⑥? 河山元元为重,故此赢得了,万世英名⑦。国事谋长,人事却昧阴晴⑧。功臣多死舌剑⑨,切毋以心忠代眼明⑩。眉休蹙,待汗青卷展,自有公评⑪。

1977 年

【注】

① 西湖畔岳飞墓：位于杭州西湖边栖霞岭下岳王庙中。

② "武穆"三句：岳飞死于"莫须有"罪名之后,冤魂不散,飞到了九重天上,要找玉皇大帝讨个公道。

③ "子胥"二句：伍子胥、文种在天上设宴迎接岳飞的到来。伍子胥：名伍员,春秋末吴国大夫。吴王夫差时,因主张不放越王勾践,不要北上争霸,渐被吴王疏远。又为太宰伯嚭所诬陷,吴王赐剑令他自杀。文种：春秋末越国大夫。越王勾践败于吴王夫差后,他向越王陈述伐吴七术。勾践被夫差放回后,文种与范蠡佐勾践卧薪尝胆,生聚教训,埋头备战,终于一举灭吴。范蠡因认为勾践为人阴狠,不可共富贵,韬晦而去,并劝文种早日离去。文种称病不朝,有人乘机在越王面前诬陷,越王怒,赐剑令其自杀。三殿：谓神仙所居之处。

④ "倒尽"句：频频举杯,倒尽美酒,以图用酒浇熄岳飞胸中的怒火。

⑤ "击弹"句：指伍子胥、文种弹起夫差、勾践令其自杀所赐御剑,回忆当年的悲惨情景。

⑥ "史无情"三句：指二人问岳飞,为什么没有把他们的

历史教训铭记心头呢？吾曹：我辈。

⑦"河山"三句：指二人说，以河山和百姓为重，留下了万世好名声。元元：民众。

⑧"国事"二句：指岳飞跟他们一样，谋划国家大事很有长处、很有见地，但在识人防人上不辨阴晴冷暖，显得愚笨。昧：不明白。

⑨"功臣"句：历史上不少功臣都是被人造谣诬陷而死。

⑩"切毋以"句：不要以为有了忠心就可以了，不去擦亮识人、警世的眼睛。

⑪"眉休蹙"三句：指二人劝岳飞不要皱着眉头，待历史发展，自会做出公正的定评。汗青：指史册。

三炮连文化夜校开课，喜赋

琅琅起伏读书声，驱尽冬云暖大营。
饱学科文添虎翼，更持战地缚龙缨①。
春光还赖春风绘，大厦从来大众擎。
一曲高歌奔四化，英雄儿女骋豪情。

1977 年

【注】

① 缨：绳子、带子。

呈老首长彭仲韬政委 二首

（一）

敢忆当年投笔时，天涯慈母鬓如丝。
挥戈跃马驱倭寇，拉朽摧枯拔蒋旗。
鸭绿江波传厚谊，湄公河水谱新诗①。
南征北战浑闲事，剑影刀光照血衣。

（二）

如磐风雨数春秋②，犬吠鹰啾兔亦咻③。
任重何堪大帽重，己忧更为庶民忧。
焚心忍睹神州劫，昂首甘当鬼蜮囚。
待到艳阳欢庆日，世人争颂放歌喉。

1977 年

【注】

① "挥戈"四句：彭仲韬政委参加过抗日战争、解放战争、抗美援朝战争、援越抗美战争。

② "如磐"句：指在十年浩劫中，彭仲韬政委也被"四人帮"整，度过了艰难的岁月。

③ "犬吠"句：指大小整人者。

复在军校学习的同志（新韵）

刻苦攻书不夜天，分争秒夺度华年。
深钻更感人生短，博览方知世界宽。
牛入菜园无果腹①，蜂迷花蕊有新甜。
摘星诀在攀登勇，云路常期再策鞭。

1978 年

【注】
① 果腹：吃饱肚子。

醉太平·久别见幼女

离家太久，难能聚首。女儿常使念胖瘦，梦中憨态逗。　　探亲喜见欲牵手，惶目视，躲娘后。渐稔终教敢开口①："你咋还不走！"

1978 年

【注】
①"渐稔"句：逐渐熟悉起来，敢于开口说话了。稔（rěn）：熟悉。

卜算子

子夜,闻七、九连在国防施工中打通山洞,喜不自禁,词以贺之。

夜幕闪繁星,几点灯光耀。笑语声声天外传,似有神仙到。　何处有神仙?战士同欢跃。工事高山腹内穿,又把佳音报。

清平乐·国防施工

高山俯首,歌起冲星斗。地下长城穿远岫,大显英雄身手。　炼成铁骨钢筋,更增壮志凌云。来日硝烟若起,奇兵处处如神。

1978 年

边寨秋深

严霜威施久,满野尽凋容。
春绿谁留住?大兵和柏松[①]。

1978 年

【注】
① "春绿"二句:意即兵和松柏没有改变颜色。

黄　河

细溪从未弃，澎湃汇洪流。
裂地成龙道，冲天托帝舟。
千旋终向海，百折不回头。
斯水滋斯族①，巍哉吾九州。

1978 年

【注】

① "斯水"句：这样的水滋养着这样的民族。指黄河水哺育着伟大的中华民族。

感事思李兆书老首长

早岁从戎马，生平作烛燃①。
胸怀阔似海，名利淡如烟。
共事皆成友，掏心可对天②。
识才凭慧眼，搭梯献宽肩③。
德可垂天壤，行堪载史篇。
幸曾随左右，见学逾三年。
甚憾旋离去④，未曾深效贤⑤。
天涯万般事，亲历识熬煎。
每欲求方略，思师望远巅。

1978 年

【注】

① "早岁"二句：老首长早年参军革命，把自己一生作为蜡烛一样去点燃，照亮黑暗。

② "共事"二句：与老首长共事的人，他都能与之为友；把心掏出来，可对天日，坦荡无邪。

③ "识才"二句：老首长有一双慧眼，善于选拔人才，用自己的双肩搭起人梯，让后起之秀向上攀登。

④ 旋：很快。

⑤ "未曾"句：未能够深入地学习和仿效老首长。

故 宫

金殿深宫古木森，玉除①寂寂气沉沉。
擒龙缚虎兴亡戏，斜照昏鸦感慨吟。
人散曲终场尚在，烟消云逸事难寻。
高墙不挡沧桑步，滚滚如雷是足音。

1978年

【注】

① 玉除：指宫殿的台阶。

水调歌头·观海

宁惧崖撞碎，奔涌逐天高。无边巨浪腾沸，威势撼遥遥。日月星辰沐浴，昼夜乾坤浮动，万象去来潮。勃勃生机发，谁见静中消？　忆年少，曾观海，倍增骄。学如海纳川汇，渴饮解枯焦。胸内波涛澎湃，眼底风云变幻，豪气薄云霄。行遍天涯路，看惯浪滔滔。

1979 年

离亭燕·妻携幼女休假期满送其还乡

微雨高灯昏照，纷乱月台喧闹。幼女不知离别苦，挤上列车嬉笑。转看送行人，"爸没上来"惊叫。　投笔从戎听调，湍浪险山谁料。报国此身非属我，默默亲情深窖①。湿夜②望沉沉，汽笛渐遥声杳。

1979 年

【注】
① 窖：藏之意。
② 湿夜：雨夜。

带 飞

细语呢喃说紫微①，盘旋呼唤盼翚翚②。
雏鹰一旦冲天起，常忆深情苦带飞。

1979 年

【注】
① "细语"句：大鸟轻声细语地向小鸟讲述着天空。呢喃：悄声说话。紫微：此处指空中。
② "盘旋"句：大鸟在窝前盘旋着、呼唤着，盼望小鸟敢于奋翼疾飞。翚翚：鼓翼疾飞。《尔雅·释鸟》："鹰隼丑，其飞也翚。"郭璞注："鼓翼翚翚然疾。"

咏花三章

桃 花

染春自古数桃花，一绽桃花万里霞。
争奈诗文多贬谪，只因妖蕊太浮华。

荞麦①花

荞花默默野田开，不夺春光不自哀。
独有斯民心倍寄，饥年奉实度荒灾。

昙　花②

夜半昙花奋力昂，朵奇色艳满堂香。
苟能浓彩馨人世，拼尽精神献一芳。

1980 年

【注】

① 荞麦：一种生长期较短的农作物，其实可食。在春季多灾、小麦欠收的情况下，可抢种荞麦以度灾荒。

② 昙花：一种夜间开花的植物，花期很短，只有几个小时，但奇香，极艳。俗称昙花一现。

诉衷情·春草

生生小草傲寒流，顶石硬探头。火烧兼遇千踏，更见细芽抽。　迎旭日，励同俦，伴莺喉。此生唯愿：绿遍天涯，春满神州。

1980 年

复老同学、老战友转业后来函

千里同窗幸有缘，并肩征战十三年。
浮沉一任波涛意，进退全凭造化然。
投笔从戎常执笔，归田挂甲又耕田。
而今苦别天涯远，何日重论锦绣篇？

1980 年

老友重逢旋别

往昔风云友，欣逢十载情。
朝游忘日暮，夜叙怪天明。
一笑千愁解，重分百感生。
年华追不及，奋翼比鹏程。

1980 年

满江红·红七连荣誉室

斗室荣光，几十载、征程历历。真堪羡，琳琅功满，锦旗盈壁①。代代英雄身许业，辉辉战史丹成碧②。有忠心似炬照河山，人歌泣！　忆先烈，垂功绩；瞻前景，思强国。更心潮滚滚，壮怀扬激。赤帜飘飘传我辈，英姿勃勃看谁敌？愿淋漓浓墨续新篇，奇勋立。

1980 年

【注】
① "真堪羡"三句：实在值得羡慕，记载七连功绩的锦旗奖状，琳琅满目，挂满了墙壁。
② 丹成碧：血流成碧。

临江仙·春节纪事

红烛春联相与映，烟花笑语同飞。家家把酒话尧时。扶翁看大戏，呼子试新衣。　　高跷龙灯翻舞处，群童挤逐忘归。震天锣鼓抖梅枝。村头苗破雪，分外逗神思。

最高楼·时间

青春发，弹指已成霜①。过隙白驹忙②。奔流逝水催乌兔③，涨消东海叹沧桑④。未终棋，柯已烂，世茫茫⑤。　　切莫恃、明朝连踵至⑥。切莫恃、羲车能倒驶⑦。无壮志，废皮囊。与其炳烛随师旷，何如饱学说张唐⑧。舞晨鸡⑨，锥刺股⑩，趁春光。

1982 年

【注】

① "青春"二句：头上黑黑的头发，很快就会变成霜一样白。

② "过隙"句：比喻时间或日影像白色的骏马在细小的缝隙前飞快地越过。《庄子·知北游》："人生天地间，若白驹之过郤（隙），忽然而已。"

③ "奔流"句：滔滔奔流的河水，催促太阳、月亮穿梭般飞转。乌兔：比喻日月。逝水：比喻时光像流去的河水，一去不返。毛泽东《水调歌头·长沙》："子在川上曰，'逝者如斯夫'。"

④ "涨消"句：晋葛洪《神仙传·王远》：汉孝桓帝时，神仙王远字方平降于蔡经家……"麻姑自说云：'接侍以来，已见东海三为桑田，向到蓬莱，又水浅于往日。会时略半也，岂将

复为陵陆乎？'"此句借本故事，说明在很短的时间内，世事变迁很大。

⑤ "未终棋"三句：比喻光阴流逝，世事变化很大。传说晋时王质进山伐木，见童子数人弈棋而歌，因置斧听观之。童子与一物如枣核，含之不饥。待仙童催他回家时，所带斧子柄已烂尽。既归，去家已数十年，亲故殆尽。柯：斧柄。

⑥ "切莫恃"句：千万不要依仗着明天会不断到来。

⑦ "切莫恃"句：千万不要盼望时光会倒流。羲车：传说，羲和是为太阳驾车的神，故以羲车代太阳。这里指太阳不会倒转。

⑧ "与其"二句：与其像晋平公听从师旷意见，七十岁时点燃火炬（火把）而学，不如像甘罗十二岁便能给张唐晓以利害那样早学早慧。《说苑·建本》："晋平公问于师旷曰：'吾年七十，欲学，恐已暮矣。'师旷曰：'何不炳烛乎？'……平公曰：'善哉。'"师旷：字子野，春秋晋国人，著名乐师，目盲。张唐：战国末秦大臣。秦王欲使其出使燕国，张唐惧险不敢前往，十二岁的甘罗找到他，晓以利害，张唐奉命。甘罗：甘茂之孙，因献奇计为秦谋得十多座城，年龄很小就被秦王封为上卿。

⑨ 舞晨鸡：即闻鸡起舞，指晋祖逖与刘琨俱为司州主簿时，听到鸡叫就起床舞剑练武，准备为国效力。⑩ 锥刺股：《战国策·秦策一》：苏秦发愤读书，欲睡时则引锥自刺其股，血流至足。后终为六国相。

沁园春·读屈原、李白、杜甫、陆游、辛弃疾爱国诗词有感。

一片痴忠，千载坚贞，万世热肠①！念灵均黜逐，义投江水②；青莲流放，期睹天光③。子美凭轩④，放翁示子⑤，国事焚心寄庙堂⑥。豪气壮，叹幼安衰病，犹盼冯唐⑦。　　诗人忧国堪伤。切莫说、空谈伴楚狂⑧。看怀襄昏昧，敌军猖獗⑨；玄宗声色，兵燹仓惶⑩。南宋偏安，北夷紧逼，半壁江山终破亡⑪。诗心直，是民声史鉴，慎勿轻量⑫。

1980 年

【注】

① "一片"三句：意即几位爱国诗人为国赤胆忠心，其坚定贞烈、古道热肠，感动教育着千秋万代。

② "念灵均"二句：指屈原被奸臣陷害，罢官放逐。他心向楚国，听到秦兵伐灭楚国，心忧如焚，最后投汨罗江而死。灵均：屈原在《离骚》上自称名正则，字灵均。

③ "青莲"二句：李白曾获罪被流放夜郎，至巫山赦还。曾写诗句："何日王道平，开颜睹天光。"在危险中时刻惦念着朝廷，希望被召用一展抱负。青莲：李白号青莲居士。

④ "子美"句：杜甫一生忧国忧民，在身世漂零，生活无着时，仍惦记着国家何日安宁。在《岳阳楼》诗中，他曾写道："亲朋无一字，老病有孤舟。戎马关山北，凭轩涕泗流。"子美：杜甫字。

⑤ "放翁"句：陆游在临去世之前，还关心着江北半壁河山的收复大业。在《示儿》诗中写道："死后原知万事空，但悲不见九州同。王师北定中原日，家祭无忘告乃翁。"放翁：陆游号。

⑥"国事"句：指杜甫、陆游对国事忧心如焚，都盼望朝廷兵力强大，解民倒悬。

⑦"豪气壮"三句：辛弃疾，字幼安，金人入侵后，他举兵抗金，并率兵投往江南，亲自训练部队与金抗争。后因主降派占上风，被罢官闲居。在年老体衰多病时，仍盼望着能被朝廷起用，杀敌收复失土。曾写道："凭谁问，廉颇老矣，尚能饭否？"冯唐：西汉官吏。汉文帝时，云中太守魏尚打败匈奴后，报功时，因杀敌数字多报6个，被罢官。时任郎中署长的冯唐，当众批评文帝不善用人，指出文帝有"赏太轻，罚太重"之失。文帝就派冯唐拿着符节，赦免了魏尚，恢复云中太守职务。

⑧"诗人"三句：意即古代诗人们忧国是令人十分伤心的，千万不要说他们是空发议论，佯装狂人。楚狂：春秋时楚人陆通，字接舆。见楚政无常，乃佯狂不仕。

⑨"看怀襄"二句：楚怀王、楚襄王昏暗不明，赶走、排斥屈原一班忠臣，重用小人，国势日衰，后为秦将白起率兵所破。

⑩"玄宗"二句：唐玄宗迷于声色，重用坏人，引起安史之乱。在西逃途中，六军哗变，逼其勒死杨玉环。

⑪"南宋"三句：金兵入侵，宋朝廷逃至江南，杀害抗金忠臣，甘当小皇帝。但在北兵威逼下，南宋终至灭亡，未能久安。

⑫"诗心直"三句：以上历史事实，都说明当时诗人们的忧虑是正确的，反映了当时人民的呼声，提供了历史的借鉴，是不能轻视的。

减字木兰花

山游中，见乔木未及成材而被藤蔓绞死。

　　林中秀木，挺拔向空崖畔矗①。若似公孙，定选龙庭擎玉宸②。　　近前细考，缠绞野藤何日槁③。见者皆哀，痛惜良材死不材④。

1982 年

【注】

① "林中"二句：在树林中有长得很直很秀美的树木，在山崖旁朝天矗立着。

② "若似"二句：如果能长成大树，一定能选去修建龙宫，充作宫殿的顶梁柱。公孙：东汉初将领冯异，字公孙。好读书，通《左传春秋》、《孙子兵法》。随刘秀作战有功，封应侯。为人谦退不伐，每所止舍，诸将并坐论功，他常退避树下。军中因号曰"大树将军"。

③ "近前"二句：到跟前仔细观察，不知什么时间，这棵直而高的树已经被野藤缠绕绞杀，枯槁了。

④ 不材：指野藤，不是可用的材料。

江城子·率部进行实兵检验性师进攻演习

兵分四路急行军，夜沉沉，月昏昏。车闭灯行，人马噤声奔。抢占前方高要地，天网布，净妖氛。　军情电令发频频，至凌晨，战云纷。捷报方传，激战又延伸。百里三天攻两阵，肠辘辘，眼如醺①。

1983 年

【注】

① "肠辘辘"二句：战斗结束了，才感到肚子饿了；由于三天没睡好觉，熬得像喝醉了酒一样，眼中红丝密布。

永遇乐

参观南京梅园、重庆红岩八路军办事处，缅怀周恩来总理。

南国梅园，红岩公馆，琼竹芳树。北伐烟尘，长征风雪，翔宇①携来住。大千世界，繁纷争斗，日日同狼共舞。布鹰犬，刀丛箭簇，岂能锁困龙虎！　艰危历遍，炼钢缠指②，天下复何难处？冷眼观鱼，运筹帷幄，举目阳关路。谠言良策③，世人皆友，稳把狂澜驾驭。新中国，春晖艳丽，皆心血注。

1984 年

【注】
① 翔宇：周恩来字。
② "炼钢"句：百炼钢化为绕指柔，指功夫深厚，事物发生变化。
③ 谠言：正直的言论。

满江红·贺115师建师45周年

四十余秋，刻下了、雄师胜录①。回眼望，血滋花发，骨横桥筑。军号鸣时魑魅悚②，征旗指处妖魔仆③。喜长城如铁似金汤，摩天纛④。

将星聚，丰碑矗；华年庆，尧天祝。话沙场胜诀，腾飞宏曲。幅幅珍图铭伟绩，杯杯美酒涵遥瞩⑤。正声声战鼓耳边催，征程续。

1984年

【注】
① "四十"三句：四十多年的历史记下了英雄之师战无不胜的记录。
② 悚（sòng）：惊恐状。
③ 仆：倒下。
④ 摩天纛：高耸天空的大旗。纛（dào，又读dù）：古时军队或仪仗队的大旗。
⑤ 涵：包含、包容。遥瞩：远看，意即对未来的展望。

深 山

深山飞瀑上，立树鹤知年。
冠巨晴阴转①，身高霄壤连②。
神姿陪日月，浩气傲峰巅，
虽有风枝断，祈毋解短椽③。

1984 年

【注】

① "冠巨"句：指树冠很大，到树下，晴阴好像都发生了变化。

② "身高"句：树干高大，把天地都连起来了。

③ "虽有"二句：虽然大风吹断了它的一些枝子，但请千万不要把这树分解成椽子使用。解：分解。椽：椽子，放在檩上架着屋顶的木条。

无 题

三人成市虎①，众口能铄金②。
若无辨奸术，空有伯乐心③。

1984 年

【注】

① "三人"句：三人谎传市上有虎，听者就会以为真有虎了。《战国策·魏策二》："夫市之无虎明矣，然而三人言而成虎。"

② "众口"句：众口一词，足以使金属熔化；纷纷而来的毁谤，足以致人于死地。原比喻舆论力量很大，后也比喻众口一词，足以混淆是非。铄金：熔化金属。

③ "若无"二句：若没有分辨忠奸的本领，即使有伯乐那样的心期，也难以选出好人才。

读 史

帝王将相似星河，县令州官沙数多①。
百姓心中能记几？李冰却享万年歌②。

1985 年

【注】
① 沙数多：形容像沙子一样多。
② "李冰"句：带领人民修建都江堰的李冰却受到人们千秋万代的尊敬和歌颂。

世 赏

世赏九方皋①，依然有赵高②。
君寻千里马，莫只赖人操。

1985 年

【注】
① 九方皋：春秋时相马家。
② 赵高：秦二世时擅权宦官，曾当众指鹿为马，戏弄二世。

读 史

名园崇殿屡颓烧，豪冢坚碑风雨消。
倒是都江千古堰，神姿永在傲洪嚣。

1985 年

随 感

木荣生百籽，相类本天成。
落境分肥瘠，承霖有歉盈①。
十年高矮异，众干取捐明②。
感叹人间事，求同岂可行。

1985 年

【注】

① "落境"二句：树籽成熟落到不同的地方；生根处有肥沃之土，也有贫瘠之地。接受的雨露有多有少。歉：缺，少；盈：多、丰富。

② "十年"二句：十年过后，树籽长成了小树，高矮不同，其树干有的成材，有的不成材，是取用还是抛弃，就能够明白地看出来了。取：用；捐：弃。

念奴娇·戏谈诗酒

学诗痴子问先贤，"美酒可关诗品①？"屈子凛然教独醒："休效世人同饮②"。陶令持杯，酡颜不语，醉倚东篱寝③。诗仙叹曰："好诗须用醇浸④"。　　弃疾："独醒沉灾，醉眠终至乐，君应明审⑤。吾若停觞无好句，入夜频频移枕⑥。"安乐先生，焚香燕坐，更吐言如锦："此何难处，微醺毋过毋禁⑦。"

1985 年

【注】

① "学诗"二句：意即学诗的傻小子问古之贤人："美酒和诗之高下可有关系？"

② "屈子"二句：屈原正色教育学诗者要在世人皆醉时，唯我独醒。意即不可饮酒。屈子：屈原，战国时大诗人。

③ "陶令"三句：陶渊明手中举着酒杯，脸喝得红红的，对学诗者的问题不作回答，醉靠着菊花旁边的东篱睡去。陶令：陶潜，字渊明，晋朝大诗人，曾任彭泽县令，因不甘为五斗米折腰而辞官归家，过田园生活。著有《桃花源诗》、《归园田居》、《饮酒》等名篇。东篱：陶潜有名句"采菊东篱下，悠然见南山"。

④ "诗仙"二句：李白感叹地说，好诗必须用酒浸出来。李白，世称诗仙，一生好酒，写有"百年三万六千日，一日须倾三百杯"等诸多诗酒佳句。杜甫《饮中八仙歌》："李白一斗诗百篇，长安市上酒家眠，天子呼来不上船，自称臣是酒中仙。"

⑤ "弃疾"三句：意即辛弃疾对学诗者说：屈原提倡独醒，他却难免沉于汨罗江而死；陶潜喝得大醉而眠，他却平平安安，到老死也快乐。对这样的结果，你要审视明察。稼轩：辛弃疾号稼轩，南宋最大的词人。其《沁园春·杯汝知乎》："记醉眠陶令，终全至乐；独醒屈子，未免沉灾。"

⑥ "吾若"三句：此三句仍模拟辛弃疾议论。意即：如果我不喝酒，不但诗无好句，夜来睡觉也难安。停觞：觞即酒杯，停止饮酒。入夜频频移枕：夜里不断移动枕头，睡不安生。弃疾《江神子·梨花著雨晚来晴》："看醉里，锦囊倾。"又《寻芳草·有得许多泪》："枕头儿、放处都不是。"《恋绣衾·夜长偏冷添被儿》："枕头儿、移了又移。"

⑦ "安乐"五句：《宋史·邵雍传》谓邵雍"名其居为安乐窝，因自号安乐先生。旦则焚香燕坐，晡时酌酒三四瓯，微醺即止，常不及醉也"。此五句是说，学诗者听前贤有不让饮酒、独自保持清醒的，有赞成饮酒、醉而高卧酣眠的，感到为难，不知所措。

邵雍告诉他，这有何难，饮酒饮到微有醉意就可以了。不要多喝，也不要禁而不喝。

永遇乐

第一个教师节，词以贺之，兼寄母校。

束束鲜花，深情厚意，当献谁处？五尺教坛，生平事业，眷眷将身许①。呕心传道，育人授业，解惑绩勋昭著。总相期，遍开桃李，中华直上云路②。　　今来古往，强兵兴国，全赖良材无数。寰宇纷争，千帆竞发，催战鸣金鼓。尧天舜日，腾飞有望，四化宏图并举。愿同力，风长天阔，任华夏翥。

1985 年

【注】

① "眷眷"句：一心一意献身教育事业。眷眷：一心一意，依恋不舍。

② "中华"句：中国飞速发展。云路：云中之路，指腾飞。

春

逼人寒气何时隐？多彩春来步履轻。
觅食鸡知枯草发，撒欢犬报秀苞生。
层林雪尽钟声远①，出岫云舒岚气清②。
谷底残冰焉可阻，跳珠溪水放歌行。

1985 年

【注】

① "层林"句：由于树林上的积雪消融殆尽，古庙里的钟声传得更远。

② "出岫"句：云彩从山峡间缓缓飘出，舒展而悠闲；远远望去，山间的气流十分清爽。

西汉人物杂咏 五首

刘 邦

思将忧边唱大风①，屡烹走狗斩元戎②。
谋权诸吕连环起③，危险原来隐帝宫。

萧 何④

汉祚初兴第一功，与人成败尽由忠⑤。
可怜君主仍猜忌，自毁方能保善终⑥。

张　良[7]

帷幄运筹天下计，千秋青史一神蛟。
功成名就隐身去，也是黄公书里教[8]？

韩　信[9]

曾忍街头胯下辱[10]，遂成乱世挂天功[11]。
缘何块垒随名长[12]，计较王侯万事空[13]。

虞姬、戚夫人

虞姬[14]识势弃尘埃[15]，项羽无牵已免哀。
政敌情仇凶似虎，戚妃[16]何故等奇灾？

1985年

【注】

① "思将"句：刘邦称帝后，返回故乡时，曾唱"大风歌"，内有"安得猛士兮守四方"。

② "屡烹"句：刘邦疑心韩信、英布、彭越谋反，先后将数员猛将铲除。

③ "谋权"句：刘邦死后，在吕后支持下，吕氏家族逐渐控制了朝权。

④ 萧何：西汉初大臣，秦二世元年佐刘邦起义，并夺得天下。刘邦分封时，称第一功当归萧何。

⑤ "与人"句：楚汉战争中，萧何曾力荐韩信为大将。汉朝建立后，他又协助刘邦、吕后除掉韩信。故有"成也萧何，败也萧何"的说法。此句指萧何成人、败人，都表现了他对刘邦的忠诚。

⑥ "可怜"二句：汉朝建立后，因为萧何在朝野威信过高，刘邦心有忌惮。萧何为了自保，听人劝告，采取强占豪夺民宅民地的方法，自毁名誉，使刘邦放松了对他的猜忌，从而免遭厄运。

⑦ 张良：西汉初大臣，祖先五代相韩。秦灭韩后，他结交刺客谋刺秦始皇未遂，更名亡匿下邳，遇黄石公，得《太公兵法》。后聚众归刘邦，为其重要谋士，立下大功。刘邦曾夸他："运筹帷幄之中，决胜千里之外。"汉朝建立后，封为留侯。后一心修道，不问政事。

⑧ "功成"二句：指建立大功、获得封侯之后，急流勇退，抽身而去，这精明的处事之道，难道也是黄石公所赠书里教予的吗？

⑨ 韩信：西汉初军事家。秦末农民大起义中，初属项羽，未被重用。后经张良荐归刘邦，因嫌官小而逃离，经萧何月下追回，力荐为大将军。立下赫赫战功。曾封齐王，汉朝建立，改封楚王。后以阴谋叛乱罪，降为淮阴侯。继而以与陈豨勾结谋反为由，为吕后所杀。

⑩ "曾忍"句：韩信未发迹时，喜仗剑而行。在街头遇一无赖，说韩信若不敢杀他，便从其胯下爬过去。韩信忍辱爬了过去。

⑪ "拄天功"：把天撑起来。指功劳非凡。

⑫ 块垒：比喻郁积在心中的不平之气。此句指为什么韩信随着名气增大，胸中愤愤不平也越来越多呢？

⑬ "计较"句：斤斤计较是封王还是封侯，最后导致了万事皆空。

⑭ 虞姬：项羽宠妾。项羽在垓下被刘邦战败时，虞姬自杀。

⑮ 弃尘埃：远离人世。

⑯ 戚妃：戚夫人，刘邦宠爱的妃子。刘邦曾想立戚夫人之子为太子，后被吕后设法制止。刘邦死后，吕后将戚夫人剜目、割舌，砍去手足，置于厕所之中，称作"人彘"。"政敌"两句，指吕后既是政敌，又是情敌，十分凶恶，戚夫人对刘邦死后面临的严

峻局面，为什么不能像虞姬那样料事在先，及早采取措施，反而自取其辱呢？

过三峡

水曲云流影①，山重雾作衣②。
天人留胜景，夹岸送舟飞③。

1985 年

【注】

① "水曲"句：弯曲的江水中云影流淌。
② "山重"句：重叠的山峰笼罩在雾中。
③ "天人"二句：自然的和人文的景观闪现在两岸，送别飞速前进的轻舟。

读 史

熙熙攘攘过江鲫①，急急惶惶扑火蛾。
归去来兮酬志少②，扶摇上矣入迷多③。
松高若不压篁簌④，槐茂合应成蚁窝⑤。
雏凤卧龙求一足⑥，汉槎⑦云路满豪歌。

1987 年

【注】

① 过江鲫：形容人数很多。一般指赶时髦。东晋建立时，北方知名人士纷纷来到江南。有人讽刺他们说，过江名士多于鲫。
② "归去"句：指希望辞官归去的人，很少有仕途得意者。

归去来兮，即归去，来、兮为语气助词。晋代陶渊明曾作《归去来兮辞》："归去来兮，田原将芜，胡不归？"

③ "扶摇"句：指是入迷于青云直上的人很多。扶摇，急剧盘旋而上的暴风。李白诗云："大鹏一日同风起，扶摇直上九万里。"

④ "松高"句：指松树的高度如果压不过竹丛，那就难以生存。杜甫诗云："新松恨不高千尺，恶竹应须斩万竿。"

⑤ "槐茂"句：槐树长得再茂盛，也只能给蚂蚁作窝了。唐代陈翰《异闻集》记："广陵淳子棼一日醉卧宅南古槐树下，梦大槐安国王召见，令其做南柯郡守，30载后送归。醒后寻见大槐树下有一蚁穴，可容一榻；南柯上又有一穴，即梦中之南柯郡。"

⑥ "雏凤"句：《三国演义》：卧龙、凤雏，得一人而得天下。此句指真正的人才不在多，而在有用。要选拔那些能担当重任的有用之才。

⑦ 汉槎：通往仙境的木船。此处指事业。云路：通天之路。

电视片狮子家族组诗 三首

雄　狮

昂首长吼万树涛，惶惶百兽竞奔逃。
可怜王者终横死，同伴尖牙利似刀。

母　狮

伤赢①饥疲子又亡，荒原僵卧目空茫。
此时可省②常围猎，母鹿断喉先断肠③？

【注】
① 羸：瘦弱。
② 省：省悟。
③ "母鹿"句：意指母鹿被狮子咬断喉咙以前，先已为自己的幼鹿失去保护而断肠。

幼　狮

滚翻嬉闹尽晨昏，嚣日①追风妄自尊。
为使哺成新猎手，几多母子作冤魂！

【注】
① 嚣日：对着太阳狂叫。

1987 年

西江月·夜雨后

昨夜风狂雨骤，清晨绿坠红残。无边狼藉实堪怜，忙坏修巢雀燕。　　细察含烟草地，探看滴水枝蔓。新芽勃发翠争攒①，到处生机可见。

1988 年

【注】
① "新芽"句：指草地上、树枝端都勃发积攒着翠绿的新芽。攒：聚集。

八声甘州·我军官兵佩戴军衔标志

借九天星斗饰戎衣，壮哉我军容！算兵营盛事，英姿勃发，几与争同？相携欢歌留影，报喜竞飞鸿。漫道秋声紧，春意融融。　　灿灿肩章何似？是虎符①传托，先辈深衷。载人民厚爱，恩泽比山隆②。系安危、和平金盾，烁星徽、颗颗见精忠③。雄师立，风云龙虎，剑气横空。

1988 年

【注】

① 虎符：兵符，古时调兵凭据。这里比作革命先辈们信任来者，官兵们戴上肩章就等于接过了兵符，接过了责任，肩负起前辈的深切期望。

② "载人民"二句：指肩章上满载着人民对子弟兵的厚爱，人民对子弟兵的恩泽比山还要高。

③ "系安危"二句：指肩章也像保卫和平的金色盾牌一样，系着祖国和人民的安危。上面闪烁着光芒的星徽，颗颗都体现着子弟兵对人民和祖国的忠诚。

榕　树①

如意刚柔百巧心，荒山庭院总森森②。
忘恩绞杀腾空起③，媚硬攀依抱壁吟④。
倘使千根能着土，遂教独木变成林⑤。
此情非仅苍茫⑥有，攘攘尘寰⑦是处寻。

1988 年

【注】

① 榕树：分布于我国南方的常绿大乔木。生长力很强，适应于多种环境。

② "荒山"句：无论在荒山上，还是在庭院中，榕树都能生长得很茂盛。

③ "忘恩"句：榕树善依托其他乔木生长，将其缠绕到死。恩主树被绞杀后，榕树干能成镂空状，很受观赏。因而榕树又为人称作"忘恩树"、"绞杀树"。

④ "媚硬"句：指榕树也可以抓壁抱石得意地立于悬崖峭壁之上。

⑤ "倘使"二句：如果榕树的气根能落地着土，就会变成树干，一棵树就会有许多干，故榕树有"独木成林"之能。

⑥ 苍茫：此处指自然界。

⑦ 尘寰：人世间。

赠友人

君不见，登山不懈山山越，更有高山在上头。君不见，跳高场上竿竿过，横竿之下终蒙羞。人生理应敢拼搏，迸发异彩争上游。世事亦应深参透，莫求处处显风流。谋事在人成在天，东风不便万事休。争强于己犹可勉，诸事逞强自寻忧。何必以手扪膺长叹息，恨恨不平存壑丘！做人贵在自尊品行高，做事游刃有余势方遒。得宜淡然失泰然，性可至刚亦能柔。知己知足知天命，尽心尽力尽谋筹。苟能无私为国为民竭绵薄，心地坦然笑慰平生立春秋。

1989 年

赠小作家

笔端花放早①，梦里得灵绸②。
入胜须忘斧③，通幽再弃舟④。
薰风传燕语，翠竹掩溪流。
夜半犹开卷，谁知日上楼。

1989 年

【注】

① "笔端"句：五代王仁裕《开元天宝遗事》："李太白少时，梦所用之笔头上生花，后天才瞻逸，名闻天下。"后以此典形容人文笔华富俊逸，或形容文思精进。这里说小作家很小就有文才。

② "梦里"句：用《南史·江淹传》事。

③ "入胜"句：南朝梁·任昉《述异记》卷上："信安郡石室山，晋时王质伐木至，见童子数人棋而歌，质因听之，童子以一物与质，如枣核，质含之，不觉饥。俄顷，童子谓曰：'何不去？'质起视，斧柯尽烂。既归，无复时人。"这里化用此典，指文学创作要达到佳境，须像王质那样入迷忘归，沉醉其中。

④ "通幽"句：晋代陶渊明《桃花源记》中记述：捕鱼为业的武陵人，先是沿桃花林夹岸的溪水行进，"林尽水源，便得一山。山有小口，仿佛若有光，便舍船从口入。初极狭，才通人，复行数十步，豁然开朗"，到了世外桃源。这里化用此典，比喻艺术创作要取得佳果，必须敢于舍弃旧的思维，进行新的探索，争取达到新的境界。

乌夜啼·山溪

　　清溪出峡欢歌，似纯娥①。奔往繁华都市，染沉疴②。　　长叹息，令惶惑，费吟哦。洗耳水③缘何变、盗泉④波？

1990 年

【注】

① "清溪"二句：清澈的山溪流出峡谷，欢快地歌唱着，像清纯的少女。

② 沉疴：重病。此处指水被严重污染。

③ 洗耳水：许由是古史传说中的隐君子。相传尧到晚年，想让位给他。他坚辞不受，逃到箕山之下隐居，躬耕而食。后尧又请他出山，任以九州长。他不愿多听，去颍水边洗耳，以示清高。洗耳水：指清洁纯净之水流。

④ 盗泉：古泉名。孔子因"盗泉"之名，于礼不顺，故渴而不饮其水。这里借用其名，说山溪被污染，无人敢饮用。

瑶台聚八仙·天目山

雄峙双峰[①]，云表阅、来去兔急乌匆。翠峦环卫，烟绕铁木虬松[②]。落瀑流川声播野，莲花石座势凌空[③]。径通幽，小桥碧涧，名刹清钟。　　峰巅圆睁两目，是世间仰望，紫极神宫[④]？抑或苍天，探瞰浊世形踪[⑤]？或期天眼锐亮，辨真伪，名之祈至公[⑥]？征尘里，总不时忆起，万丈明瞳！

1990 年

【注】

① 双峰：天目山位于浙江省杭州市临安区境内，有东西两峰，峰顶各有一湖，形似双目，故名。

② 铁木虬松：天目山遍长奇木，有名贵的铁木、冷杉、古松等。

③ 落瀑流川、莲花石座：均为天目山景观。

④ "峰巅"三句：意即天目山上的两个眼睛，是否代表人世间在仰望神秘的天空？

⑤ "抑或"二句：意即或者是苍天的眼睛在俯瞰着尘世。

⑥ "或期"三句：意即或者是人们期待天眼敏锐明亮，明辨真伪，因而取了"天目"这个名字，以祈求得到最大的公道。

读 史

劝君切莫怨青天，荣辱兴衰自有年。
得便周郎①恨生亮②，东风再至拂冥钱③。

1990 年

【注】

① 得便周郎：指在赤壁之战中，诸葛亮借来东风，帮助周瑜火烧曹营，大败曹操。杜牧："东风不予周郎便，铜雀春深锁二乔。"
② 恨生亮：周瑜妒嫉诸葛亮，曾埋怨天公："既生瑜，何生亮。"
③ "东风"句：指周瑜因心胸狭窄，吐血而死。诸葛亮前往吊唁。冥钱：为亡故者烧的纸钱。

忆秦娥·急行军

军情急，车轮滚滚毋停息。毋停息，夕阳抛后，又掀星幂①。　　安危倚仗军人脊②，风云咤叱擎天立。擎天立，无前一往，势如雷击。

1990 年

【注】

① "夕阳"二句：把夕阳抛到身后，又掀开了星星的盖头。意夜以继日。
② "安危"句：军人脊梁上担负着保卫国家安危的重任。

鱼

波平恣逸戏，遇饵反成愁。
知险逡巡去，馋香辗转求。
心惊偷碰线，欲烈急吞钩。
剖腹除鳞净，烹煎不与谋①。

1990 年

【注】
① "烹煎"句：是煮着吃，还是煎着吃，就不与鱼商量了。

读 史

刘郎身后桃千树①，汲郑眼前薪一堆②。
古往今来只如此，劝君笑举手中杯③。

1990 年

【注】
① 刘郎：刘禹锡，唐朝文学家、哲学家。贞元进士，后官监察御史等。因触犯权贵，被贬。后被召回，曾写诗讽刺当朝新贵："玄都观里桃千树，尽是刘郎去后栽。"
② 汲郑：西汉大臣。《史记·汲郑列传》载，汲郑对自己未受重用不满，说："陛下用群臣，如积薪耳，后来者居上。"
③ "古往"二句：指人事更替、后来居上，是自古以来的规律，应当以宽阔积极的胸怀对待，不必想不开。

摩托车比赛 (新韵)

枪响神盒启，群魔出巢倾①。
声吼天地动，土卷岭山濛。
掠水龙播雨，旋泥虎发疯②。
冲高惶雁急，转向潜豚惊③。
逐鹿谁相让，弯弓竞逞雄。
同来迅似箭，共去疾如风④。
恐后争前驶，偶前复后行⑤。
脱颖一马秀，领率万乘匆⑥。
观者欢声起，狂呼涕泪零。
众人心忐忑，赛手血奔腾。
忽见前轮失，车翻人掷空⑦。
死生谁予顾，超越已先登。
旷野群情沸，新星掬笑容。
花拥灯镁闪，奖颁赏金丰。
冷落伤员泪，虚忘领跑功。
凄凄颜面老，惨惨血衫红。
赛罢低回久，心潮总不平。
世间多角逐，感慨悟输赢。

1990 年

【注】

① "枪响"二句：比赛的枪声响起，摩托车群涌而出，像是潘多拉魔盒开启，一群魔鬼呼啸奔去。

② "掠水"二句：摩托车掠过积水，溅起了如雨水珠，像龙在行雨；陷在污泥中时，泥浆飞溅，马达怒吼，像老虎发威。

③"冲高"二句：摩托车向高处冲去，腾空而起，像惶恐的大雁紧急飞起；在急拐弯处，摩托车迅即转向，像受惊的海豚急忙避险。

④"同来"二句：车群一同驶过来，迅疾如射来之箭簇，共同远去，疾驶如阵风。

⑤"恐后"二句：惟恐落后，争相向前；偶然超出，又被别人赶过。

⑥"脱颖"二句：终于有一辆摩托车跑在前头，率领着一群摩托车匆匆开过。

⑦"忽见"二句：正在众人为领先者欢呼时，忽见他前轮失控，车翻了，人被抛掷在空中，狠狠摔下。

冬暮野行道上

远山形渐失，暮色悄然弥。
欲雪云垂野，凝寒风抖枝。
村炊烟态懒，溪冻水声疲。
喜鹊知何去，向谁询路歧？

1990 年

伤某君

青春蓬勃不知秋，评古谈今意气遒。
高论词雄惊九阙，奇文纸贵重全球。
白驹空老骁腾马①，黄犊翻成羸病牛②。
堪慰幽燕才济济，廉颇逐去有何忧！

1991 年

【注】
① 此句用白驹过隙意，以白驹指时光流失。
② 羸病：瘦弱有病。

苏联沉沦有感

含恨先翁咒竖刁①，爷田崽卖弄狂潮。
山河破碎旌旗落，基业飘零国运消。
都市干戈堆瓦砾，生灵饥冻舞鸱鸮②。
殷殷史鉴今何在？龙种难寻蚤作妖③。

1991 年

【注】
① 竖刁：小人。
② 鸱鸮（chí xiāo）：猫头鹰。
③ "龙种"句：恩格斯在致保·拉法格书信中讲到："马克思大概会把海涅对自己模仿者说的话转送给这些先生们：'我播下的是龙种，收获的却是跳蚤。'"（详见《马克思恩格斯选集》第 4 卷第 476 页）

读 史

君王自古几多忧，水可浮舟亦覆舟。
但愿世间从政者，弃舟昵[①]水作鱼游。

1991 年

【注】

① 昵：亲近、亲昵。指不要坐在船上与水相隔离，要到水中去，变舟水关系为鱼水深情。

行香子·读《虎团长》一文

言似雷鸣，掷地成坑。性如钢、虎将铮铮。笑谈擒寇，救险扶倾。正风声紧，枪声急，杀声腾。　　谁颂奇英？大气纵横[①]。可亲身、随战同征[②]？笔端云聚，纸上兵兴。甚情儿真，词儿切，事儿精。

1991 年

【注】

① "谁颂"二句：指歌颂虎团长这样英雄的文章是谁写的？文笔很大气，纵横捭阖，挥洒自如。

② "可亲身"句：指写得这样精彩，是不是曾跟随虎团长共同战斗？

偶 记

鲜闻巨富传三代①,君主隆恩五世衰②。
富贵常成销志药,儿孙福自德才来。

1991 年

【注】

① "鲜闻"句：很少听说巨富能传过三代。民谚："富不过三代。"

② "君子"句：古语："君子之泽,五世而斩。"

可怜松

辽宁千山有松生于悬壁竖缝间,名为"可怜松"。僧人称,此松虽高不过三尺,已四百余岁矣。

许是寒鸦啄未牢,劫余落籽发岩槽①。
难储沃土缘风肆,枉降甘霖为罅②糟。
针叶凌空何逊绿,纤根裂石自居高。
不曾入梦昭丁固,却令游人志倍豪③。

1991 年

【注】

① "许是"二句：也许是寒冷的乌鸦没有把松籽啄牢,落到了悬崖的岩缝中,逃过一劫的松籽竟然在岩缝中发芽生长起来。

② 罅：缝隙,这里指岩缝。

③ "不曾"二句：三国时吴人丁固梦见自己肚脐上长棵小

松树，十八年后位列三公。因"松"字拆开为十八公，故认为是小松树事先向他泄了天机。这里是说，可怜松虽然不像丁固梦中的脐松那样给人预报什么好消息，但是它那顽强生存、自强不息的精神，让游人们受到教育，长了志气。

高山哨所

鸟绝兵行遍[1]，防狼扎密笼[2]。
花开唯见雪[3]，乐奏只闻风[4]。
用水冰凌化[5]，筹粮腰背弓[6]。
探窗明月过，请寄我丹衷[7]。

1991 年

【注】

① "鸟绝"句：连飞鸟都不到的地方，哨卡执勤的官兵都走遍了。

② "防狼"句：为防备豺狼而密密扎牢笆笼。

③ "花开"句：因哨所在长年积雪的山头，所见到的只有雪花。

④ "乐奏"句：听到的声音只有四季变化着风声。

⑤ "用水"句：用水化冰而取。

⑥ "筹粮"句：给养靠人背送。

⑦ "探窗"二句：请窗前明月代为转达我们哨所官兵对祖国和亲人的一片忠心。

满庭芳·王府豪宅

深院朱门，高墙难囿①，画楼凌碧檐飘。池清波动，风拂百花摇。奇石堆山斗巧，浓荫里，秀鸟声娇。行人聚，邻翁笑说，王府历前朝。　　因诛流贬败，主人多换，秋叶频凋②。叹玉砌金堆，谁遗儿曹？槐国华宫宝殿，惊梦醒，巨蚁窠巢③！都江堰，何曾觅得，川祖建家豪④？

1991 年

【注】

① 囿：局限。

② "因诛流"三句：指因为诛杀、流放、贬官、败落，住在这院中的主人不断变换，犹如秋叶频繁地凋落。

③ "槐国"三句：唐朝李公佐《南柯太守传》，称淳于棼饮酒古槐树下，醉后梦入大槐安国，其王招之为驸马，任南柯太守二十年，住华宫，享富贵。醒后在槐下见一大蚁穴，南枝又有一小穴，即梦中的槐安国和南柯郡。此三句引用这一典故，说明营造豪宅，希望代代富贵，最终只能是南柯一梦。

④ "都江"三句：战国时，秦平蜀后不久，秦昭襄王派李冰任蜀郡守。李冰在儿子二郎和王叕等协助下，兴修都江堰水利工程，使蜀郡从此沃野千里。李冰被后世尊崇为"川祖"。此三句是说，李冰父子不为自己建造豪华住宅，一心为人民谋福利，所以名垂千古，受到人民的爱戴。

踏莎行

在零下30多摄氏度的三九严寒中，机械化部队进行战术演练。

冷铁沾皮，寒风咬肉。茫茫积雪迷人目。围攻敌阵战车隆，林梢巢动惊鸦扑。　　火炕融融，甘醇馥馥。想来户户全家福。为能强武卫江山，雪原无际车痕曲。

1992年

感时步鲁迅诗韵①

冷眼清心淡所求，桃喧杏闹信无头？
为民甘自争先步，慎独应常远醉流②。
岂盼青睐媚拍马③，不图红运瞎吹牛。
小楼一统何须觅，欲显松梅待出秋。

1992年

【注】

① 步鲁迅诗韵：鲁迅先生原诗为："运交华盖欲何求，未敢翻身已碰头。破帽遮颜过闹市，漏船载酒泛中流。横眉冷对千夫指，俯首甘为孺子牛。躲进小楼成一统，管他冬夏与春秋"。

② 醉流：屈原有句："世人皆醉，惟我独醒。"此句借其意，强调要慎独，经常保持清醒。

③ 青睐：好眼相看，格外关照。

扁　舟

扁舟沧海泛，彼岸望遥遥。
风正帆高挂，波平桨紧摇。
心雄穿恶浪，眼巧避狂飚。
玄妙艄公诀，成功在己操。

1992 年

金风[①]吟

应时化物[②]总无情，败叶残花落满城。
不是金风清旧宇，人间哪得变晶莹。

1992 年

【注】
① 金风：秋风。
② 应时化物：顺应时节变化，改变事物面貌。

满江红·咏梅

　　瑞雪飘飘,满世界、晶莹澄澈。清气沁,几多宁静,几多明洁。鸟雀噤声飞影避①,竹松披素弓身接。问净尘铺玉欲何为?迎花杰!　　暗香动,冰蕊列。春色报,疏枝缀。看夭桃怕见,海棠羞发②。闲蝶游蜂谁敢近,英才高士同相悦。任天涯海角总神迷,情常结。

1993 年

【注】

① "鸟雀"句:指梅花将要到来,鸟雀都不敢鸣叫,隐迹回避了。用柳宗元《江雪》"千山鸟飞绝"诗意。

② "看夭桃"二句:梅花的高洁使妖冶的桃花和艳丽的海棠花不敢同期开放。

冰灯展

　　分明进入水晶宫,难辨人工造化工。
　　内外通观楼突兀,腹心透亮塔玲珑。
　　点睛即活琉璃凤,舞爪如生碝石①熊。
　　雪域冰山行不足,此间万紫映千红。

1993 年

【注】

① 碝(ruǎn)石:似玉的石头。《辞海》:"白者如冰,半有赤色。"

三九天在待机地域地下工事中演习

云凝风吼玉龙①飞，数日藏兵待战机。
天外浑忘乌兔②往，地中谋划虎狼围。
为防烟逸皆寒食③，欲抢时先不解衣。
匣剑长鸣凛然起，除魔斩怪显神威。

1993 年

【注】

① 玉龙：指大雪。
② 乌兔：太阳、月亮。此句指在地下工事中，完全忘记了天上白天黑夜的变化。
③ "为防"句：指为防做饭冒烟暴露目标，部队都吃干粮。

咏　桂

院有四季桂，刚遭春寒冻伤，又被移栽，几近枯萎，人皆曰难持久，然中秋忽绽放。

枝伤兼叶病，奄奄实堪哀。
赏月惊香沁，擎灯喜蕊开①。
寒凌心自傲，斧虐气宁埋②。
仙子由何至，莫非银魄来③？

1993 年

【注】

① "赏月"二句：赏月时闻到远远有桂香飘来，灯照细看，

教人惊诧,桂花竟然顽强地绽开了。

②"凌寒"二句:在寒冷的欺凌面前,桂花性情孤傲,不为屈服;虽遭斧钺砍伐,桂花的气节岂能挫埋?

③"仙子"二句:这桂子从何坠落?莫非是从月亮中飘来的?银魄:月亮。

赠画家兼作家李人毅

天公抖擞降奇材,造化钟恩巧思开。
挺秀艺坛璜冕苦①,兼佳文画燮维才②。
图收霄壤精灵气,书吐乡村赤子怀。
他日马良神笔继③,山河遂让再安排。

1993 年

【注】

① "挺秀"句:能在艺术殿堂里脱颖而出,是像齐白石和王冕那样刻苦自学的结果。璜:齐璜,齐白石,现代著名国画家,早年为木匠学徒,自学成才。冕:王冕,元代著名画家,幼为放牛娃,苦练成家。

② "兼佳"句:李人毅既是中国画家协会会员,有多册画集问世,办过多次个人画展;同时,还是中国作家协会会员,出版了多部散文、纪实文学作品。文章和画技俱佳,具有郑板桥和王维那样多方面的才能。燮:郑燮,郑板桥,清朝人,画、诗、字俱为世人称绝。维:王维,唐朝人,诗画兼工,苏东坡称其诗中有画,画中有诗。

③ 马良:传说中的画神,所画能变实物。

沁园春·游二龙湖

路转车回，林退山低，万象入胸。望清波沐日，金鳞跃动；远山浮浪，白霭空濛。去棹来帆，旋鹰疾燕，竞助波兴万籁洪。从何处，效传书柳毅，叩谒龙宫？　　一来仙境神聪。对旷远、忘形百虑空。似辕牛歇驾，能伸倦体；疲舟归港，暂避飙风。雀噪鸦鸣，离愁繁巨，顿觉全抛步履雄。招车去，有行程万里，峻岭重重。

1994 年

无　题

春绿难苏枯朽木[①]，神灵不佑负天人。
慎微慎独常修己，惩恶雷霆自远身。

1994 年

【注】
① 难苏：难以复苏。

寒冬大风沙中部队演习（新韵）

君不见，百万黄龙脱羁栏，疾驰狂突恣谑欢。忽如十日皆箭落，夜色乍降天昏玄。君不见，山川皆黄变旧貌，风伯重新布层峦。灵霄沙扰徒增千重嶂，地冻三尺只缘一日寒。健儿练兵来旷野，战车隆隆声震天。镐舞锹飞汗如雨，土硬石坚似铁顽。车隐人藏忽不见，唯有风沙空盘旋。航空侦察高清红外密密查，卫星照片勾勾点点细细研。千车万人何处去？踪迹不见颇犯难。地下军营似春暖，坑道如网纵横连。官兵吃饱睡足精神抖，擒龙伏虎箭在弦。一声令下齐跃出，犹如天兵降人间。万炮响过重拳聚，铁甲隆隆碾碎敌营盘。祖国有我雄师在，不教恶魔玷江山。

1994 年

读 史

昭君不贿容颜丑[①]，廉帅遭嫌矢饭多[②]。
欲觅天驹假[③]人眼，鹿欺鼠戏奈其何[④]！

1994 年

【注】

① "昭君"句：汉元帝时，宫女王昭君因不向画师毛延寿行贿，容貌被故意画成妨夫相，而不为召见。

② "廉帅"句：战国时赵国名将廉颇，晚年退居大梁（今河南开封县）。因赵数困于秦，赵王又想起用廉颇，先派遣使者去探望廉颇，看是否可用。廉颇的仇人郭开用重金买通使者，让他设法阻拦此事。使者到了廉颇家，廉颇当着使者一顿饭吃了一斗米、十斤肉，并披甲上马，以显示自己尚能领兵作战。使者归报赵王说，廉将军虽老，尚能吃饭，但与我坐在一起，一顿饭工夫便拉了三次屎。赵王以为廉颇衰老无用，弃之。

③ 假：借用，通过他人。

④ "鹿欺"句：指鹿为马、老鼠充大的事情会发生，且奈何不了。鹿欺：秦二世时，赵高擅权，当着众朝臣指鹿为马，众人缄口，甚至附合。鼠戏：民间传说，玉皇大帝排十二生肖顺序时，因牛的身体最大，欲将其列第一。但老鼠却说自己最大，并提出让下界人们来鉴别。人们初见牛时，皆称"好牛"。此时鼠突然爬上牛背，人们惊呼："好大的老鼠！"玉皇无奈，只好把老鼠排为十二生肖之首。

浣溪沙·地下待机歼敌

表面新收苞米垄，深层遍构伏兵营①。沟壕似网任穿行。　缚虎电波山外发，擒龙方略地中成②。奇师突现舞长缨。

1995 年

【注】

① "深层"句：在地下深处到处构筑了埋伏奇兵的工事。

② "缚龙"句：战胜敌人、取得战斗胜利的作战计划，在地下工事中形成了。

御街行·寒冬夜拉练

　　河[①]斜雾散宵空净，挂缺月，如残镜。雪原幽阔望无边，人马经留弯径。西山坳里，小村眠处，犬吠声传迥。　　征衣汗沁枪支冷，队伍寂，心难静。亲人音像到心头，思骋遐方乡井。忽睁虎目，飞奔前去，闻得围攻令。

1994 年

【注】
① 河：此处指银河。

乌夜啼·夜行军

　　远岫天边悄悄，雪原脚下吱吱。宿鸦老树时惊起，明月总相随。　　队列长穿夜暗，旌旗又映晨曦。官兵抖落寒宵累，同唱大风词[①]。

1994 年

【注】
① 大风词：刘邦得天下后，衣锦还乡，作歌曰："大风起兮云飞扬，威加海内兮归故乡，安得猛士兮守四方。"

冬 练

地中工事贯迢迢，十万貔貅①暂隐消。
雪满山川钻骨冷，露悬坑道濡肤潮。
灯光长亮谋擒虎，方略精筹誓灭獠。
利剑应须勤砥砺，一朝挥出照云霄。

1995 年

【注】
① 貔貅：古时传说中的猛兽，比喻将士。

六州歌头·寒冬演习

乾坤一色，昼夜啸寒风。蓬球转。沙尘暗。地冰封。鸟无踪。千里官兵到，竞挥镐。开坑道。更地貌。丘壑造。气如虹。相赛伪装，车匿人消处，隐去真容。笑空中侦察，往返叹朦胧。匣剑蟠龙。暂藏锋。　　似惊雷贯。电光闪。狂潮卷。合围攻。战车扑。神鹰速。炮声隆。勇士冲。地裂山崩处，杀声急，火熊熊。顽敌灭。群情悦。战旗红。善战雄师，今喜添强翼，直上长空。看应机转战，未及细论功。行色匆匆。

1995 年

虞美人·闻喜

儿时闻喜心花放,笑挂眉梢上。中年闻喜喜无形,口不多言志欲摘天星。　老来闻喜常猜度,辨析藏何错①。心如古井气如磐,大树斜凭思索克新难②。

1995 年

【注】

① "老来"二句:指老来听到什么喜讯,往往要猜测分析一番,看看还有什么做得不对的地方。

② "大树"句:像冯异那样不与诸将并坐论功,独居树下,筹划如何战胜新的困难。冯异:东汉初从光武帝为将,谦谦礼让,每逢休息,诸将在一起论功,他独自坐在树下,从不参与,军中称"大树将军"。所率军部很整齐,军纪严明。汉军整编,军士皆愿为其部属,因而为光武帝所器重。

率机械化集团军演习

又是苍鹰眼疾时①,天公偏爱铁军驰。
荒原万里腾狮影,晴宇千寻掠隼姿②。
地裂山崩开火令,灰飞烟灭凯旋诗。
大风忧曲何须唱,我自高歌砥柱师③。

1995 年

【注】

① "又是"句:又到了冬季练兵好季节。唐朝王维诗句:"草

枯鹰眼疾,雪尽马蹄轻。"疾:敏锐。

②"荒原"二句:比喻陆空合练。狮影、隼姿:分别比喻装甲车、坦克和战机。

③"大风"二句:刘邦统一天下后曾作《大风歌》,有句:"安得猛士兮守四方。"这里反其意而用之,指卫国猛士就在眼前之意。

访周恩来留学法国时巴黎故居

肃然寻故居,万里访周公。
陋巷峥嵘孕,神州霹雳洪①。
兴邦须放眼,治国必明聪②。
辟地开天业,欣看步正雄③。

1996 年

【注】

①"陋巷"二句:在巴黎简陋的小巷中孕育了未来的峥嵘,给神州大地带来了洪大的革命雷声。

②"兴邦"二句:振兴民族、治理国家须要开阔眼界、广博智慧。此二句是说,周恩来等老一辈革命家在这里积累了兴邦治国所需要的才能。

③"辟地"二句:指当年周恩来等老一辈革命家开创的伟大事业正在雄健地前进。

鹊桥仙·六月上天山

君临神态①，寿星形象，厚发须眉皆白②。飞车直上赏琼冠③，雪数尺，丝无冷逼④。　　纤云献练⑤，微风拭面，红日蓝天吻额。周遭寿老贺相围，恍似作，殊荣贵客⑥。

1996 年

【注】

① "君临"句：天山一副君临天下的神气。意即天山山脉气势磅礴。

② "寿星"二句：指天山常年积雪。

③ "飞车"句：乘车上到山顶，欣赏山上的积雪。琼冠：琼玉般的帽子，指山顶积雪。

④ "雪数尺"二句：积雪达数尺厚，但一点也没有寒气逼人之感。

⑤ "纤云"句：纤云，长长的白云。献练，献上白色的绸练。

⑥ "周遭"三句：周围有许多积雪的山头相围，似一群寿星老来拜贺，使人感到自己成了尊贵的客人，享有殊荣。

夏雨后游颐和园

风枝摇宿雨①,檐雀噪新晴。
水底云天阔,山巅塔寺清。
澄心贪爽气,濡耳醉轻筝②。
最是流连处,登高眺古京。

1996 年

【注】

① "风枝"句:清风吹动树枝,摇落了树叶上残留的雨水。宿雨:夜间下的雨。

② 濡:浸渍、沾湿。濡耳,比喻雨后连声音也是潮湿的。轻筝:古筝轻乐声。颐和园内沿路设有音箱,播放音乐。

念奴娇·秦兵马俑①

壮哉军阵!看千队、陶马俑兵雄列。步弩骑车横六合,曾踏九州宫阙②。似聚笳声,如闻鼙鼓,个个豪情发。若真能战,续秦多少年月③? 可叹万里长城,揭竿烽火起,全然虚设④。欲寿求仙,谁料得、相伴臭鱼薰绝⑤。盼祚长传,皇称冠"始"字,两朝羞灭⑥。此中殷鉴,千秋应细评说。

1996 年

【注】

① 秦兵马俑：在陕西秦始皇陵东侧，有兵马俑丛葬坑，内埋近万个仿秦宿卫军制作的陶质卫士和车马，分别组成步、弩、车、骑四个兵种，排成方阵，阵势甚为雄伟。1979年于此建立秦始皇兵马俑博物馆。

②"步弩"二句：以步、弩、车、骑组成的秦国部队曾气吞六合，横扫六国，铁蹄踏遍了齐、楚、燕、韩、赵、魏国的王宫，完成了统一中国的大业。兵马俑依当年秦军编制，列有步、弩、车、骑四个军种。

③"若真"二句：假如这些俑兵陶士真的能作战，能使秦朝延长多少年国运呢？这里是从另一个角度写兵马俑栩栩如生。

④"可叹"三句：值得叹息的是，秦始皇花了许多民力国力修筑了万里长城，但义军在长城内揭竿而起时，长城没有发挥一点用处，形同虚设。

⑤"欲寿"三句：秦始皇希望长寿，到处求仙问道，却在出巡时死在半路。赵高与李斯两位权臣秘不发丧，拉些臭鱼烂虾掩盖天热尸腐气味。秦始皇不但没有长寿，反而受臭鱼烂虾的薰污。

⑥"盼祚"三句：秦始皇期望把天下长久地世代传于子孙，他将三皇五帝的称谓合而成皇帝，前加一"始"字，表示始而有继。但到秦二世便大权旁落，三世便亡。

水调歌头·黄河壶口

天上黄河水，玉帝巨壶提①。慰劳天下民众，渤海作琼杯②。呼啸群龙争出，势似山崩地裂，百里响轰雷③。遮日晴空雨，千丈彩虹飞。　叹神力，真奇景，壮声威。自强不息，华夏腾跃岂迟徊④。万代风云战鼓，万众心声哮吼，险阻化烟灰。葆此精神在，古国永朝晖。

1996 年

【注】

① "天上"二句：李白诗："黄河之水天上来，奔流到海不复回。"这里用其意，说玉皇大帝用巨壶把天上的黄河水提来。

② "慰劳"二句：指玉皇大帝亲倒黄河水犒劳世间人民群众，水从壶口出，倒入渤海这个巨杯里。

③ "呼啸"三句：指黄河水汇入壶口，倒悬跌落四五十米，形成瀑布。而后在狭窄的河沟中惊涛怒吼，如群龙夺路，声震天地，很远都能听到轰鸣声。

④ 迟徊：迟疑、徘徊。

赴玉田途中突遇黑风①

盖地遮天至，声威胜海潮②。
飞沙鸣似镝③，走石转如妖④。
长昼忽成夜，余途竟变遥⑤。
路于风里失⑥，车在砾中摇⑦。
视野难超尺，灯光仅满瓢⑧。
弥漫人仆仆，寂寞伴寥寥⑨。
深海孤鱼惑，浓宵一叶漂⑩。
万钧摧惕惕⑪，百窍厉哓哓⑫。
时久泥团落⑬，风威气势消。
胡杨多倒折，地貌易坳峣⑭。
口鼻喷黄土，肢身笑彩陶⑮。
二仪皆混沌，五日尽尘嚣⑯。
幸此行程乐，前征复甚飙⑰！

1996 年

【注】

① 黑风：新疆人称强沙尘暴天气为黑风天。
② "声威"句：声势浩大、威力无穷，胜过了海啸潮汐。
③ "飞沙"句：沙粒被风吹起，呼啸飞行，像千万个箭头。镝：箭头。
④ "走石"句：石块在地面迅速地滚动，如同中了魔法。
⑤ "余途"句：剩下不多的路程因前进困难而变得遥远。
⑥ "路于"句：道路在飞沙走石中被掩盖消失。
⑦ "车在"句：汽车在石块中摇摆慢行。
⑧ "灯光"句：车灯照不出去，在密集的沙尘中，在灯前形成像瓢那样大小的光团。

⑨ "弥漫"二句：灰尘弥漫，人在车内依然风尘仆仆；路上行人十分稀少，令人感到孤寂。

⑩ "深海"二句：车像在深海里的一条孤单的鱼惶惑不安，又像在漆黑的夜间一叶孤舟随狂风漂游。

⑪ "万钧"句：令人感到像万钧重压摧下，忧惧不安。惕惕：忧惧貌。

⑫ "百窍"句：车上似乎有无数个缝隙齐声发出凄厉的吼叫。哓哓（xiāo）：《辞海》释，因恐惧而发出的叫声。

⑬ "时久"句：过了很长时间，天空有泥团落下。当地人介绍，黑风天只要有泥团、泥点子落下，风就会很快停止。雨滴在尘沙中落下，变成了泥团。

⑭ "胡杨"二句：胡杨林遭受浩劫，一片狼藉；沙漠、戈壁中原本低洼的地方，却堆起了高高的沙丘；原来的高丘却成了凹地。坳：洼下的地方；峣：高峻。此二句指黑风过后，地貌发生了很大的变化。

⑮ "口鼻"二句：人的口鼻中满是尘土，一身浮尘，看去像是彩绘的陶俑，十分好笑。

⑯ "二仪"二句：黑风虽然不刮了，但尘埃悬浮，天地迷蒙，四五天黄天黄地，见不了天日。二仪：天地；《易经》："太极生两仪"。

⑰ "幸此"二句：有幸能经历这段历程，感到很高兴。在前进的道路上还会有什么超过这样的狂风呢？

百字令·为母校上海交通大学建校一百周年而作

诞逢衰劫，叹神州肢解，列强饕餮①。弱者从来刀俎②肉，守旧常遭湮灭。邦唤群才，民需梁柱，不负殷殷血。国仇家恨，逼成多少英杰。　　弹指百载风雷，天翻地覆，喜庆新年月。寸草春晖恩泽远，赤子天涯情结。各握灵珠，争怀荆玉③，报国心同切。共期云汉，笑看华夏腾越。

1996 年

【注】
① 饕餮：古代传说中一种凶恶的兽，比喻凶恶、贪吃的人。
② 俎：切肉或菜时垫在下面的砧板。
③ "各握"二句：灵珠、荆玉：比喻特长、奇技。

望海潮·五台山

五峰环抱，孤台高举，仙名缘此由来①。遥望海溟，牵留月魄，千秋锦绣盈怀②。佛地远尘埃。镇西降灵鹫，寺庙争开③。欲谒真容，诚参菩萨，百台阶④。　　八方游客悠哉。看山林殿阁，鬼面优俳⑤。香绕梵音，钟回古刹，忘忧脱俗医哀。可笑跪官财。若是无才德，反会招灾。身入清凉世界，贵自洁形骸⑥。

1996 年

【注】

① "五峰"三句：五台山由五座山峰环抱而成。五峰高耸，顶端平坦开阔，如垒土之状，故名"五台"。

② "遥望"三句：五台山东面为望海峰，西面为挂月峰，南面为锦绣峰。这里用其名，意即五台山能够遥望东方的大海，挂留住西去的明月，把锦绣风光千秋万代拥入自己怀抱。

③ "镇西"二句：明《清凉山志》载，东汉永平年间（58—75年），五台山已有寺庙建筑，相传台怀镇西侧山峰，与古印度灵鹫山相似，故将五台山第一座寺庙改名为"大孚灵鹫寺"（今灵通寺）。这二句是说，自从大孚灵鹫飞来，寺庙林立。鹫：鹰科鸟的通称。灵鹫：神鹰。

④ "欲谒"三句：在灵鹫峰上建有菩萨顶，是五台山五大禅处之一。五台山传为文殊菩萨道场，菩萨顶传为文殊菩萨居处，故又名真容院。寺居山头，地势较高，门前筑石阶108级。

⑤ "鬼面"句：农历六月十四日，传为文殊菩萨诞辰，佛子罗睺罗为其祝寿，以"跳鬼"相娱。寺僧奇装异服，戴鬼面具，随锣鼓节拍满院蹦跳，自朝至暮。另有盛大节日庙会，演出戏剧。游人争相观赏。

⑥ "身入"二句：五台北峰名叶斗峰，为诸峰最高，台顶坚冰累年，故又称"清凉山"。五台山庙区亦称"清凉界"。形骸：谓人的身体。这里泛指人自身。此二句是说，人到了五台山这个清凉界，贵在自己清洁、净化自身。

玉漏迟·乘车穿行塔克拉玛干沙漠①公路

似荒星脱轨,何年陨落,染黄尘世。亿万沙龙,竞自舞翻狂肆。小草昆虫绝迹,遍死境、全无生意。夸父毙,喉焦力尽,可曾于此②? 今朝坦道斜穿,是慈善王母,拔簪挥置③?巨钻轰鸣,滚滚黑油喷出。漠怪拦腰被缚,乖化作、能源基地④。车疾驶,来年更观奇伟!

1996 年

【注】

① 塔克拉玛干沙漠:位于我国新疆塔里木盆地境内,是我国最大的沙漠。

② "夸父"三句:《山海经·大荒北经》载:夸父立志追日,赶上太阳时,焦渴难忍,便喝干了黄、渭两河的水,仍感不足,终于渴死。这三句说,当年夸父追日,是不是渴死在这个地方?

③ "今朝"三句:这条斜穿沙漠的公路,是不是天上慈善的王母娘娘,拔下神簪挥划出来的?神话传说,王母娘娘为了隔开牛郎织女,挥簪在两人之间划出一条银河。

④ 能源基地:在沙漠深处已建起油田,产油颇丰。

谒昭陵①

迢迢千里谒昭陵，为有长孙②添永恒。
不具朝装贺明主，太宗名毁错诛征③。

1997 年

【注】

① 昭陵：唐太宗陵墓，位于陕西礼泉县城东北 22 公里的九嵕山上，内葬唐太宗李世民及长孙皇后。

② 长孙：指唐太宗的长孙皇后，中国历史上著名贤后，与诸多名臣辅佐唐太宗，形成国富兵强、政治开明的"贞观之治"。唐太宗有一次对魏征上表批评他难以接受，生气地掷谏表于地，声言要杀了这个乡巴佬。长孙皇后具朝服郑重礼拜太宗。太宗惊问何故。长孙皇后奏称，尝闻君贤臣诤，今陛下有魏征这样的诤臣，正说明陛下是旷世明君呀！太宗顿悟，重拣魏表细阅，深然其是；又让人书于屏风上，日读几遍，以警示自己，并厚赏魏征。

③ 征：魏征。

浣溪沙·九寨沟

九寨疑曾在九重，何年何地落蚕丛①？顿教遐迩觅游踪。　百盏瑶池醺大圣②，奇珍玉殿宴玄宗③。古林清瀑沐仙风。

1997 年

【注】

① 蚕丛：九寨沟一带为远古蚕丛国所在地。

② "百盏"句：九寨沟有百余小湖泊，当地人称为"海子"。这里把"海子"比作孙悟空大闹瑶池宴时酗酒用的酒盏。

③ "奇珍"句：唐传奇故事载，唐玄宗曾梦上天，受到玉帝宴请。这里把九寨沟盛产的山珍比作唐太宗在天上吃过的美味。

望海潮·峨眉山

峰雄峦秀，花香溪转，葱茏无际林涛。娇鸟献歌，群猴斗戏，伴君直上云霄。山势伴僧寮①。白龙万年越②，三顶仍遥③。旭日朝霞，佛光云海，赏如潮！　人山应重神交④。念寻仙问道，黄帝亲劳⑤。离垢避尘，清心务远，康熙感悟挥毫⑥。竹杖化龙飘⑦。一饮神泉水，俗气多消⑧。常忆青莲朵朵，攀蹑使人豪⑨。

1997 年

【注】

① "山势"句：峨眉山从山底到最高峰上都有寺庙。僧寮：僧人住的小屋。

② "白龙"句：白龙寺、万年寺，都是峨眉山半腰中的名寺。

③ "三顶"句：万佛顶、千佛顶、金顶，是峨眉山上最高的三个山头，上有寺庙。在这里可以看到日出、云海、佛光等奇观。

④ "人山"句：人与山更重要的是心灵上交流。

⑤ "念寻"二句：峨眉山有"九老洞"，传说洞中有九老仙人，黄帝曾问道于此。

⑥ "离垢"三句：清康熙皇帝曾为峨眉山上的伏虎寺、洪椿坪庙分别题匾为"离垢园"、"忘尘虑"。

⑦ "竹杖"句：传说古时有一游人，在峨眉山上盘缠用尽，正欲行而不能之际，忽遇一老樵夫，虽衣衫破旧，但鹤发童颜，器宇不凡。游子求告老叟，老叟赐一竹杖，乘之化龙，得以还乡。世人后在此修建了遇仙寺。

⑧ "一饮"二句：山上有神水阁。阁前有玉液泉，泉出石下，清澈无比，饮之甘冽神爽。此句是说一旦饮了神水，俗媚之气会全部消除。

⑨ "常忆"二句：经常回忆起，上了峨眉山使人豪气倍增。

青莲朵朵：明人有诗赞峨眉："盘空鸟道千万折，奇峰朵朵开青莲"。

蹑：上，登上。

沁园春·云南

慷慨天公，偏爱云南，惠赐裕饶。看山峦献宝，石林竞秀①；溪流润禾，池海争娇②。雪饰龙山③，汽腾碧玉④，洞里乾坤燕子高⑤。尤堪赞，遍珍禽异兽，花信朝朝⑥。　　先民于此修巢。有廿六同胞代代骄⑦。记石雕崖画⑧，几多神韵；长联诗史⑨，何等醇醪。三保兰公⑩，松坡紫艺⑪，无数明星耀九霄。人勤慧，望前程新美，着意浓描。

1997 年

【注】

① "石林"句：在云南路南彝族自治县内，面积40余万亩，包括大石林、小石林、外石林、地下石林、石林湖等，争奇斗雄。

② 池海：指滇池、洱海。

③ 龙山：玉龙雪山，终年积雪。

④ 碧玉：碧玉温泉，位于安宁县城西，是云南诸多著名温泉之一。

⑤ 燕子洞：云南多岩洞，燕子洞是其中最著名的。

⑥ "花信"句：天天都是开花季节。

⑦ "先民"二句：在云南元谋县发现元谋猿人门齿化石，证明在170余万年前这里已有人类居住。云南有26个民族，世代和睦相处。

⑧ 石雕、岩画：云南沧源、丽江和石钟山等地，有大量摩崖、崖画、石窟等。

⑨ "长联"二句：大观楼的天下第一长联和云南古代诗歌总集《滇南诗略》《滇诗丛录》，都是文采艳丽，韵味醇永。

⑩ "三保"句：三保：郑和，本姓马，小字三保，云南晋宁人，

明时航海家，曾七次奉使，历时28年率船队下西洋，到过30余国，促进了中国与各国间的经济文化交流。兰公：兰茂（1397-1476），云南嵩明人，学问渊博，精通经史，精研医学、理学、诗文等，著述甚丰。

⑪"松坡"句：松坡：蔡锷，字松坡，1911年10月，曾领导云南新军起义，被举为云南都督，后发动护国军起义，反对袁世凯复辟称帝，是云南称颂的英雄。紫艺，聂耳字，著名音乐家，云南玉溪人。

观大型国画《江山万里图》

峥嵘攒动竞群峰①，时见危崖立劲松。
茂发难知谁更显，只缘雾锁又云封②。

1997年

【注】

① "峥嵘"句：群峰攒动，象是相竞显示各自的高峻险要。
② "茂发"二句：很难知道哪一个山峰的树木更加茂盛，只因为云雾缭绕，难以看清。

秋雨中游南京莫愁湖

雾阁烟波雨脚稠，莫愁湖畔几多愁。
六朝次比歌声杳①，岂只君王输座楼②。

1997 年

【注】

① "六朝"句：历史上在此建都的六个王朝一个接一个亡去。杳：远去，消失。六朝：指在金陵（今南京）建都的吴、东晋、宋、齐、梁、陈六个小朝廷。

② "岂只"句：哪里只是朱元璋在这里下棋输掉一座楼呀！在莫愁湖畔有胜棋楼。相传明太祖朱元璋与徐达曾在此下棋，朱元璋输了，便把莫愁湖送给徐达。

与友人登石头城，谈南朝旧事

霜露四朝鱼鲁同①，龙蟠虎踞笑谈中。
纵观始末明因果，辨析兴衰发慧聪②。
覆辙奔车悲屡屡，深池瞎马恨重重③。
休言当局迷殷鉴，物欲攻心使瞽聋④。

1997 年

【注】

① "霜露"句：南朝宋、齐、梁、陈四个政权如同秋霜夏露一样短暂。鱼鲁同：像鱼鲁齐斋一样彼此相似，相差不多。

② "纵观"二句：纵观历史的始末，可以明白前因后果；辨析国家的兴衰，可以启迪智慧，使人聪明。

③ "覆辙"二句：南朝四国一个接一个沿着前朝覆辙奔驰不知停止，落到了悲惨的下场；几个国君像瞎马临深池一样，反复留下了无穷遗恨。

④ "休言"二句：南朝四代为什么会这样？不要说当政者当局者迷，忘记了历史的教训，而是穷奢极欲使他们变成了瞎子和聋子，身不由己所造成。瞽：瞎子。

守卫黄河铁路大桥武警官兵①

车奏催眠曲，桥摇入梦篮②。
官兵无睡意，守望虎眈眈。

1997 年

【注】

① 守卫黄河铁路大桥官兵：为武警河南总队一支队执勤分队，住在黄河铁路大桥中间，守卫大桥安全，日夜在火车飞驰的震动中度过。

② "车奏"二句：奔腾的火车像奏着催眠曲，颤动的大桥象诱人入梦的摇篮。

暮游嘉峪关

斜晖戈壁阔，楼堞衬云红①。
风刻千秋怨，沙凝万古雄②。

1997 年

【注】

① "斜晖"二句：在将要落下的阳光照射下，戈壁空阔无边，嘉峪关城楼和堞垛静寂无声，它们的剪影投射在布满晚霞的天空中。

② "风刻"二句：在这城楼和堞垛上，风和沙既刻下了千百年来征夫的思乡愁怨，又凝聚着雄视万古、卫国戍边英雄将士们的浩然之气。

千秋岁·谒海南毛公山

半天云滞，小雨车前细①。接见不？担忧起②。好风真任侠，送霁吹空翠③。斜阳照，毛公欹卧安详憩。　　造化知民意，毕肖毛公器④。村落巧，乡名异⑤。高山奇数在，警卫环身立⑥。人未去，此间万众心神寄⑦。

1997 年

【注】

① "半天"二句：在半空中云停而浓，下着小雨，车在细雨中行驶。

② "接见"二句：（在这样的天气中）毛公接见我们吗？

不由让人担忧起来。当地人介绍，毛公山只有在斜照中才毕肖伟人。

③ "好风"二句：不料好风吹来，吹散了云彩，送来了晴空。霁：雨后天晴。

④ "造化"二句：大自然似乎知道老百姓的心意，毛公山惟妙惟肖地显示出伟人的形象和器宇。

⑤ "村落"二句：毛公山周围的村庄，竟然凑巧早就取下了"东方红"、"向党"等奇异名称。

⑥ "高山"二句：毛公山四周山头诸多，最高峰竟然海拔为834.1米，似乎警卫环立在毛公山周围。

⑦ "人未去"二句：毛公没有离开人民，这里寄托着人们的怀念。

宁夏银川沙湖

奇观名塞北，大漠出明湖。
船隐蒹葭①阵，亭峙菡萏②图。
肥鱼波上跃，侣雁荡中居③。
欲赏江南美，何须踏远途。

1998年

【注】
① 蒹葭：芦苇。
② 菡萏：荷花。
③ 荡：指芦苇荡。

观世界杯足球赛有感

有人欢庆有人羞，乐者翻成①涕泪流。
莫望人生常得意，须知炎夏续②凉秋。

1998 年

【注】
① 翻成：很快变成。
② 续：接，接续。

于　谦①

莫非生长岳坟边②，命运惊人类昔贤。
一片痴忠换冤死，又教举世哭苍天。

1998 年

【注】
① 于谦：明大臣，钱塘（今杭州）人，永乐进士，历官御史、兵部右侍郎、左侍郎。正统 13 年（1448 年）发生"土木之变"，明英宗被瓦拉也先俘去，京师震恐。监国郕王擢于谦为兵部尚书，全权经划京城防务。为稳人心，于谦拥立郕王即帝位，是为景帝，并亲自督战，迎击也先，毙其弟孛罗及平章卯那孩。逼也先乞和，请归英宗，立为上皇。景泰八年，景帝卧病，将军石亨、宦官曹吉祥等，拥英宗复辟，以谋反罪将于谦处死。成化时，方复官并赐祭。
② 岳坟：岳飞墓，位于于谦家乡杭州栖霞岭。

西江月·参观河北平山县西柏坡

几栋平常农舍，一湾偏僻山坳。人枪粮草各寥寥，只发雷霆电报①。 大战连传三捷②，敌军在劫全销。新中国已见桅梢③。"务必"千秋至要④。

1998 年

【注】

① "人枪"两句：周恩来曾说，在西柏坡，我们一不发人，二不发枪，三不发粮，只发电报。

② "大战"句：指辽沈、平津、淮海三大战役告捷。

③ "新中国"句：黄镇为西柏坡题词："新中国从这里走来。"

④ "务必"句：在西柏坡召开的七届二中全会上，毛泽东向全党发出了著名的"两个务必"的号召。

月牙泉①

沙龙真爱水，千古护奇泉。
任是东风恶，犹将西子怜②。
高飞绕潋滟③，滑落识回旋。
世若兹情遍，何愁生态煎。

1998 年

【注】

① 月牙泉：在敦煌县城南 7 公里，众沙山间。原名药泉，因其形似月牙，又称月牙泉。清道光《敦煌县志》载："泉甘美，

深不可测。"又谓泉虽在流沙山群中,风起沙飞,均绕泉而过,从不落入泉中。更有奇者,近些年兴滑沙运动,月牙泉旁鸣沙山的沙白日随游人滑下,夜晚则乘风自返山巅,不淤甘泉。

② "任是"二句:不管狂风多么凶恶,沙龙也要将甘泉保护。东风恶:南宋陆游《钗头凤》词:"东风恶,欢情薄。"以东风比喻其母对他和唐婉美满婚姻的摧残。这里指狂风吹沙,欲使其填塞月牙泉。西子:西施。北宋苏东坡诗:"欲把西湖比西子,浓妆淡抹总相宜。"这里以西子比月牙泉。

③ 潋滟:水满貌,此处指月牙泉。

岳飞墓[①]

千古青山千古坟,无辜白铁跪良臣[②]。
近前细辨屠忠贼,皆道其中少一人。

1999 年

【注】

① 岳飞墓:位于杭州栖霞岭下。南宋爱国名将岳飞被冤杀后,后人葬忠骨于此。

② "无辜"句:岳飞墓前,有秦桧等四位杀害岳飞父子的佞臣的铁铸像跪伏。

望海潮

辛弃疾词中咏陶渊明或以其自况篇章甚多,读之有感。

稼轩偏爱,奇词佳作,几多赞颂渊明①。家国怨愁,胸襟块垒,长吟靖节浇平②。同步拍肩行③。酒罄豆苗少,仍有高情④。领悟"悠然",尽知真趣,两和鸣⑤。　幼安宣众心声⑥。只桃源恬淡,世代迷倾⑦?高志雅怀,编珠吐玉,膏腴寒士精英⑧。心药祛心盲⑨。史若无元亮,多少愁萦⑩。指引东篱采菊,南面见山青⑪。

1999年

【注】

① "稼轩"二句:意指辛弃疾对陶渊明十分偏爱,所作的词中,有许多是赞扬称颂陶渊明的。稼轩:辛弃疾号稼轩。

② "家国"三句:意指辛弃疾有许多有关个人和国家的牢骚、忧愁和愤懑,都在吟咏陶渊明的诗文中浇灭、化解了。

③ 靖节:陶渊明谥号靖节先生。

④ "同步"句:喻意辛弃疾拍陶渊明肩膀,与之同行,赞赏而思齐。郭璞《游仙诗》:"在挹浮丘袖,右拍洪崖肩。"

⑤ "酒罄"二句:陶、辛二人都有生活拮据的困境,酒没有了,种的豆子也"其多豆苗稀",收成不好,但二人都仍保持着高尚的情操。陶渊明诗《归园田居》:"种豆南山下,草盛豆苗稀。"

⑥ "领悟"三句:"采菊东篱下,悠然见南山。"是陶渊明的名句。辛弃疾对"悠然"中包含的真意理解很深,两人诗作产生了和振共鸣。

⑦ "幼安"句:辛弃疾说出了众多士子的心里话。幼安:

辛弃疾原字坦夫，改字幼安。

⑧ "只桃源"二句：意即：陶渊明岂只是写出了《桃花源记》，才使人们代代倾心着迷的吗？

⑨ "高志"三句：意即陶渊明那种淡泊高洁的追求，写下的满篇珠玑的诗文，都哺育丰满着世代寒士、英才。千载志怀：感动千年的襟怀和追求。珠玉：佳文杰作。膏腴：原指肥沃富饶的土地。此处借指哺育、影响、丰富着人们的精神生活。

⑩ "心药"句：意即陶渊明高洁的情操和诗文犹如心药，治疗着那个时代一些人的心病。心盲：心里迷茫。

⑪ "史若无"二句：历史上如果没有陶渊明影响和感悟着人们，不知道有多少人会困扰于忧愁中不能自拔。

⑫ "指引"二句：意即陶渊明"采菊东篱下，悠然见南山"的恬淡心志，在感化着人们正确对待名利和挫折。

登北固亭①

满目风光秀，长江滚滚流。
裂疆曾作界，逝水亦蒙羞。
一统人心向，久分天意收。
于兹思海峡②，谁信是鸿沟！

1999 年

【注】

① 北固亭：位于镇江金山上，可眺望长江两岸山水。南宋时爱国文人、将领登亭寄怀，在这里留下了许多表达忧中原涂炭、望国家统一的诗篇。

② 海峡：台湾海峡。

林则徐虎门销烟 160 年祭

怒焚鸦片救迷魂,少穆威名噪虎门[①]。
怯战苟和廷意变,指功为罪政情昏。
天涯流放臣行远[②],社稷安危国虑存[③]。
莫道是非终不辨,煌煌青史有公论。

1999 年

【注】
① 少穆:林则徐,字少穆。
② "天涯"句:林则徐被作为罪臣,流放至新疆。
③ "社稷"句:林则徐被发配,仍心系社稷安危,并且深入研究了当时沙皇蚕食新疆的情况。

调笑令·贪官

无餍。无餍。岂顾头悬利剑。欲将天下肥烹。
宁落万年恶名。名恶。名恶。祸国殃民自缚。

1999 年

山区偶见

石径云深处，学童迷蝶踪。
牵衣黄犬急，隔壑校传钟。

2000 年

六盘山

六重盘道险，泾渭此分流①。
元祖弯弓地②，西王避暑楼③。
清平歌一曲，浩气荡千秋④。
今日苍龙缚，腾飞志正酬。

2000 年

【注】

① "泾渭"句：泾水和渭水分别在六盘山两侧流过。

② "元祖"句：当年成吉思汗伐西夏时，曾在六盘山屯兵度夏。元祖：元太祖，成吉思汗。

③ "西王"句：元时，定西王曾在六盘山修有避暑楼。

④ "清平"二句：长征途中，毛泽东写下《清平乐·六盘山》千秋名词，内有句："今日长缨在手，何时缚住苍龙？"

夏夜旅次海滨

摇帘风送爽，拍岸浪催眠。
窗下波千里，云边月半圆。

2000 年

东海看日出

迟迟呼不出，贪泳一顽童！
果为潜行久，娇憨满脸红。

2000 年

烟　花

春来云汉花先放①，斗艳争奇人共仰。
可惜无根难久开，昙花寿短长其上②。

2000 年

【注】

① "春来"句：除夕夜刚刚立春不久，地上的花还没有开放，天上的花先开放了。

② "可惜"二句：只可惜那些奇花异朵没有植根于土地，很难长时间怒放。昙花花期很短，俗称"昙花一现"，但也比烟花长多了。

感皇恩·为老人祝九十大寿

鹤友羽妆头①,面如胜酒②。更有长眉似垂柳。欲遮双目,掩映煌煌星斗③。声洪元气足,真仙叟! 蜡烛齐明,蛋糕香厚。共祝安康百年久。老人闻语,佯愠笑喷挥手④。今生我定要,超茶寿⑤!

1999 年

【注】

① "鹤友"句:指老人满头银发。白鹤朋友用自己的羽毛妆饰了寿星的头发。

② 胜酒:能喝酒或喝足酒的样子。

③ 煌煌星斗:比喻双眼像星斗一样明亮。煌煌:明亮貌。《诗·陈风·东门之杨》:"昏以为期,明星煌煌。"

④ "佯愠"句:假装对祝他长命百岁生气,又忍俊不住,笑着挥手说道。

⑤ 茶寿:一百零八岁。"茶"字拆组相加为八十八加二十。

庆澳门回归

紫荆绽后白莲开①,喜事蹁跹接踵来。
七子②悲歌成旧恨,九州热泪洒新醅③。
国强方得山河统,邦弱难纾④奴役灾。
今日登高余憾意,茱萸遍插共思台⑤。

1999 年

【注】

① "紫荆"句：紫荆和白莲分别是香港和澳门回归祖国后的特区徽志。指香港回归后，澳门又回到祖国怀抱。

② 七子：闻一多曾作《七子之歌》，把当年我国被列强强行割、租去的七块土地比作被迫离开母亲的七个孩子。在中国人民的奋斗下，随着澳门回归，失散的孩子都回到母亲的怀抱了。

③ 新醅：新酿的酒。

④ 纾：解除。

⑤ "今日"二句：指七个兄弟都回家了，共同思念台湾什么时候才能回归祖国呢？化用唐朝王维诗句："遥知兄弟登高处，遍插茱萸少一人。"

黄山看日出，久候不见，观者多散去。忽风起云开，日方出矣

天幕久遮心已灰①，飞廉②忽动盼吹开。
岱娥想是娇羞出，黟子何须扭捏来③。
苍狗白云驱不尽④，朱颜粉面费疑猜⑤。
却闻一片惊呼叹，终见金轮万仞抬⑥。

1999 年

【注】

① "天幕"句：天受云雾遮掩，久久见不到日出，观看的人心已经灰了。

② 飞廉：传说中的风神。此句是说，在人们失望时，风忽然吹起来，大家希望把云层吹开。

③ "岱娥"二句：当地人说：看日出，泰山和黄山不一样，

泰山日像姑娘，黄山日像小伙。岱娥：指泰山初日，岱山即泰山。黟（yī）子，指黄山初日，黟山即黄山。此二句说：泰山初升的太阳像姑娘，出时娇羞迟步是可以理解的；黄山的初日像小伙子，怎么也这样扭扭捏捏，出来得一点也不利索。

④"苍狗"句：空中云彩变化多端，风怎么也驱不散。杜甫《可叹》诗："天上浮云如白衣，斯须改变如苍狗。"

⑤"朱颜"句：黄山初升的太阳是个什么样子，因为迟迟不出，人们很费猜测。朱颜粉面：是红脸，还是白面？

⑥"终见"句：终于见到金色的太阳在万仞山间出现了，像被众多高山抬了起来。

木兰花慢·驱车访"岳阳天下楼①"，至时天已暮矣。

念名楼魂系，兼程访，喜登观。望落日喷霞，波摇湘楚，颠簸君山。凌风逸鸥曼舞，伴征帆晚笛浪间穿。对此风光心醉，书中梦里谙焉①。　　神游忽觉会先贤。子敬调兵船②。见吕祖樽邀，少陵愁解，破涕欢颜③。仲淹妙文挥就④，倩舞毫张照写前轩⑤。更有仙梅韵永，子京久久留连⑥。

2000 年

【注】

① "对此"二句：面对着眼前的风光心都陶醉了。这种风光在古今的书中和自己的梦里早就十分熟悉了。

② "子敬"句：三国时的鲁肃正在调拨兵舰供人乘游。相传岳阳楼始为鲁肃训练水师的阅兵台。子敬：鲁肃字。

③ "见吕祖"三句：又见到吕洞宾抱着酒缸邀杜甫同饮。杜甫愁思顿抛，破涕为笑了。相传八仙之一的吕洞宾曾三过岳阳，

均在岳阳楼中大醉。岳阳楼右有"三醉亭"纪念之。樽：酒缸。杜甫号少陵野老，其《登岳阳楼》一诗中有"凭轩涕泗流"句。

④ "仲淹"句：范仲淹，北宋大臣，文学家。曾受滕子京所请，撰写了著名的《岳阳楼记》。

⑤ "倩舞毫"句：范仲淹的文章写好之后，请张照挥笔书写在岳阳楼的轩阁里。张照，清乾隆时名书法家，曾书写范仲淹的《岳阳楼记》，其木雕屏悬于岳阳楼内。倩：请。舞毫：挥笔写字。

⑥ "更有"二句：仙梅，明崇祯年间维修岳阳楼时挖出一石板，上有酷似枯梅的花纹，时人视为仙迹，在岳阳楼左修"仙梅亭"纪念。子京：滕子京，宋庆历五年（1045年）任巴陵郡守，曾重修岳阳楼。这两句指仙梅的流韵久远，使曾经重修岳阳楼的滕子京也为之迷恋。

游京西樱桃沟①

曲径深荫去，泠泉浅壑流。
虬龙穿石腹②，元宝抢人眸③。
景妙诗思动，心清史事浮。
曹公传世作，怪道此中谋④。

2000 年

【注】

① 樱桃沟：位于现北京植物园内，因内生野樱桃多而得名。

② "虬龙"句：樱桃沟中有古柏裂石而立，名曰"木石盟"。虬龙：指弯曲的古木。

③ "元宝"句：溪边有巨石，形似元宝，取名"元宝石"，十分引人注目。

④ "曹公"二句：意即难怪曹雪芹的传世之作《红楼梦》能够在樱桃沟中谋篇筹作，这里的风景确实给人不少启迪。曹公：曹雪芹；怪道：难怪说；谋：谋篇构思。

西江月·夜登高观市容

满路流星涌动，高楼斗宿争明①。碧桃轻摘宴仙卿，一片瑶池盛景②。　昔日湖山村野，繁星近大晶莹。而今天上却伶仃，尽落尘寰市井③。

2000 年

【注】

① "满路"二句：指城市道路上车灯闪烁，似流星群在奔驰涌动；高楼里万家灯火齐明，像一个个星座争辉。

② "碧桃"二句：群星聚集的景象，就好像王母娘娘在瑶池用仙桃宴请各路宾客。碧桃：即神话传说中的蟠桃，相传长于东海度索山，蟠曲三千里，三千年一结果，为王母娘娘所有。瑶池：古代传说中昆仑山上的池名，王母娘娘所居住的地方。此指王母宴客地。

③ "而今"二句：都市的夜空，星星却寥寥无几，都落到尘世市井间了。

人月园·颐和园大雪

不闻犬吠千家白,万象静梳妆①。寿山添寿②,明湖更亮③,黛岫茫茫④。　一双情侣,秀姿凝笑,抓拍银乡。镜头无奈,琼旋玉晕,迷了行藏⑤。

2000 年

【注】

① "不闻"二句:指颐和园在下大雪的过程中,听不到犬因雪降而吠,万物悄悄地在大雪中改变着自己的面目形象。万象:天地间一切事物或现象。

② "寿山"句:万寿山增长了年龄。意指万寿山在大雪中白了须发,变得年岁大了。

③ "明湖"句:昆明湖被冰雪覆盖,更加明亮了。

④ "黛岫"句:西边黑色的山岭也被大雪变成白茫茫一片。黛岫:黑色的山岭。这里指颐和园以西的山头。从前香山一带出黛石,可代画眉之墨,人称黛山。黛:黑色。

⑤ "镜头"三句:指因为雪下得太大,雪花盘旋飞舞,镜头中模糊了所拍的人物形象。琼旋玉晕:指大雪迷漫。行藏:行止,此处指拍照人的影象。

锦缠道·赴八宝山参加遗体告别仪式

又至灵堂,远送哲人行路①。乐声哀,泪倾如注。昂扬岁月昂扬举。昔日功臣,相继幽幽故②。　念人生百年,叱云驱雾③。赤条来、赤条条去。但德言功立甘霖遍④,万民长忆,自可垂千古。

2001 年

【注】

① "远送"句:悲伤地送别有识见、有影响的人与世长辞。哲人:指才能见识超越寻常的人。行路:上路,此指辞世而去。

② 故:亡故、逝世。

③ "念人生"二句:回想人生一世,叱咤风云、驱散迷雾,指战胜困难险阻,做出有影响的事业。

④ "但德言"句:只要立德立言立功,为人民造福。但:只要。德言功:古人强调人生一世,应在道德风骨、言论文章、建功立业上有所建树。甘霖:喜雨,此处指造福人民、滋益世人。

偶　书

竹高生有节①,莲洁总虚心②。
自古真君子,贞操贵似金。

2001 年

【注】

① "竹高"句:高大的竹子一出生就有节。

② "莲洁"句:出污泥而不染的莲花,总是虚心的。

画堂春·初夏晨练闻莺

忽闻深树唱黄莺。巧音叫破黎明。高吟低啭脆生生。云住天清①。　　爱美人之本性,争强鸟也常情?引来百羽共啼鸣②。更有佳声。

2001 年

【注】
① "云住"句:白云停住不动,天气格外晴朗。
② 百羽:百鸟。

读东坡、稼轩词

不恨古人君不见,古人恨未见君狂①。
高贤才具经纶手,赤子情怀锦绣肠。
向是文章憎命达②,更因蹇剥炙词香③。
时教空负鲲鹏志,天赐珠玑万世光。

2001 年

【注】
① "不恨"二句:指宋代苏轼、辛弃疾不恨未能见到古人,而是古人恨未见到他们的疏狂、狂放。辛弃疾《贺新郎》词:"不恨古人吾不见,恨古人不见吾狂耳。"苏轼亦有"老夫聊发少年狂"句。
② "向是"句:过去一直认为文章写得好的人,命运就不能通达。杜甫《天末怀李白》诗句:"文章憎命达,魑魅喜人过。"这里是说,苏轼、辛弃疾。

③ "更因"句：指苏、辛二人本来就有文采，因为遇到挫折和不顺，使他们激情郁发，文章写得更加好。蹇、剥：《易经》两个凶卦。蹇，挫折；剥，不顺利。炙：烤，此处引申为艰难曲折对作品、文章的激发和磨炼，使之更具品味。

妄咏诗坛巨擘 六首

李 白

太白生来本谪仙①，缘何愁发丈三千②？
浊尘岂是君行处③？不及风流靖长官④。

杜 甫

语不惊人死不休⑤，珠玑尽献美篇留⑥。
千秋得享君膏馥⑦，君却流离衣食愁⑧。

李商隐

国事难言私事遮⑨，朦胧扑朔雾中花⑩。
身无彩翼谁能近，心有灵犀取宝奢⑪。

苏 轼

应是诗仙又一遭⑫，词文书画意清豪⑬。
堪惊风雨泣神鬼⑭，却少扫除奸竖韬⑮。

陆 游

一生铁马冰河梦[16]，几卷英雄空老诗[17]。
死后是非谁管得[18]，中原北定欲先知[19]。

辛弃疾

几度蹉跎宦海沉[20]，人龙难遂补天心[21]。
瓢泉若也风波恶，一代词宗何处寻[22]！

2001 年

【注】

① "太白"句：李白来到人世，本来是天上神仙被贬下凡。李白，字太白，因其风姿飘逸，人称"谪仙"；因其诗名，亦称"诗仙"。

② "缘何"句：为什么一个谪仙人，会愁得白发三千丈呢？李白《秋浦歌》："白发三千丈，缘愁似个长。"

③ "浊尘"句：混浊的人世间（此处指唐时官场），哪里是李白应去之地？

④ "不及"句：弃仙谋官的李白不如弃官成仙的靖长官，自找了许多苦头吃。靖长官：曾慥《集仙传》："靖不知何许人，唐僖宗时为登封令，既而弃官学道，遂仙去。隐其姓而以名显，故世谓之靖长官。"苏轼《送范景仁》诗："试与刘夫子，重寻靖长官。"

⑤ "语不"句：杜甫《江上值水如海势，聊短述》："为人性僻耽佳句，语不惊人死不休。"意即杜甫孜孜以求好的诗句，如果写不好，死不罢休。

⑥ "珠玑"句：杜甫写出的诗字字如珠玑，毫无保留地把自己的才华都献给世人，留下了佳美的诗篇。

⑦"千秋"句：千秋万代都能从杜甫的诗中学到宝贵的东西。《新唐书·杜甫传赞》："他人不足，甫乃厌余，残膏剩馥，沾丐后人，故元稹谓诗人以来未有如子美者。"

⑧"君却"句：杜甫把宝贝东西都给了世人，而自己却流离失所，衣食都难以维持，过着十分贫困的生活。

⑨"国事"句：政事不敢明说，私情又多遮掩。李商隐在官场中深深陷于党争之中，很不得志，小心谨慎从事。

⑩"朦胧"句：李商隐的诗不少都写得朦胧，似真似梦，若即若离，诗句很美，却如雾中之花，使人想看又看不清楚，难明其所以。

⑪"身无"二句：李商隐有《无题》诗句："身无彩凤双飞翼，心有灵犀一点通。"此处借用之，意即没有厚实的文学修养，难以深入到他的诗境中去；唯有很深的感悟能力，才能从他的诗中取到很多宝贵的东西。奢：多。

⑫"应是"句：苏轼的人品诗风与李白相似，简直就是李白又重新由仙界被贬到人世再走一遭。

⑬"词文"句：苏轼的诗词、文章以及书画俱佳，显现着清纯豪迈之气。

⑭"堪惊"句：杜甫曾称赞李白"笔落惊风雨，诗成泣鬼神。"这里借用之，说苏轼诗词亦有这种风格的影响。

⑮"却少"句：苏轼与李白一样，虽文才好，但却缺少战胜和铲除奸佞小人的韬略，以至受人诬陷，经历曲折。

⑯"一生"句：陆游一生都希望带兵作战，收复河山，但是壮志难酬。陆游《十一月四日风雨大作》之二："僵卧孤村不自哀，尚思为国戍轮台。夜阑卧听风吹雨，铁马冰河入梦来。"此句化用其诗意。

⑰"几卷"句：陆游一生创作很多，现有9000多首，有《剑南诗稿》、《渭南文集》等。诗词语句豪放，多表现消灭金室、收复河山之志。但壮志难酬，也不乏"胡未灭，鬓先秋，泪空流。此身谁料，心在天山，身老沧州"之句。

⑱"死后"句：陆游诗《小舟游近村，舍舟步归》之四中句："死后是非谁管得，满村听说蔡中郎。"表达了他力主抗金，却被罢官，担心死后不知被加上什么罪名的忧虑之情，却故作旷达之语。

⑲"中原"句：尽管死后是非可以不管不问，但王师收复中原的事还是想尽快知道。陆游《示儿》诗："死后原知万事空，但悲不见九州同。王师北定中原日，家祭无忘告乃翁。"

⑳"几度"句：辛弃疾自率兵南投之后，曾经三次被用，三次被罢官。最后一次主战派宰相李纲见招，却因老病未能就任。死后，权臣清算李纲时，又把辛弃疾划作李纲一党。

㉑"人龙"句：辛弃疾忠贞爱国，被称作人中之龙，但终生难以实现收复河山的补天之心。

㉒"瓢泉"二句：如果辛弃疾也碰上岳飞在风波亭被害的事，那么词坛中的一代宗师，到哪里去找呢？瓢泉：辛弃疾被罢官后隐居地。风波：借用风波亭之名，指官场祸殃。一代词宗：弃疾传世词六百余首，数量之丰，质量之高，都堪称"两宋词人第一"，达到了"自有苍生以来所无"的最高境界。

赠马卫华①

心中藏使命，单臂发神枪。
但有雄鹰在，安容鼠辈狂。

2001 年

【注】

① 马卫华：武警辽宁总队宽甸县中队新战士，在同一名杀人并劫持人质的犯罪分子斗争中，马卫华跃身入窗，在肩中一弹失衡倒炕之瞬间，以单臂操射步枪，击中劫匪头部，保护了室内一家三口的安全。

无 题

身衰恶菌肆，运仄小人多①。
自古成材者，须经万事磨。

2001 年

【注】

① "身衰"二句：指身体衰弱时，凶恶的细菌就会更加肆虐；命运不济时，小人就会增多。肆：肆虐，作恶放肆。运仄：命运不济、不顺利。

贺新郎·竹海

四川长宁县有竹海，占地六万多亩，覆盖二十余座岭峦和三百多个山丘。

翠绿侵天宇①，望无边、霜筠粉节②，昂然摇舞。紫箨③亭亭求生切，直上争光抢露。又茁笋、尖尖群举④。地下盘根狂扩蔓，更新芽、孕育难穷数⑤。兹阵势，的威武⑥。　　古今诗客瘤仙许⑦。赞高风、虚心有节⑧，可曾知误⑨？寒友松梅全欺杀，异类何容立足⑩。且变色、笑姿抛去⑪。随意呼风喑万籁⑫，吐云霓、恣唤晴空雨⑬。工部恨，豁然悟⑭。

2001 年

【注】

① "翠绿"句：竹海的翠绿色一直弥漫到天空。

② 霜筠粉节：成年竹子的竹节及表面有一层似霜的白粉，这里代指成竹。筠：竹子的青皮。

③ "紫箨"二句：指那些刚刚长出的小竹子，显得更加性急，争抢着长高去取得阳光雨露。箄（gǎn）：小竹，可做箭干。当地人称，有的小竹一天便可长一二米，很快高及成竹。

④ "又苗笋"句：又有许许多多茁壮成长着的竹笋，成片成片地向上举着它们尖尖的笋壳。

⑤ "地下"二句：在土里，竹林发达的根系交织盘错、迅速蔓延，在孕育着难以穷数的新芽。⑥ "兹阵势"二句：竹子生机旺盛，从高空到地下，都占据着生存的空间。这阵容的确很威武雄壮。兹：这。

⑦ "古今"句：古今不少诗人把竹子比作瘦仙人，以癯仙称许。陆游《云溪观竹戏题二绝句》中便称："气盖冰霜劲有余，江边见此列仙癯。"癯：瘦。

⑧ "赞高风"句：称赞竹子有高风亮节，"未出土时先有节，到凌云后总虚心"。

⑨ "可曾"句：可曾知道，这样赞美竹子并不全面，存在错误。

⑩ "寒友"二句：松、梅、竹是"岁寒三友"，但在竹海，竹子把松、梅一概无情挤杀。其他不是竹子类的植物，在这里很难生存。

⑪ "且变色"句：指竹子一旦成了气候，温文尔雅的面纱便会抛掉，无情地独霸生态。《说文解字》释"笑"字："如竹临风而折腰。"笑姿抛去：竹多成阵，风过不再折腰，即笑姿没了。

⑫ "随意"句：竹子众多，竹海内的气流流动便能形成风势，引起竹涛喧嚣，压过自然界其他一切声音。万籁：自然界的声响。

⑬ "吐云"句：竹海雾气蒸腾，不断吞吐云雾，形成彩虹，即使是晴天，也会忽然下起雨来。

⑭ "工部恨"二句：杜甫诗中表达的忧愤感情，在竹海领悟会更加深刻明了。工部：杜甫曾任工部员外郎，人称杜工部。他有诗句："新松恨不高千尺，恶竹应须斩万竿。"

游甲午海战故战场①刘公岛

落晖②脉脉照刘公，隐约悲歌入海风。
似祭英灵鸥裹白③，如腾恨火浪翻红。
舰残犹欲犁顽阵，炮缺依然啸远空④。
知耻男儿休洒泪，卧薪尝胆奋邦雄。

2002 年

【注】

① 甲午海战故战场：在山东威海附近海域。现在刘公岛设有中日甲午海战展览馆教育世人。
② 落晖：即将落山的太阳光辉。
③ 鸥裹白：海鸥也穿着白衣。
④ "舰残"二句：甲午海战展览馆中陈列有自海底捞出的残舰、火炮。这里是说昔日的战舰、火炮仿佛仍处于战斗状态，准备冲向敌阵，依然怒啸远空。

南阳独山①

丘嫌岭嫉独山孤，雷击风抽立野芜。
不与他山较长短，只因满腹尽璠玙②。

2002 年

【注】

① 独山：位于河南南阳市北，是南阳盆地中唯一山头，产玉。独山玉为我国四大名玉之一。

② 璠玙：璠（fán）和玙均为美玉。杜预注："玙璠，美玉，君所佩。"

千秋岁·战马，兼惜友人

渥洼奇矫①，鬣焰炘炘耀②。鼻喷重，蹄声躁。心飞鏖战地，耳觅冲锋号。眸似电，欲腾恨羁朝天啸③。　　本属灵霄宝④，生死驰驱报。却久困，圈圈道⑤。驴骡斜眼妒⑥，麋鹿摇唇笑⑦。相煎急，白驹故故催衰老⑧。

2002 年

【注】

① "渥洼"句：天马的神态十分清奇矫健。《史记·武帝纪》载：时有骏马生于渥洼（今甘肃省安西境内）水中，人献于朝廷。武帝以为天马，并作《天马》之歌。后世遂以"渥洼"称天马、神驹。

② "鬣焰"句：马鬣飘逸似火焰燃烧、闪耀。炘炘：火焰炽燃貌。

③ "眸似电"二句：指天马目光炯炯，如电光闪动，立身欲腾，却为缰绳羁系，仰天发出阵阵悲鸣。

④ "本属"句：指此马原本是天上的宝贝、宝马。

⑤ 圈圈道：指磨道。

⑥ "驴骡"句：指用天马拉磨，占据了驴骡之辈的位置，受到了它们的嫉恨而侧目相视。

⑦ "麋鹿"句：指麋鹿虽非马，但因在金殿上曾被指作马，便得意地摇唇鼓舌讥笑天马备受冷落。

⑧ "相煎"二句：指时光无情流失，天马正在衰老。白驹：原指白色骏马，后比作日影。《庄子·知北游》："人生天地之间，若白驹过隙，忽然而已。"相煎：曹植遭其兄曹丕加害时，被逼七步为诗："煮豆燃豆萁，豆在釜中泣。本是同根生，相煎何太急。"这里指白驹对渥洼天马也是同类相残，特意加快光阴流逝的步伐，使天马匆匆老去。故故：故意，特意。

西江月

元旦夜，见报载有学童因家贫辍学，忆及往事，不尽感慨。

四十年前今夜，一弯新月如钩。逢收学费苦囊羞，校院行吟冷透。　　四十年徂①今夜，月光又照当头。闻知寒子学难修，抱愧徘徊久久。

2003 年

【注】

① 徂：经过，逝。

临江仙·寻

万里昊天寻倩影,瑶池不见行踪。广寒宫里未曾逢。河边询织女,让我问飞鸿。　　穿遍人间千百度,依然难觅音容。湘妃歉意洛神朦。阑珊灯火处,回首亦空空。

2003 年

五　律

河南邓州籍雷锋战友复员转业后,组成"编外雷锋团",学雷锋做好事四十余载不辍。

一作雷锋友,追随几十年。
为民惟恐后,报国奋争先。
戎伍虽离队,精神永在编①。
躬行宗旨处,引绽百花妍。

2003 年

【注】

① "戎伍"二句:作为复转军人虽然已经离开了部队,但思想上、精神上仍然在"雷锋团"编制之内,永未离队。

雁

不负①清秋不负春,饥寒万里越云津②。
一年两度昭③尘世:仰对青天大写人④。

2003 年

【注】
① 负:辜负,此处指大雁秋去春来,从不违背时节。
② 云津:天河。
③ 昭:昭告,明示。
④ "仰对"句:意即人们应该完善自己,敢于仰视蓝天上雁阵书写的大大的"人"字。

七 律

报载一山村少女,为救家贫,心怀憧憬,进城打工,却被坏人侮辱,又不堪冷眼流言,愤然自尽。闻之令人感伤。

新花曾信遍春光,却遇狂风并肃霜①。
怯握龙泉驱恶虎,趣讥狐魅损羔羊②。
猜疑难忍千人眼,算计谁堪九曲肠③。
可叹清纯山野女,拼将一死诉心凉。

2003 年

【注】
① "新花"二句:新开的鲜花曾经相信到处都是春光明媚,却不料遭遇到狂风和严霜的袭击。

② "怯握"二句：有些人害怕握住武器去同坏人斗争，却对污蔑女孩子是狐魅妖孽、欺负软弱羔羊很感兴趣。龙泉：宝剑名，此指剑。

③ "猜疑"二句：小姑娘难以忍受人们猜疑的目光，更不能容忍有弯弯肠子的人们算计她。

沁园春·寄故乡南阳

桑梓①深情，伴我天涯，激我志遒。念伏牛腾跃，群龙来聚②；淯河润沃，五谷丰收。枢纽东西，交通南北，今古文明汇一畴。观青史，欲中原问鼎，谁不凝眸？　　地灵尽显风流。有灿灿群星耀九州。算医商二圣③，泽滋万世，两仪神构，千载鳌头④。光武⑤中兴，孔明⑥宏对，大略雄才凭运筹。看来者，似青松队队，袞袞骅骝⑦。

2003 年

【注】

① 桑梓：家乡。

② "念伏牛"二句：伏牛山脉奔腾跳跃，像群龙在这里聚会。

③ 医商二圣：医圣：张仲景，东汉医学家，名机，南阳涅阳（今南阳市镇平县南）人，著有《伤寒杂病论》，记治传染病方三十种，治疗原则397条。该书经后人整理，成《伤寒论》和《金匮要略》两部。商圣：范蠡，春秋末越国大夫，原为楚国宛（今河南南阳）人，字少伯。协助越王勾践复国灭吴后，到齐经商治产获千万，散财后到陶，再度致资数千万，号陶朱公。经济思想着眼于自然循环，掌握"贵上极则反贱"之原理，代表作为《计然篇》。

④ "地天"二句：地动仪和浑天仪，千百年来都独领风骚。此二仪为东汉科学家张衡所造。张衡，字平子，南阳西鄂（今南阳市北）人，年少好学，诵《五经》、贯六艺，致思于天文、阴阳、历法等，先后制造第一架利用铜壶滴漏带动之浑天仪和精钢铸就的候风地动仪，著述甚多。被称作"科圣"。

⑤ 光武：刘秀，南阳蔡阳（今湖北枣阳西南）人，东汉建立者，在位32年，使汉室中兴。谥光武帝。

⑥ 孔明：诸葛亮，年幼时父母皆丧，随叔父"躬耕于南阳"，刻苦读书，好为《梁父吟》。后随刘备征战，成一代名相。

⑦ "看来者"三句：意即人才辈出，如青松成队而立，似骏马连续奔来。衮衮：连续不断、相继不绝之意。骅骝：奇骏名，代指骏马。

沙尘暴

日月知何去？狂风卷漠来。
乾坤重混沌①，尘土恣掀豗②。
花木容颜暗，街楼服色灰。
更忧农户苦，果黍遍遭摧。

2003 年

【注】

① 混沌：古人称远古天地未分开时为混沌状态。
② 恣掀豗：任意掀扬撞击。豗：撞击，轰响。

示女儿

莫期举步便云津[①]，自古成材磨难频。
枫叶经霜方显美，梅花傲雪始传神。
璧遭秦厄添珍贵[②]，马跃檀溪验性真[③]。
善酿不辞长窖贮，甘于寂寞出芳醇[④]。

2003 年

【注】

① "莫期"句：不要希望一起步就能到天上去。云津：天河，此处代指天。

② "璧遭"句：战国时，秦国欲以五座城换取赵国的和氏璧。蔺相如奉命持璧出使秦国，发现秦王有诈，则假称为秦王指璧之瑕疵，将璧索回，并抱着璧迎向秦庭的柱子，声称若不给城，强取此璧，则与璧共碎此柱。秦王畏其气势，答应举行隆重的交换仪式，使蔺相如赢得时间，将和氏璧完整地送回赵国。和氏璧因有此经历，弥足珍贵，名扬天下。此句意指，人在顺境、受到欢迎时，也要准备经受各种特殊考验，方能备受重视，发挥更大作用。

③ "马跃"句：汉末时，刘备坐骑"的卢"极骏，赠与刘表。因人称该马眼下有泪槽，骑则妨主，刘表将"的卢"退还刘备。刘备知情后，并未抛弃。一次，蔡瑁在襄阳设宴，欲害刘备。刘备席间得知，上马便逃。途中"的卢"前蹄陷于檀溪，追兵又至。刘备正惊异此马果真害主时，"那马忽然从水中涌身而起，一跃三丈，飞上西岸"，使刘备脱离险境。马跃檀溪一事，证明了"的卢"确是一匹难得的骏马。此句意指，人处逆境、遭到误会时，需要在关键时刻经得起非常考验，才能赢得信任和尊重。

④ "善酿"二句：意思是人生有时应当经得起寂寞和默默无闻的考验，要像酒经窖藏那样，使自己变得更加完美。

浣溪沙·北疆坎儿井①

旱魃窝巢炙气蒸②，岂知地下水龙行。千秋默默护生灵。　　葡似龙涎逢热滴③，瓜如𧈢蛋遇凉凝④。生机无限百花荣。

2004 年

【注】

① 坎儿井：新疆吐鲁番盆地，夏季气温甚高，水如在地面流引，便会蒸发耗尽。当地人民修筑了地下水渠，解决了引水难题。

② 旱魃：传说中的旱魔。因吐鲁番长年缺水，这里喻作旱魔老巢。

③ "葡似"句：北疆的葡萄长得很密实，像水龙的涎遇热流滴而成。

④ "瓜如"句：𧈢即负𧈢，是传说中龙之九子的第八子。𧈢蛋：这里泛指龙孵化后代的卵。这句是说，北疆的瓜甚佳，好似水龙蛋遇凉所化。

贺兰山①

贺兰驰骏马，东麓护王陵②。
林密峰峦秀，泉清涧壑腾。
天然屏沃野，山势隔云层。
君向东南望，银川霞汽蒸。

2004 年

【注】

① 贺兰山：位于宁夏银川市西北部，南北长 200 多公里，东西宽 15—50 公里，为银川平原西部的天然屏障。遥望山脉，宛如骏马。蒙古语谓骏马为"贺兰"，故名。

② 王陵：西夏历代帝王陵墓，位于贺兰山东麓，墓建筑和墓葬物对研究西夏文化及其和汉文化关系有重大价值。

平遥古城

坚墙围古邑，莽野一神龟①。
市井流幽韵，坊楼展逸姿。
干戈从未扰②，雨露总偏滋③。
每每游人叹，名城处处奇。

2004 年

【注】

① 神龟：明洪武三年修建的平遥城，呈方形，东西各两城门，南北各一城门，形似乌龟。

② "干戈"句：县志载，平遥城自建成以来，从来没有遭受过战乱祸害。

③ "雨露"句：当地人讲，平遥一带大多年头都是风调雨顺。

汉宫春·乘艇近观金门诸岛①

犁碎波涛，向离怀诸岛，纵我轻舟。明珠失散日久，满载离愁②。风枝招手，草含情，峻石恭留③。更泪涌，殷勤迎送，依依厚意群鸥。远望烟波浩渺，盼双潭得见，八洞能游④。沐猴背宗未已，裂国难休⑤。何当霹雳，扫阴霾，宝岛归收⑥。亲骨肉，团圆永世，同擎无缺金瓯⑦。

2004 年

【注】

① 金门诸岛：包括金门、大担、二担等七个岛屿，目前尚为台湾当局控制。

② "明珠"句：几个岛屿象祖国明珠一样，与大陆失散太久，放眼望去，满载着离愁别恨。

③ "风枝"三句：在风中摇动的树枝，像在向亲人招手，岛上的青草脉脉含情，峻然耸立的岩石像是恭立着挽留亲人。

④ "远望"三句：由金门诸岛向远处望去，烟波浩渺中有台湾岛。那里的大好河山，盼望能去游赏。双潭：即日月潭，双潭秋月旧称台湾八景之一，。八洞：即八仙洞，位于台湾台东县长滨乡樟原村附近海岸，是旧石器时代古人类住过的一系列岩洞。考古工作者认为是大陆人类分支东入台湾居住处。

⑤ "沐猴"二句：一些沐猴而冠的人，背叛祖宗，分裂祖国，鼓噪得没有休止。

⑥ "何当"三句：什么时候天行霹雳，扫尽笼罩在海峡的乌烟瘴气，让台湾诸岛回到祖国的怀抱中来。

⑦ "亲骨肉"三句：台湾人民与大陆人民都是亲骨肉。如果台湾回归，骨肉世世代代团圆一起，紧密团结，共同完整无缺地守护和建设好伟大祖国。

第三次谒韶山毛主席故居

门前塘水连河海，屋后韶峰接紫穹。
指点江山①幼有志，躬行奋斗②乐无穷。
万方乐奏开新路③，三截昆仑盼大同④。
舜帝纶音⑤常袅袅，鲜花遍地尽朝东。

2004 年

【注】

① 指点江山：毛泽东青年时作《沁园春·长沙》一词中有"指点江山，激扬文字，粪土当年万户侯"的诗句。

② 躬行奋斗：毛泽东早年就提出了"与天奋斗，其乐无穷；与地奋斗，其乐无穷；与人奋斗，其乐无穷"，并实践终生。

③ "万方"句：指建立新中国，开辟了中国历史的崭新道路。毛泽东在建国之初所作的《浣溪纱》一词中有句："万方乐奏有于阗。"

④ "三截"句：毛泽东所写的《昆仑》一词中用"安得倚天抽宝剑，把汝（昆仑山）裁为三截，一截遗欧，一截赠美，一截还东国。太平世界，环球同此凉热"，表达了盼望世界大同的崇高思想。

⑤ 舜帝纶音：当年舜帝南巡至韶峰时所奏的音乐依然余音不绝。引意为毛泽东的声音仍然在回响。

牡 丹

岁岁游人涌洛阳,流连国色与天香。
当初若是无刚骨,焉可风骚领一方①。

2004 年

【注】

① "当初"二句:此处用唐传奇故事中牡丹仙子不听女皇武则天诏令,坚决不违背时令于冬天开放,被武则天贬出御园、赶到洛阳的典故。

动物园看狼

百兽沐春和,千禽竞巧歌。迎风远远闻臊臭,闲步竟然到狼窝。十数野狼傲待客,懒卧暖日眼翻白。忽共跃身扑过来,其势教人掉魂魄。窜上跳下狂突奔,凄鸣厉嚎搅尘昏。尖牙龇露闪寒色,利爪猛烈撞铁门。原是园工投食吃,顿时同伴成仇敌。几块腥肉掷笼中,疯狂抢吞互攻击。食尽饲者去已久,为争残渣犹缠纠。狡眼冷冷满凶光,同伴毛血粘在口。长叹息,何堪忆,皮栗发竖寒气逼①。此景何处似曾见,思来想去记不得。

2004 年

【注】

① "皮栗"句:皮生鸡皮疙瘩,头发竖起,周身感到寒气逼人。比喻十分恐怖。

赠东风人

万顷不毛地①，千人枪一支②。
冲天霹雳响，满世凯旋诗③。

2004 年

【注】
① "万顷"句：指东风人居住在大戈壁滩之中。
② "千人"句：东风人有"千人一杆枪，万人一门炮"之说。指大家同心协力发射火箭。
③ "冲天"二句：东风人发射卫星成功，普天之下都为之庆贺。

赠马兰人

浊醪和露饮①，横笛伴风吹。
大漠缘君在，方留千古奇。

2004 年

【注】
① 浊醪：浊酒。杜甫《清明二首》诗："钟鼎山林各天性，浊醪粗饭任吾年。"

赠草原人

白云添异彩，万里射天狼①。
大汗如知晓，笑将弓箭藏②。

2004 年

【注】

① "白云"二句：连天上的白云都添上了奇光异彩，遥远的天狼星被射中。天狼：天狼星。

② "大汗"二句：成吉思汗如果地下有知，这位善于弯弓远射的天之骄子，也会含笑把自己的弓箭收藏起来了。

六十述怀

旋转乾坤又一周①，月侵岁蚀骨方遒②。
豪情烁烁浑如昨③，学趣痴痴未染秋④。
百代兴衰收眼底，万民冷暖系心头。
甲申若得三相遇⑤，当为中华庆志酬⑥。

2004 年

【注】

① "旋转"句：意思是乾坤旋转不已，又一个甲子过去了，转眼已经六十岁了。

② 骨方遒：骨头还比较刚劲。喻身体还好。

③ "豪情"句：对祖国一片丹心，豪情如燃，依然象年轻时那样没有变化。

④ "学趣"句：学习兴趣依然如醉如痴，未随岁月增加变得老气横秋。

⑤ "甲申"句：如果能再碰到第三个甲申年。作者生于甲申，六十岁为第二个甲申。

⑥ "当为"句：那时应当为中华民族复兴大业的成功好好庆贺啊！

花甲岁游恒山悬空寺①

遥疑海市现山峦，近诧壶天世界宽②。
峭石悬崖精点缀，层楼曲栈巧萦蟠③。
建功岂可空中阁，报国焉能壁上观④？
翔凤飞龙对衰鬓⑤，心雄万丈起波澜。

2004年

【注】

① 悬空寺：在山西浑源县城南5公里，建在北岳恒山下金龙口西崖峭壁上。据《恒山志》载，始建于北魏晚期（约公元六世纪），全寺有殿宇楼阁四十间，陡崖上凿洞穴插悬梁为基，楼阁间有栈道相通。

② "遥疑"二句：远远看去，令人狐疑的是，海市蜃楼怎么出现在山峦上面？近处详观，又诧异这是不是壶中的神仙世界？壶天：古代传说仙人名。《云笈七签》二十八："施存，鲁人，夫子弟子，学大丹之道，……常悬一壶，如五升器，大变化为天地，中有明，如世间。夜宿其内，自号'壶天'。人谓曰'壶公'。"后道家固以壶天为仙境的代称。

③ "峭石"二句：在悬崖峭壁上用楼阁庙宇精心作出点缀，显得雄奇壮观。层层楼宇、曲曲栈道构建盘绕得十分巧妙。

④ "建功"二句：为民建功不能是空中楼阁，应脚踏实地；立志报国应投身实际工作之中，不能袖手旁观。

⑤ 翔凤飞龙：指悬空寺象飞翔的凤凰，腾空的蛟龙。衰鬓：喻年老。

退休老将军

汗血嘶笳角①，廉颇恋战袍。
硝烟迷夜梦，霜露浸晨刀②。
翘首江山统，扬眉国势豪③。
安危心上结，关切与年高④。

2004 年

【注】

① 汗血：名马，因善跑出汗如血而得名。此句是说著名战马一听到战场上的笳角声就会振奋嘶鸣。

② "硝烟"二句：梦中常回到硝烟迷漫的战场，霜露经常浸润闻鸡起舞时用的刀剑。

③ "翘首"二句：盼望着祖国山河得到统一，为国运昌、国力强感到扬眉吐气。

④ "安危"二句：国家的安危始终挂在心上，关切之情随着年龄增高而不减。

白首聚

诸高中同窗分别四十余年,幸会京城,均年逾花甲矣。

重逢白首乍疑惊,久久端详试道名。
笑忆当年询故旧,饱经世事话浮生①。
乡音浓杂他乡韵,岁月弥增早岁情。
唤起童心人返少,妙言争发酒频倾。

2004 年

【注】
① 浮生:佛教语,这里指平生。

水龙吟·游抚仙湖①

清秋两迭云天,碧波万顷舟容与②。穿空玉笋,嬉流象鼻,来迎远旅③。寂寞孤山④,喜逢群客,凌波摇舞。有二仙似醉,抚肩招我,呼酒友,邀游侣⑤。 忘却蓬莱何处,笑吾身,此时谁主?心翔广宇,意交云水,思追雪鹭。胆洁肝澄,气闲神爽,感怀难语⑥。叹无情汽笛,频催数唤,返人间路。

2004 年

【注】
① 抚仙湖:又名澄海湖,位于云南澄海县城南 2 公里,湖南北长 60 公里,面积约 204 平方公里,最深处达 151 米,是我

国深水湖泊之一。

② "清秋"二句：意即船在万顷碧波上从容缓行，空中和水底可见两重清秋云天。容与：从容，迟缓不前的样子。《楚辞·九章·涉江》："船容与不进兮，淹回水而凝滞。"

③ "穿空"三句：玉笋：抚仙湖西玉笋山，状如玉笋，直插云天。象鼻：抚仙湖东北有象鼻岭，如大象长鼻嬉水。远旅：远道而来的旅客。

④ 孤山：抚仙湖中有孤山岛，浮于水面。

⑤ "有二仙"四句：湖中有巨石二块，相并耸立，似仙人抚肩巡游，名抚仙石，湖亦因此得名。这里是说，在湖上遇见二位抚肩巡游的醉仙人，远远地招呼我，是呼唤酒友，还是邀请共同游玩的伴侣？

⑥ 难语：意指难以用语言表达。

青玉案·访意大利威尼斯城

长空飞越兼轮渡①，催白浪，翻如雨。舞后追前鸥引路。彩楼层现，水天交处。城在波头矗。　　虹桥四百连群屿②，无数轻舟任来去③。万国游人传笑语。背乡铜马，踞高昭诉：莫作桃源误④。

2004 年

【注】

① "长空"句：乘过飞机又换上轮船。

② "虹桥"句：威尼斯水城建立在 120 个小岛上，由四百余座桥梁相互连接。

③ "无数"句：无数个小船在水上穿行于威尼斯城中。轻舟：贡多拉轻舟，是威尼斯特色，也是世界上独一无二的水上游玩的

主要工具。

④ "背乡"三句：在威尼斯城圣马可大教堂的拱门前平台上，有极著名的四匹铜马雕像，它们在高处昭告游人：千万莫把这里当作世外桃源。铜马：四匹铜马的来源意见不一，有说是来自第三或第四世纪的古罗马作品，也有说是君士坦丁皇帝时代，甚至可能是希腊雕刻家顿西帕斯的作品。它们是1204年十字军东征后当作战利品运到威尼斯的，半个世纪以后，竖立在大教堂拱门上的平台上，以象征威尼斯的自由。1797年拿破仑掳掠威尼斯共和国，便把这四匹铜马运到了法国，1815年才又运回威尼斯。铜马在威尼斯仍然是背井离乡。它们见证了这里虽地处偏远，但仍然有侵略、被侵略的战争发生，决不是世外桃源。

读　史

执绋履危帮李靖[①]，当垆卖酒佐相如[②]。
伟男背后娥眉立，巾帼英姿耀史书。

2004年

【注】

① "执绋"句：唐尚书右仆射李靖未显时，曾拜见隋楚国公杨素。杨素欲加害之。杨府一执红绋侍女冒着危险救出李靖，后成其妻，帮李靖在灭隋建唐中立下奇功。

② "当垆"句：西汉司马相如贫时，在临邛得到寡妇卓文君的喜爱，与之私奔，卖酒为生。卓文君亲自当垆。后司马相如被汉武帝先后任为郎、孝文园令。

虞美人·堵车

藏头隐尾长蛇阵,底事凭谁问[①]?神驹天马陷檀溪[②],进退均难何以效鸿飞[③]? 驾车欲达风驰速,反似蜗无足[④]。道边得得老驴行,心碎蹄声人尽坠愁城。

2005 年

【注】

① "藏头"二句:被堵的车队宛如一个长蛇阵,前看不到头,后见不到尾,这事还不知道有无人过问处理。

② "神驹"句:神驹天马都陷到泥潭中动弹不得。神驹、天马:均指良马、千里马。檀溪:《三国演义》载,刘备曾被蔡瑁追杀,乘的卢马涉檀溪逃走,马陷于泥中,差点遇难。这里说车辆被堵,不管事情急缓,均不能动弹。

③ "进退"句:既不能前进,也不能后退,有什么办法像大雁一样飞起来就好了。

④ "驾车"句:驾车原希望象风一样快速行驶,现在却像蜗牛一样行动迟缓。

水龙吟·游圆明园遗址①

　　劫余天下奇园，怆然满目荒凉路。淡烟笼罩，秃丘剩水，断墙残圃。辨础寻基，追踪探佚，雍乾②曾住。叹仙凡盛景③，而今只可，凭人说，图中悟。　　遍检江山古迹，数升平、竞留何举④？豪陵伟耸，龙庭高矗，名园如许。奢糜儿孙，废忘武备，祚衰倾遽⑤。念驱龙凿峡，家门不入，颂无毛禹⑥！

2005 年

【注】

① 圆明园遗址：在北京海淀区东部，原为清代的一座大型皇家御苑，周约十公里。圆明园在康熙四十八年为皇四子胤禛的赐园，经三朝重修扩建，成相当规模。嘉庆、道光、咸丰各代又屡有修建，极其壮观。被西方誉为"万园之园"。咸丰十年（1860年），英法联军劫掠园中珍宝，并纵火烧毁。

② 雍乾：雍正皇帝与乾隆皇帝。

③ 仙凡盛景：圆明园号称集天上人间美景于一园。

④ "数升平"句：历数历史上升平年间，都竞相留下了什么盛举？

⑤ 祚衰倾遽：指国家衰落、倾败得很迅速。祚：通阼，皇位。遽：快，迅速。

⑥ "念驱龙凿峡"三句：传说大禹不辞劳苦，开凿三峡，疏通水道，把龙蛇（大水）驱逐到低洼水草地，小腿上的毛都掉光了，曾经三过家门而不入，所以得到了世代人民的崇颂。

江城子·除夕烟火

　　夜阑星汉早迎春①，彩花喷，饰天阍②。玉帝名葩，尽展入眸新③。大地蕾苞惊懒梦④，人共乐，仰云津⑤。　　散花天女试修真，落英纷，怕沾身⑥。万紫千红，何计得长存？怎奈瞬间鲜幕谢，花有彩，惜无根⑦。

2005 年

【注】

　　① 夜阑：夜深。星汉：银河，指天上。

　　② "彩花"二句：五彩缤纷的花朵喷放出来，把天门都妆饰得亮丽了。天阍：天门。饰：装饰。

　　③ "玉帝"二句：玉帝把天上的名花都展示给世人。世间很少看到，人们感到无比新鲜。葩：花。

　　④ "大地"句：天花怒放，把大地上的花蕾蕊苞都从睡梦中唤醒了。

　　⑤ "人共乐"二句：普天下人们都沉浸在欢乐中，仰望着天际的奇花异朵。

　　⑥ "散花"三句：《维摩诘所说经观众生品》第七："维摩诘以身疾，广为说法。佛告文殊利师：'汝诣问疾。'时维摩室有一天女，见诸大人，闻所说法，便现其身，即以天花散诸菩萨大弟子上，花至诸菩萨即皆堕落，至大弟子便著不堕。"维摩：即维摩诘，佛教中的先哲，与释迦牟尼同时人，善讲大乘教义。天女用散花来检验听讲的诸菩萨大弟子是否真正听懂悟透：如果天花落下不沾到身上，那就是学到真谛；如果沾到身上而不坠落，那就是没悟到真意。结果天花落到诸菩萨身上都掉到地上，而落到大弟子身上却沾着不掉。说明佛门大弟子还未能空诸色相，不

能参透维摩诘讲经的真意。"散花"三句借此故事，说当烟花如天女散花般从空中落下时，人们生怕像没有参深悟透维摩诘说经真谛的佛门大弟子一样沾身不掉，而急忙躲避。

⑦"怎奈"三句：无奈的是，这些烟花在天幕上瞬间就凋谢了。它们的色彩虽然鲜艳，可惜没有生根。

永遇乐

迎神舟六号载人航天飞船胜利归来。时我为飞船落区总负责人。

玄奥天宫，人间世代，魂绕情系。大圣西游，敦煌画舞，尽把心遥寄①。祥云灵药，仙槎鹤背②，天路遍寻无计③。最难忘。英雄万户，奇思化作烟翳④。　而今巨变，中华龙醒，不再仙凡迢递⑤。叩约前秋⑥，此行多住⑦，娓娓传心意。来年将往，苍穹深处，探秘遨游星际。复兴业、扶摇直上，更加壮丽。

2005 年

【注】

① "大圣"三句：意即孙悟空为主角的《西游记》，敦煌石窟壁画中所画的飞天图景，都寄托着人们对天宫仙境的向往。

② "祥云"两句：驾祥云、服灵药、乘仙槎、骑神鹤，等等，都是前人想象中的上天通仙的办法。

③ "天路"句：登天之路寻找无数，但最终也未能找到。

④ "最难忘"三句：明朝人万户，以 47 支烟火捆椅，坐其上欲升空，壮烈牺牲。他是史载人类第一个把上天付诸实践之人。

⑤"不再"句：由于有了神舟，天上人间距离不再遥远。

⑥"叩约"句：在2003年10月，成功进行了我国的第一次载人航天飞行。航天员杨利伟在太空飞行21个小时后返回地面。此句意即前年初叩天门，已约好今年再访。

⑦"此行"句：2005年10月我国进行的第二次载人航天飞行，由费俊龙、聂海胜两位航天员执行，在太空飞行五昼夜而返。

曾 当

曾当玉帝①身边客，沦作贪欢梦里人②。
烹制小鲜需大器，操持巨舰饱经纶③。

2005年

【注】

① 玉帝：玉皇大帝。汉武帝曾作梦，自己到玉皇大帝那里作客，受到款待。

② "沦作"句：南唐后主李煜有诗曰："梦里不知身是客，一晌贪欢。""多少恨，昨夜梦魂中。还似旧时游上苑，车如流水马如龙，花月正春风。"

③ "烹制"二句：意即治理大国须是雄才,操持巨轮须有大智，否则很难胜任。古人云："治大国如烹小鲜。"饱经纶：有丰富的经世致用的大才。

鹧鸪天·颐和园百态口占

一入名园遍八仙，纵情路数各新鲜。红缨追逐龙泉舞，绿扇翻飞蝶影翩①。　京戏闹，老歌喧②，垂丝健步百家拳③。人行道上龙蛇走④，奋劈清波竞泳欢。

2006 年

【注】

① "红缨"二句：指人们有的练剑，剑柄后红缨翻舞；有的舞扇，绿扇如彩蝶翩飞。红缨：剑柄上的红穗。龙泉：宝剑名，此处泛指剑。

② 老歌：指游园老人爱唱以往的旧歌。

③ 百家拳：各式各样的拳脚。

④ "人行"句：有人在人行道上用巨笔沾水写大字。龙蛇走：指笔锋游动。

七　律

树久雪同志与我共事多年，因病早休，创作了大量诗歌。读后感慨系之。

有幸同经岁月磨，操舟共闯万重波。
业如树耸昂然久，品似雪凝高洁多①。
邪病袭来忍泪笑，挂冠归去仰天歌。
锦诗记载堂堂路，坦荡心声动九河。

2005 年

【注】

① "业如"二句：所作的事业如参天大树昂然耸立，天长地久；所具的品德如冰雪凝结，高尚纯洁。此二句中嵌有"树久雪"三个字。

七　律

读方南江同志退休后第一部长篇小说《中国近卫军》，有感。

原本将军是作家，当年早已育奇葩①。
洞明世事皆佳酿，练达人情遍彩霞。
忙去未容园长草②，闲来益显笔生花。
东篱菊盛南山秀③，选出宏篇分外嘉。

2005 年

【注】

① "当年"句：早年已经有好作品问世。
② "忙去"句：担负领导职务，十分繁忙时，仍没有荒废写作。
③ "东篱"句：陶渊明诗云："采菊东篱下，悠然见南山。"这里借用其意，指的是方南江退休卸任之后。

杨靖宇将军①诞辰百年

生曾丧敌胆，死让寇心惊。
靖宇雄风在，中华谁敢轻②！

2005 年

【注】

① 杨靖宇：

②"靖宇"二句：有杨靖宇将军的雄风长在，谁敢轻视中华民族！

水调歌头·微雨乘缆车登海螺沟①山观冰川

已越千重雨，又拨数层云。迎来红日东照，方识近天门②。脚下云涛起伏，涛上奇峰隐现，似共浴汤盆③。贡嘎④披银甲，傲岸显真身。　风渐劲，烟霭散，画图新。冰川万载浩荡，雄气振乾坤。几挂狂喷飞瀑，百丈高悬素练，欢唱伴冰神⑤。人处晶莹界，澄澈化清纯。

2005年

【注】

① 海螺沟：位于四川省甘孜藏族自治州境内，是世界壮丽的现代冰川、亚洲雄伟的大冰瀑布所在地。

②"方识"句：才发现离天门很近了。意即登上很高的山巅。

③"脚下"句：在高山之巅，看脚下云涛滚滚，众山头在云涛中忽隐忽现，像在一个巨大的热气腾腾的浴池中共同沐浴。

④ 贡嘎：贡嘎山，位于四川境内的海拔最高的山峰，常年积雪。

⑤"几挂"三句：指冰川两侧的高山悬壁上有多个瀑布，冲落峡谷中，与冰川合为一体。

沁园春·钱

钱，汝知乎？自尔生来，罪莫大焉①。见金堆银聚，偏心趋奉；囊羞灶冷，睥目悭缘②。铜臭迷人，孔方招鬼，孕出何多昧墨③官。尤乱性，引抢偷坑骗，骨肉相残④。　　请君听我良言：速改过、仁慈待世间。让朱门好施，鸱夷惠远⑤；柴扉沐日，车胤灯燃⑥。祛臭除脏，惩奸扬善，弊绝风清坦寸丹⑦。须他日，渐同呼阿堵，汝可称贤⑧。

2005 年

【注】

① "钱，汝知乎"三句：钱自从产生以来，就有着很大的罪恶。意即货币的产生虽推动了商品交换，促进了生产发展，但也带来了许多社会问题。

② "见金"四句：指钱嫌贫爱富，见到金银多的富翁财主，就偏心地去送上更多的钱；见囊中空空、连饭都吃不上的人家，侧目而视，很少关顾。金堆银聚：指金银聚集成堆，意即富豪人家。趋奉：意即巴结。囊羞：袋空无钱。灶冷：很少做饭，吃不上饭。悭缘：没有缘分，很少结交。

③ 贪墨：贪官、黑心肠的脏官。

④ "尤乱性"三句：指钱使人们迷失了善良的本性，引起了人们为了取得钱而犯罪，亲人也反目为仇，自相残杀。

⑤ "让朱门"二句：让富裕人家乐善好施，像范蠡散财那样，惠及众多的人们。鸱夷：鸱夷皮子，越大夫范蠡逃离越国，至齐改名为鸱夷皮子，任齐相，成巨富，多次散财济贫。

⑥ "柴扉"二句：让穷困人家也能得到阳光的照耀，使车

胤这样的穷人也有条件读上书。车胤：晋人，字武子，南平（今湖南安乡县）人。他幼时家贫，常无灯油供夜读。夏夜，胤以白绢制成口袋，捉萤火虫数十装入袋中，借萤火光亮读书，直到天亮。柴扉：用荆柴编成的门，指贫寒家庭。沐日：沐浴到阳光。

⑦ 寸丹：指赤诚的心。坦寸丹：坦露心扉，以诚相待。

⑧ "须他日"三句：等到有一天，世上所有的人都把钱称作阿堵了，那么世道才会安宁，钱才能从根本上称为是好东西。阿堵：指钱。《世说新语·规箴》：王夷甫雅尚玄远，常嫉其妇贪浊，口未尝言钱字。妇欲试之，令婢以钱绕床不得行。夷甫晨起，见钱阂行，呼婢曰："举却阿堵物"。同称阿堵：意即人们都有了很多的财富，不再视钱多为荣耀，而是累赘；不再为钱而犯罪，而能各取所需。那时钱的正面作用充分发挥，负面作用将被遏制。

赠海上卫星测控队

凌波增浩气，海上牧繁星①。
事业垂天宇，长歌唱转萍②。

2005 年

【注】

① "凌波"二句：在海上乘风破浪，增长了冲天豪气，指挥管理着天上的星星。

② "长歌"句：高唱凯歌，直面长年在海上漂泊。转萍：如浮萍流转。

点绛唇·望山

远望春山，风光常觉前方好。力攀穷绕。近却青青杳。　　到处寻春，春已匆匆老。争分秒。人生时少。不似离离草①。

2005 年

【注】

① "不似"句：这里化用白居易诗句"离离原上草，一岁一枯荣"。意即人不似草，可以枯而复荣，人生苦短，难以再少。

江神子·访四川海螺沟冰川再赋

清晨细雨上奇峰。渐云红，透蓝空。白雪青林，日照紫烟笼。山外迭山山淡远，飞瀑落，水声洪。

遥看贡嘎①半天中。裹银篷，傲苍穹②。磅礴冰川，万里起寒风。仙境雅清神自洁，人更爽，壮心胸。

2005 年

【注】

① 贡嘎：贡嘎山，人称"蜀山之王"。
② 苍穹：天空。

七　律

报载，某市一副局长为争当局长，雇凶杀害另一名副局长。

称兄抚背笑微微，暗设刁谋动杀机。
治国原需龙种萃①，欺民孰料虱官肥②。
曾贪墨贿良知昧，又为乌纱人性非。
庆有高天雷怒发③，腥臊劲扫布朝晖。

2005 年

【注】

① 龙种：恩格斯在致保·拉法格书信中讲到："马克思大概会把海涅对自己模仿者说的话转送给这些先生们：'我播下的是龙种，收获的却是跳蚤。'"（详见《马克思恩格斯选集》第 4 卷第 476 页，

② 虱官：《辞海》：比喻靡费国库、败坏国政的官吏。《商君书·去强》："三官者，生虱官者六：曰岁，曰食，曰美，曰好，曰志，曰行……"岁，指对一年的农事收获草率马虎；食，指浪费食物；美，指讲究吃穿；好，指注重玩好；志，指有暴慢之心；行，指有贪污之行。

③ 高天雷：喻指党纪国法。此句说庆幸有党纪国法严惩。

浣溪沙·游秦皇岛、北戴河

魏武①豪情遗巨篇，始皇②骠骑统河山。毛公③伟绩换人间。　扪石登台寻圣迹，仰空击浪忆前贤。如潮心事薄云天。

2006 年

【注】

① 魏武：曹操，其子曹丕称帝后，被追尊为魏武帝。曾到碣石山观大海，留下了《观沧海》的著名诗篇。

② 始皇：秦始皇，在统一中国的战争中，曾率军队到过北戴河。

③ 毛公：毛泽东，中国人民的伟大领袖，领导全国人民推翻三座大山，建立了新中国，曾多次到过北戴河。

蝶恋花·春游植物园

绿绿黄黄林染巧①，白白朱朱，遍野争媚好②。声脆身轻乌鹊绕，湖中云湿春山窈③。　微雨夜来清远道，如织游人，顿觉倾城到④。春色尤应属年少，满园奔跑堆欢笑。

2006 年

【注】

①"绿绿"句：春天的树林子，有的叶子深绿，有的叶子嫩黄，好象谁涂染的，十分精巧别致。

②"白白"二句：各色各样的花朵遍野都是，争艳斗奇。

③ 窈：深远貌。此句是说，在湖中有白云和春山的倒影。
④ "如织"二句：游园的人很多，好像满城的人都出来踏青了。

丑奴儿·梨园歇台老生

淋漓演遍风云剧，卸下华妆。卸下华妆，闻乐犹腾血一腔。　　后生喜亮新招式，满眼青光①。满眼青光，　喝彩由衷为捧场。

2006 年

【注】
① "满眼青光"句：满目都是青春的光彩，真是青出于兰胜于兰，令人青眼相看。

小园晚竹

秀石常相伴，清泉拱卫①流。
月明纤影娜，风动舞姿悠。
兰蕙②心同醉，松梅神与游③。
更深叶犹语，句句到床头。

2006 年

【注】
① 拱卫：环绕。
② 兰蕙：香草。此句意思是竹子与兰蕙之类的香草心息相通。
③ "松梅"句：松树、梅花与竹子神韵相似，为岁寒三友。

观豫剧《程婴救孤》①

神州自古出奇人，救难扶孤竟献身。
慷慨抛头堪爱敬，劬劳忍诟倍酸辛②。
此情此举春秋义③，彼胆彼肝华夏珍④。
祈愿高风熏万代，育斯杰吏育斯民⑤。

2006 年

【注】

① 豫剧《程婴救孤》：故事发生在春秋时期。晋国忠臣赵盾一家三百余口，被奸贼屠岸贾所害。唯怀孕的赵盾儿媳系晋王公主得以幸免。为防止被屠岸贾斩草除根，御医程婴将公主所生孤儿带出宫去，并与公孙杵臼设计，以程婴中年刚得之子代公子，由公孙带出去，程婴出面向屠岸贾告密。在屠岸贾追究中，将军韩厥、宫女彩云、公孙杵臼先后遇难。程婴子亦被摔死。程婴妻也悲郁而死。程婴怀失子之痛、丧妻之悲和被世人误解、唾骂的屈辱，艰难地将赵氏孤儿抚育成人。十六年后，赵氏冤屈得以昭雪。此剧歌颂了不畏强权、维护正义、坚忍顽强的民族精神，催人泪下，感人至深。

② "慷慨"二句：意即敢于就难赴死的英烈们值得人们热爱敬仰，而以子易孤、辛苦育孤、忍辱负重、被人误解一十六载的程婴更令人倍感酸辛，实在不易。

③ "此情"句：这种情义、这种义举，是可以彪炳春秋的大义。

④ "彼胆"句：那些为救孤而赴难人们的侠肝义胆，光照日月，是华夏民族精神的珍宝。

⑤ "祈愿"二句：希望这些英烈们的高风亮节能够教育子孙万代，培育出象赵盾那样真正受人们爱戴的好官，培育出像程婴、公孙杵臼他们那样好的百姓。

懒人戏说读书难

儿时好读却囊羞,书店蹲翻怯似偷。
及长常研红语录①,漫观恐作黑资修②。
壮年鞍马多劳顿,何日蠹鱼任畅游③?
老至雾中看万物,琳琅插架更成愁④。

2006 年

【注】

① 及长:长大,年龄稍大。此指青年时代。

② 漫观:此处指广泛浏览。

③ 蠹鱼:书蠹,书中寄生的虫子,常用来比喻痴迷读书的人。

④ "老至"二句:人老眼花总觉得在雾中看世界,对着满架的书更是发愁。琳琅插架:满架各类书籍。

念奴娇

　　去年农历九月望日，余在内蒙古四子王旗草原，负责迎接返航的神舟六号飞船。时，数日大风忽停，浓云尽散，皓月当空，飞船按预定位置准时降落，人称天助。倏忽经年，今夜又见圆月，喜赋。

　　上苍怜爱，我华夏、出使太空英杰①。连日狂风忽遁去，挂起一轮明月。蟾彩清深②，草原幽静，喜迓神舟歇③。位精时正，竟如仙作神掣④。　　今晚重见银轮，清光如故，分外教亲切。尽扫风云，清客路，想是嫦娥珍别⑤？夜夜烦心，悔偷灵药，此苦何时结⑥？来年航返，定邀姮女同达⑦。

2006 年

【注】

①"上苍"二句：上天好像特别喜爱中国到太空的使者。英杰：指神舟六号及航天员费俊龙、聂海胜。

② 蟾彩：月光。

③ 迓：迎接。

④ "位精"二句：神舟六号遨游太空五天后，降落的地点很精确，时间正如计划所定，好像神仙操作、牵引。

⑤ "尽扫"二句：想来一年前，大风忽止，浓云尽扫，是嫦娥为送别亲人而清理了道路。

⑥ "夜夜"三句：唐李商隐《嫦娥》诗："嫦娥应悔偷灵药，碧海青天夜夜心"。这里用其意，说嫦娥这种孤苦的日子何时才能结束呢？或者说应该结束了。

⑦ "来年"二句：意即航天员再次上天返回时，一定要把嫦娥接回来。姮女：嫦娥。

鹧鸪天·戏吟老来耽诗词

夜半披衣远梦乡，推敲满绿亮晨窗①。文思迟钝江郎老②，章句勾稽东野忙③。　　深刮肚，苦搜肠。吟哦涂抹似颠狂。难求语汇惊人妙，唯愿忧欢吐一腔④。

2006年

【注】

① "推敲"句：辛苦寻句直到天明。推敲：胡仔《苕溪渔隐丛话前集》卷19引《刘公嘉话》："岛（贾岛）初赴举京师，一日于驴上得句云：'鸟宿池边树，僧敲月下门。'始欲着'推'字，又欲着'敲'字，练之未定，遂于驴上吟哦，时时引手作推敲之势。时韩愈吏部权京兆，岛不觉冲至第三节。左右拥之尹前，岛具对所得诗句云云。韩立马良久，谓岛曰'作敲字佳矣'。"满绿：王安石《泊船瓜洲》有句："春风又绿江南岸，明月何时照我还。"南宋洪迈《容斋续笔》载："吴中士人家藏其草，初云'又到江南岸'，圈去'到'字，注曰'不好'。改为'过'，复圈去改为'入'。旋改为'满'。凡如是十许字，始定为'绿'。"这句是说，为写诗炼字句，由夜半直到天亮。

② "文思"句：南朝江淹工诗能文，后梦被神人索还锦绸，尔后为诗，不复成句，人称江郎才尽。此句是说作者自感如江淹年老，早已才尽，文思迟钝不敏。

③ "章句"句：唐著名诗人孟郊，字东野，《墓志》谓其诗"钩章稽句，掐擢肠肾"，每个字都出以苦思。此句意即每写一诗，

都要像孟郊那样苦苦寻觅。

④ "难求"二句：杜甫有诗句："语不惊人死不休"。此二句是说，这样刻苦吟哦，虽才具不足，难以达到语出惊人的效果，但所希望的是把一腔忧欢，都能够完全倾吐表达出来。

赠退休诸友

退休时日贵如金，善乐常娱病不侵。
捧角观台多鼓掌，烹鲜把舵少操心①。
拳游太极腰肢健，笔走龙蛇寄托深。
山水风光诚待友，相交不忌笑和颦②。

2006 年

【注】

① "捧角"二句：意即要适应由台上到台下的变化，多支持台上人的工作，对具体治理事务不要多干预。烹鲜、把舵：指治理具体操作事务。

② 颦：皱眉，不高兴。

夏日晨兴

好梦知时醒，窗间曙色生。
扑门晨气爽，润草露珠明。
漫步伴河水，练拳随鸟声。
昨令辕驾卸①，顿觉一身轻。

2006 年

【注】

① "昨令"句：意即因年龄到线昨天免职命令下达，不再驾辕拉车了。

寒　门

寒门生苦子，幼羡九霄鹏①。
风雪饥肠夜，经纶锥股灯②。
心丹戎马壮③，血热古龙腾④。
夕照群鸦噪⑤，归来学趣仍⑥。

2006 年

【注】

① 九霄鹏：翱翔九霄之上的大鹏。语出《庄子·逍遥游》："北冥有鱼，其名为鲲。鲲之大不知其几千里也，化而为鸟，其名为鹏，鹏之背不知几千里也。怒而飞，其翼若垂天之云。……鹏之徙于南冥也，水击三千里，抟扶摇而上者九万里，去以六月息者也。"

② "经纶"句：以锥刺股的精神挑灯夜读经国治世之有用知识。

③ "心丹"句：一颗红心为着国家军队强大。

④ "血热"句：满腔热血献给东方巨龙腾飞。

⑤ "夕照"句：天色晚时，群鸦鼓噪乱叫。

⑥ 学趣：学习的兴趣。仍：依旧。

定风波·读《牧边歌》①

更晚灯明驱睡魔,手中不释《牧边歌》。勾起生平千万事,天地,拏云谈笑点山河。　　境富高岑雄健意②,新异,语追诗鬼诡奇多③。正是深参军旅美,神驶,摘星缀句勿须磨。

2007 年

【注】

① 《牧边歌》:一本关于军旅戍边题材的诗词集,属边塞诗。作者王子江,沈阳军区军人,中华诗词学会会员。

② 高岑:指唐边塞诗人高适与岑参。他们的诗雄健豪迈,气势迭宕。

③ 诗鬼:唐诗人李贺,其诗独创一系,想象力丰富,有浪漫主义色彩,语言新奇而诡异。

七律 二首

出差过家乡南阳,距当年离井远行已 44 秋矣。

(一)

阔别浑如丁鹤归,乡亲城郭两俱非①。
人除菜色欢颜绽②,燕失檐梁大厦巍。
诸葛僻庐成闹市③,张衡奇技遍生辉④。
纵横坦道通遐迩,淯水滔滔载梦飞。

（二）

音昵土香如醉醅⑤，满眸葱郁气佳哉。
逢时勃勃千山秀，得雨欣欣万蕊开。
笋茁穿泥诸业旺，蜂忙酿蜜远商来。
小康望去无多路，步步云飞步步雷⑥。

【注】

① "阔别"二句：比喻离家太久，家乡发生了巨大变化。丁鹤：丁令威化鹤回乡事。晋陶潜《搜神记后》："丁令威，本辽东人学道于灵虚山。后化鹤归来，集城门华表柱。时有少年，举弓欲射之。鹤乃飞，徘徊空中而言曰：'有鸟有鸟丁令威，去家千年今始归。城郭如故民人非，何不学仙冢垒垒。'遂高飞冲天。"这里活用其意。

② 菜色：饥饿之容颜。

③ "诸葛"句：诸葛亮躬耕处的茅庐原来远离城市，现由于城市发展，被围于闹市中了。

④ "张衡"句：张衡当年奇妙的科技发明事业现已遍地开花了。张衡，东汉南阳西鄂（今南阳石桥镇）人，官至太史令，是著名的科学家、发明家、文学家。他发明的浑天仪、地动仪、指南车等，对社会和科技进步产生了重大影响。

⑤ 昵：亲近、亲切。醅：没过滤的酒，泛指酒。

⑥ "步步"：指每前进一步都如腾云一样迅速，如惊雷一样影响深远。

2007 年

八声甘州·读历代诗词选,深感说愁太多

阅滔滔诗史感怀多,满篇载悲愁。遍离情别恨,伤时吊古,身世沉浮。或叹红衰绿瘦,乌兔①转无休。真似春江水,不尽东流。　　岂可为愁羁驭!惜抽刀斩却,忧怅还稠。纵蟾宫远避,夜夜郁心头②。杜康③浇,醒来依旧,寄木鱼④、梦断⑤劫淹留。争如尔、开怀放眼,笑对千秋⑥!

2007 年

【注】

① 乌兔:乌,太阳。上古神话传说日中有三足乌,故以乌代指太阳。兔,月亮。传说月中有玉兔,故以兔代月。

② "纵蟾宫"句:意指即使像嫦娥那样逃到月宫中,愁苦寂寞仍然会郁结心头。

③ 杜康:人名,传说是第一个用高粱酿酒的人,此处指酒。

④ 寄木鱼:意即出家念经。

⑤ 梦断:梦醒。

⑥ "争如"三句:何如你敞开胸怀、放开眼界,笑对人生和世事。争如:何如。此句是说,不能做愁的奴隶,要乐观地看待事物。

南乡子

喜闻自2007年春季始，免除全国农村地区义务教育阶段学生学杂费。当年即有一亿五千万农村孩子受惠。

辈辈滞穷乡，无奈仰天叹孔方①。劫断孩童求学路，荒唐！多少灵苗夭剑霜。　　今日庆阳光，温暖荆扉②照学堂。民族腾飞新翅举，辉煌！梦寐成真泪满眶。

2007 年

【注】

① "辈辈"二句：孔方：钱。此二句指世世代代跳不出穷窝，无奈地叹息没有钱用。

② 荆扉：用荆柴做成的门。指贫困人家。

念奴娇·送友人

云龙风虎，大乾坤、正是纵横时节①。富国强军非是梦，尽可亲参运掣②。妙算张良，神兵韩信，谁道今人竭③？精忠报国，英姿笑看风发。　　遥忆青鬓心雄，远谋宏识，早曾惊天阙④。流水高山弦共抚，肝胆照如冰雪⑤。早逝冯唐，郭开未尽，宜自修身缺⑥。愿君舟健，汹涛安泛千迭⑦。

2007 年

【注】

①"云龙"三句：意即当前是和谐盛世，可以大展宏图的时候。

②"富国"二句：指友人担当重任，可以亲自参加运作，实现富国强军的理想正当其时。

③"妙算"三句：谁说当今缺少运筹帷幄的张良、用兵如神的韩信那样的人物？意指当今人才济济，也赞扬友人文武兼备，才追历史先贤。

④"遥忆"三句：回想当年风华正茂、十分年青的时候，友人的远谋卓识，已经受到了最高领导层的重视。

⑤"流水"二句：意即与友人有着深厚的友情，肝胆如冰雪一样纯洁相照。

⑥"早逝"三句：冯唐，《史记·冯唐列传》记载：汉文帝时，云中太守魏尚打败匈奴报功时，斩杀人头数多报6个，被汉文帝罢官。郎中署长冯唐当众批评文帝不善用人，有"赏太轻、罚太重"之失。文帝感悟，派冯唐拿着符节，赦免了魏尚，恢复了云中太守职务，并任其为车骑都尉。郭开：战国时赵国大臣。秦屡犯赵，赵王欲重新起用廉颇。郭开从中作梗，收买赵王派出的使者，阻止了此事。宜自修身缺：应该加强自身修养，弥补自己不足。

⑦"愿君"二句：祝愿友人稳健操舟，在万顷波涛中平安驶进。

贺中华诗词第二十一次（湖南衡阳）研讨会召开

峰高回雁雁回头[①]，春返骚坛乐九州[②]。
国有吟哦扬浩气，民抒寄托放歌喉。
古葩不坠根深扎，艳色常鲜露广收[③]。
元曲宋词唐后绽，谁言今日少新流[④]！

2007 年

【注】

① "回雁"：湖南衡山市境内南岳有回雁峰，传说南来大雁到此不再南飞，天转暖即往北返。

② "春返"句：中国传统文化诗词吟坛的春天在全国各地都来到了。指诗词事业的复兴。

③ "古葩"二句：中华诗词这一古老的国花不会败谢，是因为它根深蒂固；它之所以能够永久地保持鲜艳，是因为它广泛地吸取新的营养。

④ "元曲"二句：在唐诗盛行之后，又有了宋词、元曲的兴起，谁能说在今天继承和发扬传统文化中不会有新的流派出现？期待今后会有新的创造。

雁都喜逢南阳诗词学会会长丁林老先生，步其韵

弱年离井久①，闻鸟即心惊②。

事业无圈点，诗文失巧精。

感君回雁意③。慰我转蓬情④。

耆宿高怀在⑤，吟坛定复兴⑥。

2007 年

【注】

① "弱年"句：指年轻时即离开家乡，已是很久了。

② "闻鸟"句：听到鸟鸣也引起乡思离愁。杜甫诗句："恨别鸟惊心。"

③ "感君"句：感谢你在回雁峰下（借指衡阳）所表达的深情厚谊。

④ 转蓬：随风转动的蓬草，意指奔走流动。

⑤ 耆宿：有名望有威望的老人，此处指丁林等老诗人。

⑥ 吟坛：指诗词事业。

附：丁林会长原诗

丁亥衡阳秋幸会解放军总装备部原副政委、中将李栋恒

丁　林

将军临我舍，受宠岂无惊！
汗马光日月，诗篇辉美精。
胸怀兴国志，心系爱乡情。
何日归桑梓？共商骚业兴。

南岳衡山

芙蓉国里紫霞蒸[①]，七十二峰云路登[②]。
可是孙猴神力显？莫非孔子圣坛兴[③]？
书声雁叫韶音绕[④]，虎跃龙飞旭日升[⑤]。
最数祝融香火盛[⑥]，巅高放眼众山腾[⑦]。

2007 年

【注】

① "芙蓉"句：湖南大地一片紫气蒸腾。芙蓉国：因湖南芙蓉随处可见，向有芙蓉国之称。

② "七十二"句：南岳衡山有七十二峰，都高耸入云。

③ "可是"二句：这七十二峰是不是孙悟空大显神通

七十二变所成？莫非孔夫子开坛讲学，他的七十二个大弟子静坐恭听？

④"书声"句：在衡岳山中，有岳麓书院等众多书院，书声不断；有大雁到此北返的鸣叫声；也有当年舜帝南巡在韶峰下听到的动听的韶乐。

⑤"虎跃"句：在南岳山中，藏龙卧虎，人才辈出，特别是还有红太阳升起（毛泽东诞生）的地方。

⑥"最数"句：七十二峰中数祝融峰最高，耸立其上的祝融宫香火十分旺盛。

⑦"巅高"句：站在这最高处，望见无数山头势如奔腾，争相比高，充满活力。

沁园春

丁亥中秋甫过，登武当山，遇大雾间细雨，午后雾散山现。

往昔常闻，道妙山玄，恰值雾中①。望依稀峦簇，游如龙影；朦胧庙宇，浮似蟾宫②。逸女飘男，凌虚蹈幻，恍若群仙聚九重③。蒙纱幕，更奇瑰莫测，玄武神通④。　午来渐劲西风，云雾散、真君终现容⑤。有群山拱拜，踞巅金顶⑥；林涛遥撼，极目苍峰⑦。壁嵌飞檐⑧，谷涵天镜⑨，万里雄浑蕴藉丰⑩。应庆幸，见武当晴雨，皆傲秋穹⑪。

2007年

【注】

①"往昔"三句：过去经常听说，武当山的道教和山峰都很玄妙神奇，恰逢在雾中攀登。

②"望依稀"四句：看到雾中那依稀难辨的层峦，好像游动的龙的影子；那朦朦胧胧的庙宇，好像浮动的月中宫殿。蟾宫：广寒宫别称。

③"逸女"二句：那在雾中行走的飘逸的男女，像踏着云彩幻游，望去好像神仙们在九霄聚会。

④"蒙纱幕"三句：大雾像使武当山蒙上一层纱幕，显得更加奇妙、瑰丽，真武大帝的神通更加神秘莫测。玄武：真武大帝，是武当山的封神，大岳之主。

⑤"云雾散"句：云雾在风中散去后，武当山终于露出了真容。真君：真武大帝，此处借指武当山。

⑥"有群山"句：武当山诸多小山峰都倾向金顶神庙所在的最高山头，像是顶礼拱拜，是武当奇观。

⑦"林涛"二句：无边的林木在风吹动下绿波万顷，一直撼动到眼力所及的遥远的苍茫山峰。

⑧"壁嵌"句：在那如削峭壁上修建有彩檐如飞的庙殿。

⑨"谷涵"句：在山谷中湖水如镜面闪闪发光。

⑩"万里"句：武当山蔓延万里，蕴含着极为丰富的内容。万里：极言山势蜿蜒遥远。

⑪秋穹：秋天的天空。

五 绝

在西南大山丛中，两紧邻铁路隧道口间，住有武警官兵，日夜守卫行车安全。

日月匆匆客，高峰夹片天[1]。
平安车去远，满载意拳拳[2]。

2007 年

【注】
[1] "日月"二句：因高峰相夹，日月照的时间很短。
[2] 拳拳：诚挚，真挚。

西江月·访大嶝岛[1]

昔日隆隆炮响，今朝滚滚商潮。弹皮拣取制炊刀，热卖"金门三宝"[2]。　　毕竟血浓于水，从来情系同胞。久分必合势难摇。螳臂拦车可笑。

2007 年

【注】
[1] 大嶝岛：福建厦门市翔安区的一个岛屿，与金门岛相对，是当年海峡炮战的主要阵地。如今这里建立起与金门互相贸易的市场。
[2] "弹皮"二句：金门菜刀，言为当年炮战弹皮打造，与贡糖、金门酒合称为"金门三宝"，十分畅销。

捧读晓川老《影珠书屋吟稿》有感①

沙场征战扫腥膻②，驰骋骚坛笔似椽③。
才泊禅灵赢锦授④，学臻圣处得灯传⑤。
河山巧布文章伯⑥，桃李遍栽函丈贤⑦。
九转功成诗国盛，登高甚幸有宽肩⑧。

2007年

【注】

①《影珠书屋吟稿》：周笃文老先生诗集。周笃文，字晓川，原中国新闻学院教授、中外文化研究所所长，是国务院表彰的特殊贡献专家，中国韵文学会及中华诗词学会创始人之一，现为中国韵文学会常务理事、中国新闻学会副会长、中华诗词编著中心总编辑，著述甚丰。

②"沙场"句：晓川先生年青时曾参加志愿军赴朝作战，在战火纷飞中"时诵吟兴"。腥膻：这里指反动势力。

③ 骚坛：文坛、诗坛。

④"才泊"句：《南史·江淹传》："淹少以文章显，晚节才思微退，云为宣城太守时罢归，始泊禅灵寺渚，夜梦一人自称张景阳，谓淹：'前以一匹锦相寄，今可见还。'淹探怀中，得数尺与之，此人大恚曰：'那得割裁都尽。'顾见丘迟（字希范）谓曰：'余此数尺既无所用，以遗君。'自尔淹文章踬矣。"这里反其意而用之，意即晓川先生受到神人以彩锦相赠，故尔文采非凡。

⑤"学臻"句：宋词家辛弃疾有句："学窥圣处文章古"（《玉楼春·往事龙榼堂前路》）、"圣处一灯传"（《菩萨蛮·人间岁月堂堂去》）。圣处：圣人之域。得灯传：佛教以灯喻法，故记载其衣钵相传的史迹之书谓《传灯录》。这里是说，晓川先生

学问达到了很高的境界，得到了圣人的真传。

⑥"河山"句：意即晓川先生的著作似河岳流淌屹立，是写文章的巨擘。

⑦"桃李"句：指晓川先生还精心地培养了大批学生，是个著名教育家。函丈（zhàng）：老师、先生的代称。

⑧"九转"二句：意即晓川先生与其同仁不懈努力，推进诗词事业。如今我国成为诗词复兴的国度，与他们殚精竭虑、辛勤奉献是分不开的。九转功成：即付出艰辛努力才获取成功。诗国：诗歌国度。登高甚幸有宽肩：意即我国诗词事业每向上攀登一步，都有幸得到晓川先生及同仁们以肩作梯、无私奉献。

月

天公厚爱赐尘寰，圆缺阴晴都是缘。
伤感无声临户慰，乐吟有意逗思翩。
共明千里遐成迩①，对影三人痴变仙②。
更洒清辉涤心肺，广营圣境照年年。

2007 年

【注】

①"共明"句：宋代苏东坡《水调歌头》词："但愿人长久，千里共婵娟。"唐代王勃诗："海内存知己，天涯若比邻。"这里兼用其意，说有明月相照，千里之远也变得近了。

②"对影"句：唐代李白《月下独酌》："花间一壶酒，独酌无相亲。举杯邀明月，对影成三人。"用其意。

拜读子皋老《鸣皋集》①

书香门第播书香，自幼能诗承母堂②。
山水襟怀松柏骨③，雅骚吐属蕙兰芳④。
刻描国事千秋史，吟唱人情百感章⑤。
逸鹤鸣皋声久远，文才总伴寿椿长⑥。

2007年

【注】

① 《鸣皋集》：作者欧阳鹤先生，字子皋，曾任《中华诗词》副主编，现为中华诗词学会顾问。

② "书香"二句：指作者欧阳鹤先生出身于书香门第，其母工于诗文，并以此课子女。因此，子皋先生幼即能诗。

③ "山水"句：指《鸣皋集》展示了作者阔如山水的胸怀和如松似柏的风骨。

④ "雅骚"句：指作者的诗词有着《大雅》、《小雅》、《离骚》那样的文采，散发着兰蕙一样的芳香。

⑤ "刻描"二句：《鸣皋集》的内容既反映了国家千秋万代、特别是作者生活年代的历史变迁，又抒发了个人发自肺腑的情感历程。

⑥ "逸鹤"二句：意指诗作像鹤鸣九皋一样会长久流传，作者的诗才像寿龄一样宝刀不老。

玉楼春·酒后戏作

语词列阵听吾御,令作新诗争组句[①]。砚池浓墨饷狼毫,我命涂鸦挥不住[②]。 雄师曾率如貔虎[③],卫国强邦坚砥柱。闲来痼习实难更,笔将字兵痴乐聚[④]。

2007 年

【注】

① "语词"二句:语汇单词都列阵听我指挥,我令它们作新诗,它们便争着组成句子。

② "砚池"二句:砚池里的墨汁喂饱了狼毫笔,我命毛笔写字,毛笔便挥个不停。涂鸦:写字的谦称。

③ 貔虎:貔和虎均为凶猛动物,古人常用以比作威武将士。

④ "笔将"句:常痴迷于和笔将字兵在一起欢乐聚会。

秋游宝天曼[①]

宝相天姿避世藏[②],云邀水引访仙乡。
藤连古木张绿幔,瀑散明珠横彩梁[③]。
万壑莺猴幽取闹,千山花果艳飘香。
崖边石凳松间憩,茶润诗思溢八方。

2007 年

【注】

① 宝天曼:河南内乡县风景区,位于伏牛山深处,属国家自然保护区、地质公园。

② "宝相"句：意即美丽的宝天曼远离尘世，开发较晚。

③ 彩梁：彩桥，喻彩虹。唐·徐敞《虹藏不见》："石涧收晴影，天津失彩梁。"

减字木兰花·大雾中访宝天曼①

生来丽质，隐在深山人未识②。一面之求，雾里云遮不胜羞③。　　精诚所至，头盖终掀颜色示④。宝相天姿，万首清奇韵曼诗⑤。

2007 年

【注】

① 宝天曼：河南内乡县新开发的风景区，位于伏牛山深处，为国家自然保护区、地质公园。

② "生来"二句：自产生以来，就是风景秀丽的所在，隐藏在大山深处，未为世人所认识。

③ "一面"二句：我们远道而来，想见上一面，却不料云遮雾绕，把山光水色掩了起来。宝天曼像是一个娇羞的少女怕于见人。

④ "精诚"二句：经过较长时间的等候，终于云开雾散了，宝天曼的秀色渐渐露了出来。

⑤ "宝相"二句：宝天曼那宝贵的容颜、天生的丽姿，像是万首意境清丽奇美、韵味隽永的长诗。曼：长、优美。韵曼诗：韵味优美的长诗。

内乡古县衙[①]

瓴檐流古韵，宏构显威仪。
匾刻生民愿，联书金玉辞[②]。
厅堂终易毁，箴戒总长垂[③]。
倘竟修衙阔，还珠买椟悲[④]。

2007 年

【注】

① 内乡古县衙：河南内乡县衙自元大德八年始建，目前所存官署于清光绪十八年重建，是我国现存最完整的古县衙，属国家重点文物保护单位。

② "匾刻"二句：意即古县衙大量的匾额和楹联，其内容既反映了百姓对官吏们的期望，也体现了历史上的好官良吏自戒自律的理念。

③ "厅堂"二句：此二句的意思是，古衙的厅堂官舍终究会毁塌的，但历代清官良吏为官做人的箴言戒约是会永远流传下去的。

④ "倘竟"二句：这二句是说，如果参观了古县衙，回去大兴土木，把衙门修得很阔气，而忽略为官做人之道，那就等于只买漂亮的盒子，而丢掉其中的珍珠，是令人悲哀的。

五 律

报载，某市贪官市长担负重任后，其亲属多成富商。

一官能得道，鸡犬列仙班。
顿悟芝麻咒①，立登基督山②。
雪岩难望项③。少伯亦惭颜④。
莫笑花易落，眼前人竞攀。

2007 年

【注】

① 芝麻咒：阿拉伯名著《一千零一夜》中《阿里巴巴与四十大盗》故事篇，有"芝麻开门"的咒语，念之可进入山腹，得到江洋大盗存放的珠宝。

② 基督山：法国大仲马名著《基督山伯爵》的主人公自监狱逃出后，在基督山得到海盗大批藏宝，遂成巨富。

③ 雪岩：胡雪岩，清末著名官商，攀附权贵，自银庄伙计发迹为一代富豪。难望项：难以望其项背，难以赶上。

④ 少伯：战国越大夫范蠡，字少伯，助勾践灭吴后，离越经商，成为巨富，史称陶朱公。惭颜：惭愧，自愧不如。

沁园春·游张家界奇山

谁劈鸿蒙？谁睹神工？谁解此奇[①]？似天兵列阵，英豪林立[②]；灵霄布展，巨画群垂[③]。大禹排洪，仙娲炼石，千古功成圣绩遗[④]。留心处，见兽禽惟肖，雄透精微[⑤]。　　令人如醉如痴。值双鬓、风霜正染丝[⑥]。对自然神力，原知卑小；凡间仙境，却振豪思[⑦]。短短人生，堂堂使命，应为中华绘秀姿[⑧]。吾虽老，幸秃毫尚在，忝可提挥[⑨]。

2007 年

【注】

① "谁劈"三句：是谁劈开混沌的世界？有谁看到了上天是怎样造就这一片山峰？谁又能理解体味到这些崇山秀峰所蕴藉的神奇？鸿蒙：旧称宇宙形成前的混沌状态。

② "似天兵"二句：好似威武的天兵天将列阵成队，高大的山峰如英豪荟萃。

③ "灵霄"二句：像玉皇大帝的灵霄宝殿中举行山水画展，一幅幅巨大的画面自空垂下。

④ "大禹"三句：是大禹治水时在此劈开了洪道，还是女娲补天时在这里开辟了炼石的现场，他们千古大功告成之后留下了这片神奇的群峰？

⑤ "留心处"三句：留心细看，山形或山石有的与飞禽走兽十分相像，在雄浑之中显露着细微精巧。

⑥ "值双鬓"句：作者到这里游赏奇山，正是头发变白、年龄老去的时候。

⑦ "对自然"四句：面对自然界的伟大力量和天长地久，

令人感到卑微和渺小；但身处在这如诗如画的人间仙境，却又使人豪气风发。

⑧ "短短"三句：与大自然相比，人生短暂，但都负有光荣的使命，那就是要为祖国增添秀色和光彩。

⑨ "吾虽老"三句：我虽然老了，但秃笔还在，勉能提笔作文，挥洒为字，歌颂祖国。

西江月·九日登高①

衣上纤云舒卷，望中艳岭嵯峨②。崖巅极目欲高歌，万里清秋醉我。　　当效蟠头花满③，何须泪眼婆娑④。丹心苟已献山河，应笑修成正果⑤。

2007 年

【注】

① 九日：农历九月九日，此日有登高习俗。

② 嵯峨：高耸险峻貌。

③ "当效"句：用唐杜牧《九日齐山登高》中"菊花须插满头归"诗意。

④ "何须"句：这里用齐景公登牛山对景流泪，叹惜人生苦短的典故。

⑤ 正果：佛教用语，这里指达到完满境界。

西江月·阔别桑梓四十余载，回乡有记

暖暖熏风吻面，依依垂柳牵衣。往来小燕绕人飞。可识天涯游子？　　城郭村庄巨变，比邻故旧何之？山山水水似儿时。又觉容颜全异。

2007 年

傍晚登黄鹤楼

巍峨楼影耸晴空，两水三城想望中[①]。
杨柳逶迤夹岸绿，霓虹闪烁映天红。
史闻骚客吟佳句，今见群雄趁好风。
黄鹤归来应不识，谷陵巨变又奇功[②]。

2007 年

【注】

① 两水三城：武汉含汉口、汉阳、武昌三镇，又是汉水与长江汇合处。

② 谷陵巨变：意即山谷与高陵相互变化。与沧海桑田意同，指世事发生着巨变。

卜算子·元旦贺岁

遣使访蟾宫[①]，悠忽新年到。满目辉煌又一程，处处闻鞭炮。　　仰盼太空行，奥运群雄笑[②]。更趁长风挂远帆，喜捷飞来报。

2008 年

【注】
① 蟾宫：月宫。传说月中有蟾蜍，故代称。
② "仰盼"二句：2008 年，我国要进行太空行走科学实验和举办北京奥运会。

题鹿寿图

纵横原野小精灵，水色山光乐憩停。
纯目清幽泉净澈，轻蹄弹跃舞娉婷。
梅花作饰流高韵，云鹤交朋沐郁馨。
更有仙芝衔在口，寿星左右伴椿龄。

2008 年

蓦山溪·访绍兴鲁迅故里

虹桥曲水，小巧乌篷济。石板古街幽，粉墙洁，飞檐栉比。茴香豆韧，黄酒散甘醇，酸乙己，老西施，闰土都交臂①。　　如刀笔利，剖透人间事。故里细探源，"早"刻桌，深参三味②。宏篇巨著，文苑献奇葩，钻万蕊，得佳粉，百草园中粹③。

2008 年

【注】

① "酸乙己"三句：腐儒孔乙己、细脚伶仃的豆腐西施、纯朴的闰土，都是鲁迅先生小说中塑造的人物。这里是说，到了鲁迅故里，这些人物都呼之欲出，好像活跃在身旁。

② "故里"三句：鲁迅幼时在"三味书屋"读书，为激励自己，曾在自己的书桌上刻上一个"早"字。这几句是说，鲁迅先生文笔犀利，解剖事物入骨三分，源自幼年苦学，参透了书中三味。

③ "宏篇"五句：意即鲁迅先生写出了许多伟大的著作，为文坛奉献出了奇葩。这都是他早年热爱生活，在他的乐园百草园中观察万物、纵扬天性，打下的基础。

惜余春慢

游苏州拙政园。导游介绍,明正德御史王献臣辞官还乡,倾其所聚,历时十多年,建成此园。其儿好赌,一夜间输于他人。此后,李秀成、李鸿章均在园中住过。

复阁重廊,明山秀水,似入壶中天地。春花夏月,冬雪秋枫,各设赏观佳位。卅六鸳鸯馆旁,雕镂留听,竹松梅萃[①]。借西方层塔,东邻楼影,倍增奇致[②]。 十余载,银注金销,心劳谋巧,造就名园惊世。顽儿豪赌,拙技穷输,一夜尽抛轻弃。百代评弹唱过,如故亭台,主人常易。问匆匆游客,默然归去,有何深思?

2008 年

【注】

① "卅六"三句:三十六鸳鸯馆是拙政园主建筑之一,其左有留听阁,镂雕有松竹梅挂落,工艺十分精美。

② "借西方"三句:拙政园布局还善利用自然、借景等手法,与周围景色融为一体。

钗头凤

戊子春,游绍兴沈园,读陆游、唐琬《钗头凤》词碑,黯然而出。

东风恶,人成各,惹来悲泪词前落。亭堂雅,湖山画,满怀伤感,兴阑欢寡,罢,罢,罢! 人生乐,常残薄,情深缘浅多差错。红绳下,心连嫁,天能成美,尽留佳话,谢,谢,谢!

2008 年

春

拂面风梳柳,澄眸水送船。
林疏闻喜鹊,云逸伴旋鸢[①]。
斗艳山花闹,换妆松色鲜[②]。
若君明日赏,又是一重天[③]。

2008 年

【注】

① 鸢:鹰。此句是说,飘逸的白云伴随着盘旋的雄鹰。

② "换装"句:意即在春风吹拂中,越冬的松树换了新装,颜色变得鲜艳起来。

③ "若君"二句:如果你明天来观赏,将又是一重天地。意即春天到来,万物变化很快。

七　律

上海交通大学二系 68 届诸同窗，毕业阔别 40 载后，重会于母校 102 年华诞日。大多已退休矣。

四十年来梦旧游，今朝母校聚同俦。
风云有意加青眼[①]，岁月无情染白头。
才智曾繁花万树，襟期还寄业千秋。
笑谈舐犊悠然乐，澎湃心潮实未休[②]。

2008 年

【注】

① "风云"句：风云有意关顾，频频降临。意即这一代人经历了太多的风云变幻的考验。

② "笑谈"二句：表面上大家开怀笑谈退休后抚弄孙儿、享受天伦之乐的惬意，但那种干事业、图国强的豪情实际上并未平息。

看北京奥运会乒乓球男女单打决赛有感

绿桌翻飞急急星，小球牵转万双睛。
追风逐电穿梭艺，倒海排山喝彩声。
日似乒乓忙往返，史如裁判证公平。
用心挥好人生拍，留下世间无愧名。

2008 年

七 律

春游杭州西子湖，逢连日雨、雾。人称西湖美景"晴不如雾，雾不如雨"，吾仍久阴盼晴也。

春来西子总浓妆①，山亦空蒙水亦茫。
花色深沉围暗柳，鸟音潮润透烟塘。
朦胧塔影云中立，飘渺楼船雾里航。
任是仙姿赞声远，羲和宜早访姣娘②。

2008 年

【注】

① "春来"句：苏东坡有咏西湖名诗："水光潋滟晴方好，山色空蒙雨亦奇。欲把西湖比西子，浓妆淡抹总相宜。"用其意。

② "任是"二句：意即即便人们都称赞雨雾中的西湖美不胜收，我还是希望太阳早点出来照耀西湖。羲和：传说中为太阳驾车的神。姣娘：指西湖。

西江月·南方冰冻灾害

许是冰神贪酒，错来南国狂醺。严封山水压芳芬。欲把生机扫尽。　　万众同伸援手，八方共正乾坤。寒中托出爱心春。处处暖流翻滚。

2008 年

秦淮河①

十里轻歌十里花，秦淮代代竞奢华。
香风熏得乌衣散②，虎踞龙蟠噪燕鸦。

2008 年

【注】

① 秦淮河：穿越南京市的名河。两岸市区自古是游乐闹区。唐杜牧有《泊秦淮》诗："烟笼寒水雾笼沙，夜泊秦淮近酒家。商女不知亡国恨，隔江犹唱后庭花。"

② 乌衣：晋时士兵所着服装。在秦淮河朱雀桥边有一巷，因驻乌衣军队而称乌衣巷。后乌衣军队撤出，此巷成为贵族聚居地。

兰亭怀古①

兰渚山前景色殊，当年曲水醉群儒。
龙姿鸿影纵蚕茧，酒兴诗情汇鼠须②。
书圣千秋真少匹③，唐宗万古合陪孤④。
骋怀游目难移步，一草一花皆墨娱⑤。

2008 年

【注】

① 兰亭：位于浙江绍兴市西南14公里的兰渚山下。东晋大书法家王羲之撰书的《兰亭集序》记叙了永和九年三月三日他与友好在此修禊的盛况。

② "龙姿"二句：王羲之作《兰亭序》是乘着酒兴用鼠须

笔在蚕茧纸上写成，人称其字"飘若惊鸿，矫如游龙"。

③ "书圣"句：王羲之世称书圣，自古以来很少有人与之可比。

④ "唐宗"句：意即《兰亭序》世称"天下第一行书"，仅此孤篇，历史上名君唐太宗才有资格永远陪伴它。史传，唐太宗驾崩前曾令将《兰亭序》真迹陪葬入陵。

⑤ "一草"句：指兰亭的花花草草都有说不完的翰墨乐趣。

鹧鸪天 三首

2008年5月12日14点28分，四川汶川发生8级地震，波及全国，震惊世界，危害甚烈。在党中央号令下，开展了轰轰烈烈的全国大救援。

（一）

似发狂飙搅四瀛，如逢陨雨撞吾星。鳌身异动千山晃①，地轴摇翻万镇倾②。　　禽畜悚，鬼神惊，惶然奔突众生灵。废墟处处烟尘滚，一片冤魂啜泣声。

【注】

① "鳌身"句：《列子·汤问》载，渤海之东有无底深谷，中有五山，随波上下漂流，天帝命禺强使十五巨鳌举首顶戴起来，五山才峙立不动。这里借其意，意即巨鳌身体不正常扭动，使所顶戴山头都摇晃起来。

② 地轴：传说大地的轴。张华《博物志》："地有三千六百轴，互相牵制。"

（二）

全国军民总动员，八方星夜急驰援。汗挥血洒寻生命，秒抢分争救病残。　他送物，你捐钱，抚孤安老建家园。大灾震得山川碎，却看民心分外坚。

（三）

大禹擒龙劈百川①，女娲炼石补苍天②。煌煌华夏绵延史，代代英雄奋发年。　承铁志，有钢肩，齐心万众赛神仙。山河重整图重绘，多难兴邦又一篇。

【注】

① "大禹"句：传说夏时，洪水成灾，大禹奉舜命治水，领导人民开山凿峡，疏通江河，导流入海。

② "女娲"句：《淮南子·览冥训》："往古之时，四极废，九州岛裂，天不兼覆，地不周载。……于是女娲炼五色石以补苍天，断鳌足以立四极。"

2008 年

五　律

在汶川大地震中，北川中学高二⑧班仅剩张壕一人，其余52位同学除一人受重伤被截去双臂者外，尽皆遇难。

昔日群朋笑，今朝孑一身。
连宵难闭眼，惊梦见亡人。
往事何堪忆，深情倍感醇。
同窗心寄我，奋起举千钧！

2008年

念奴娇·迎奥运圣火传递

祥云圣火，任飞驰阅遍，五洲风月。播撒和平传友谊，展现中华英发。燃沸神州，辉煌历史，万众豪情热。珠峰巅上，壮怀丹染天阙①。　　奥运邦运相连，百年三问，在在铭心骨②。可叹长春肩重任，万里单刀征伐③。地覆天翻，今圆长梦，此感难描说。五环欢会，更看新步腾越。

2008年

【注】

① "珠峰"二句：北京奥运圣火曾传至珠穆朗玛峰顶，这是人类首次把圣火送到世界屋脊。

② "百年"三句：1908年，《天津青年》杂志曾登"奥运三问"，内容包括中国何时能参加奥运、举办奥运。至今整整100年了。

这里是说，奥运会和国家的命运紧密相连，一百年前的"奥运三问"，对中国人民来说，时时处处都铭于心间，刻于骨髓。

③ "可叹"二句：1932年第10届奥运会时，东北短跑名将刘长春在张学良资助下，只身代表中国远渡重洋去洛杉矶参加比赛。但是，因在海上漂泊23天，十分疲惫，在预赛中便被淘汰。

戊子端午，汶川大地震后第一个节日

端午今年心境殊，万千泪眼似悬湖。
庇人楼舍成屠市，悦目山河变墓区。
华夏从来多苦难，尧民自古蔑庸夫。
英魂合共灵均祀①，重振乾坤转斗枢②。

2008年

【注】

① 灵均：屈原。
② 斗枢：星宿名。转斗枢：此处指改天换地。

国家体育场鸟巢

筑就鸟巢春意满，迎来五彩连环卵。
万邦豪杰用心孵，祥鸽捷书飞款款①。

2008年

【注】

① 款款：缓缓自在飞翔的样子。此句意即在国家体育场里举行的奥运会，促进了世界和平，创造了体育新纪录。

东风第一枝·参加北京奥运会开幕式有感

玉帝①如迷，春神②似醉，彩空锦地花发。有朋自远方来，无眠庆周天悦。长歌击缶，展史卷，文明腾跃。看五环、"和"显精真，万足画成情结③。　"三问"痛，百年刻骨④。多代梦，一朝圆得。离亲七子归家⑤，巡天九昊绕月。佳音喜事，盛世里，翩翩连达。翅虽重，冲上云霄，万众志坚如铁。

2008 年

【注】

① 玉帝：传说中的玉皇大帝。

② 春神：传说中的司春之神。

③ "万足"句：开幕式中有一幅巨画，是由舞蹈家画轮廓，少年儿童涂颜料，万余运动员在入场仪式中脚踏七色板经过画布共同绘制而成。

④ "三问"句：1908 年，《天津青年》杂志发表"奥运三问"一文，其中包括中国何时能办奥运等问题。百年来，这些问题使中国人民刻骨铭心。

⑤ "离亲"句：在半封建半殖民地的旧中国，香港、澳门等七块土地被列强瓜割。爱国诗人闻一多曾作"七子之歌"，把它们比作离开母亲的七个孩子。如今它们都回到母亲的怀抱。

庆千秋·雾中游颐和园，此日适值余六十四周岁初度

雾漫名园，似仙姬沐浴，贵妇披纱。迷蒙岫影，谁抹淡墨横斜[①]？游船像、仄月穿云，星汉浮槎[②]。远望西堤桥隐约，江南移景幽佳[③]。　　忽想人生如是，有艳阳朗月，雾绕烟遮。须逢泰升蹇剥[④]，焉只鲜花。心胸阔，笑对春秋，何境非嘉[⑤]。天若佑，重经理数[⑥]，更能不愧生涯。

2008 年

【注】

① "迷蒙"二句：意即那朦胧的山影，像是谁画的水墨山水画。

② "游船"三句：游船在水天一色的茫茫湖面上游动，像月牙在云层中穿行，仙筏在烟霭迷漫的银河里划动。仄月：不圆。槎：木筏。

③ "遥望"二句：颐和园西堤有六座桥相连，雾中远望，像是江南美景移来，是个幽静的佳境。

④ "须逢"二句：泰、升、蹇、剥，是周易中卦名。泰、升：表示顺利、上升；蹇、剥：表示艰难、挫折。此二句意即，人的一生有顺境也有逆境，不能只想着满是鲜花。

⑤ 何境俱嘉：任何境遇都会有美好的感受。

⑥ 理数：指中国传统文化中的洛书理数，计有乾、坤、坎、离等六十四象。泰、升、蹇、剥也在其中。

五　律

云南玉溪市实施乡村教师安居工程，数千乡村教师入住城镇低价楼房。随全国政协考察团参观后，感慨赋诗。

程庐低暗破，立雪泪花潸①。
广厦争穿宇，寒师俱笑颜②。
安居搬闹市，敬业扎深山。
僻壤群才出，他年日可攀③。

2008 年

【注】

① "程庐"二句：意即老师的住处很差，连学生们都感到很难过。潸：涕下貌。程门立雪：《宋史·杨时传》："（杨时）一日见颐（程颐，宋代唯心主义理学家、教育家），颐偶瞑坐（即打盹），时与游酢侍立不去。颐既觉，则门外雪深一尺矣"。

② "广厦"二句：杜甫《茅屋为秋风所破歌》："安得广厦千万间，大庇天下寒士俱欢颜。呜呼！何时眼前突兀见此屋，吾庐独破受冻死亦足。"这里用其意。突兀：高耸"特出"貌。

③ "他年"句：来日会具备特殊能力、做出很大贡献。

贺大姐七十寿诞

持家求学两艰辛，济世悬壶自守真。
一颗凡心万民识，无量功德寿松椿。

2008 年

苏幕遮·雨夜思

已深更，难入梦。风啸林梢，急叩门窗动。雨洒斛珠奔瓦垄①。震怒雷公，霹雳逞威迥。　　想江南，洪水汹。九省波涛，几处吞檐栋。安得驱云疆陕陇。唤绿荒原，天下甘霖共②。

2008 年

【注】

① "雨洒"句：大雨如注，像斗斗珠子倾倒出来，在瓦垄间奔腾。

② "安得"二句：怎么能把云层驱赶到新疆、陕西、甘肃这些少雨缺水的地方，把沙漠、戈壁都变成绿洲，使天下均享甘霖。

扬州慢·贺八一建军节

洗马池旁①，当年燃起，南昌举义烽烟。看雷霆响处，破夜暗如盘。任磨难，沙场驰骋，斗顽驱寇，恶战年年。付牺牲，流血成河，终易江山。　　星移斗转，算而今，更现新颜。正富国强军，精心经略，陆海空天。使命心中牢记，腾飞路，虎翼弥坚。有雄师长锏，纷繁世界方安。

2008 年

【注】

① 洗马池：即江西南昌中山路洗马池，是原"江西大旅社"所在地。当年"八一"南昌起义总指挥部设于此。

浪淘沙·戊子年贺岁

举酒祝新春，欢笑人人。残冰难阻岁华轮。烛照钟敲鞭响处，换了良辰。　　喜事报频频，高步云津。年年花竞献芳芬。瑞鼠金牛相会夜，好梦成真。

2008 年

桂枝香·游绍兴，忆春秋时南阳乡贤范蠡、文种

青山秀水，自春秋以来，几经迁徙？壁抱东湖碧透，箬篑谁记①？吼山犬吠曾惊鹿，看如今，游人如织②。伟才群出，物丰民富，福天金地。　　念昔日，风云此际。看辉耀双星，大材雄器③。颠倒乾坤再造，异功垂史④。十年生聚千秋业，数繁华，代代相继⑤。我搔霜鬓，乡贤愧对，仰天嘘唏⑥。

2008 年

【注】

① "壁抱"二句：人们只见高高悬壁环抱的东湖水碧波荡漾，谁还记得昔日曾巍然耸立的箬篑山呢。东湖所在地战国时曾为箬篑山，历代开山取石，箬篑山消失，留下悬壁深坑，积水遂成东湖。

② "吼山"三句：吼山当年是范蠡饲养猎犬送夫差打猎围鹿的地方，而现在是游人蜂拥而至的风景区了。

③ "念辉耀"二句：指范蠡、文种是英才大器，像双星闪耀在历史上。

④ "颠倒"二句：指范、文二人佐勾践兴越灭吴并称霸的史实。

⑤ "十年"三句：当年越国被吴国打败后，范蠡、文种曾献"十年生聚十年教训"的复国兴邦计划，不仅对越国复兴起到决定性作用，而且影响久远，这一带世世代代都使繁华延续下来。

⑥ 嘘唏：感叹、叹息。

西江月·戊子中秋

皎皎琼蟾送彩①,弥弥桂蕊飘香②。天涯亲友若身旁,共沐无边月浪③。　　辉涤灵魂嘉德④,香融肝胆留芳⑤。三山圣境在心房,自有仙波荡漾⑥。

2008年

【注】

① 琼蟾:月亮的别称。皎皎:皎洁、洁白状。

② 弥弥:弥漫、充满。

③ "天涯"二句:远在天涯的亲友们感觉就在身旁,共同沐浴在无边的月光中。意即"千里共婵娟",会让人感到"天涯若比邻"。

④ "辉涤"句:月亮的清辉涤荡灵魂,可以使品德更加美好、高尚。嘉:作动词用,使…美好。

⑤ "香融"句:香气融入肝胆,可以升华品格,使人青史留芳。

⑥ "三山"二句:只要人的心中有美好的境界,就会自然感到仙风浩荡。三山:指东海蓬莱等三岛屿,相传是神仙居住的地方。

沁园春·秋日登高

渐远尘嚣,轻拂纤云,径入昊穹①。望雁翔天际,声穿青碧②;峦奔足下,霜染黄红。田似枰延,村如棋布,瘦水明河曲若弓③。神思骋,醉乾坤万物,皆为吾容。　　登高今古无穷。惜不乏悲愁泪眼蒙。叹牛山人去,枉留感慨④;羊公碑在,未挽时空⑤。血荐轩辕⑥,功垂史册,自与山川岁月同。巅顶上,笑目穷千里,荡涤心胸。

2008 年

【注】

① 昊穹:天空。

② 青碧:秋日晴空。

③ 枰:棋盘。瘦水:指深秋雨少河水减少变狭。

④ "牛山"二句:《晏子春秋·内篇卷上》:"(齐)景公游于牛山,北临其国城而流涕,曰:若何滂滂去此而死乎?"后人即以"牛山沾衣"比喻对景感伤人生短暂的现象。此二句说,在牛山感伤人生短暂的人早不存在了,空留下千古感慨。

⑤ 羊公石:即坠泪碑。《晋书·羊祜传》载:羊祜镇守襄阳,行仁政,受拥戴。一日他与人游砚山,不禁感慨流泪说:"自有宇宙,便有此山。由来贤达登此望,如我与卿者多矣,皆烟灭无闻,念此使人悲伤。"羊祜去世后,人们为他建祠立碑,念之无不落泪,人称坠泪碑。此二句说,为羊公立的碑仍在,但流去的时空不可挽回。

⑥ 轩辕:此处指祖国。用鲁迅"吾以吾血荐轩辕"诗意。

西江月·普者黑①泛舟戏水

两岸丘陈髻秀，一川镜映云飞②。荷香淡淡入风微，百啭民歌心醉。　　奋楫放舟争渡，挥盆泼水相嬉。纵情老少落汤鸡，笑浪鹭鹕惊起③。

2008 年

【注】

① 普者黑：为云南省丘北县风景区，当地少数民族语"普者黑"意为鱼虾多的地方。

② "两岸"二句：河两岸的不大的山丘像陈列着秀美的髮髻，一川镜子般的碧水倒映着天上移动着的云朵。

③ 鹭鹕：水鸟，善潜水，食鱼虾，居于水草丰富处。普者黑地区多凤头鹭鹕。

西江月·贺彭仲韬首长九十寿辰

尽历人间艰险，遍穿战地枪林。共和国与共心音，足迹程程云锦。　　磊落襟怀似雪，琼瑰美德如金。甘霖远播布恩深，寿比松椿仙品。

2008 年

南乡子·小园四季，兼答友人

雪映腊梅红。桃笑莺歌柳舞风。露润荷香清浊气，神聪。霜染丹榴伴醉枫。　　人世与兹同。亦有春秋及夏冬。苟葆陶然心不老，融融。无限生机在望中。

2008 年

颐和园日暮

依依落日青山上，片片飞霞碧水中。
情侣舟摇桥阁影，归林鸟唱桂花风。

2008 年

七　绝

随政协调研得知，云南尚有万余所"一师一校"，山村教师默默奉献普及教育。

溪畔崖边走学童，千山万壑国旗红。
沐风得雨良材长，阵阵书声云雾中。

2008 年

永遇乐·观神舟七号航天员太空行走，感叹三十年改革开放伟绩

检阅繁星，瞰探明月，高览乡景。浩荡青冥①，足音惊世，四海同欢庆。姮娥舞起，钧天乐奏，玉帝灵霄相请。千秋愿，得圆今日，飞天已非憧憬。　　卅年巨变，陵迁瀛涸，忆昔犹如梦境。力转②乾坤，送穷檄发，改革何神勇③。迎归港澳，绝伦奥运，屡展国威强盛。云中路，星辉日耀，驾风疾骋。

2008 年

【注】

① 青冥：青苍高远的天空。李白《梦游天姥吟留别》："青冥浩荡不见底，日月照耀金银台。"

② "力转"三句：送穷：唐韩愈写有《送穷文》。送穷檄发，意即发出了讨伐贫穷的号令。此三句意即，自十一届三中全会之后，人民向贫穷宣战，改革开放使中国人民走上了建设小康社会之路。

送 2008 年

奥运神舟奏妙弦,金融风暴却狂旋。
五洲热切期牛市,四海萧条送鼠年。
协力曾消南国雪①,爱心又补西川天②。
今将危难变机遇,谱好兴邦新一篇。

2008 年

【注】
① 南国雪:指我国发生冰雪冻灾。
② "爱心"句:指战胜发生在四川西部的汶川大地震。

沁园春·金融海啸①

撒旦西来②,世界凋颜,天地变容。似狂飙劫掠,楼倾山陷;严寒突降,雪盖冰封。四海惊号,五洲悲咽,诸业萧条愁塞胸。伤心处,见牛奔鼠窜,股市多熊。　兼天浪滚波汹。算病入膏肓是震中③。历场场秋雨,寒冬必近;频频危象,后运呈凶④。卡尔宏文,重新热售,妙断如神众景从⑤。狼藉里,正新芽广孕,春意融融⑥。

2008 年

【注】
① 金融海啸:指 2008 年下半年自西方爆发的全球性金融危机。
② 撒旦:西方传说中的神话人物,既是天使,又是魔鬼。
③ "算病入"句:意即金融海啸波涛汹涌,其震源在于资

本主义自身深刻的矛盾。

④ "历场场"四句：意即资本主义虽然一时灭亡不了，但每爆发一次危机，就向消亡迈进一步。

⑤ "资本"三句：报载，金融海啸发生后，马克思的《资本论》又畅销起来，马克思对资本主义矛盾和规律的精辟论述，得到更多人的认同。

⑥ "正新芽"三句：喻资本主义在逐渐没落的过程中，发生着自我异化，孕育着新社会的萌芽。

调笑令·仓鼠

仓鼠，仓鼠，饕餮人来不顾。李斯悟效前程[①]，欲求富贵毕生。生毕，生毕。腰斩兼三族殂。

2008 年

【注】

① 李斯：秦始皇时丞相。早年见厕中鼠瘦小，见人便躲；粮仓鼠却肥硕，人来不惧。遂感悟做人要选择良好的环境。秦始皇死，他与赵高合谋，伪造诏书，逼迫始皇长子扶苏自杀，立少子胡亥为二世皇帝。后遭赵高所忌，诬以谋反罪，腰斩于咸阳，灭三族。

小外孙诞生

彩月穿云先报信，三星成行笑探看。
晴空万里暾暾日，一曲啼声南北欢！

2008 年

步南阳诗词学会郭玉琨会长原韵

平生苦忆故乡风，振翻扬帆催我雄。
岩岫赤诚添义胆，溪河碧秀赋明瞳。
刚强早得砧锤锻，报效敢忘恩泽隆。
海角天涯桑梓伴，春晖寸草与君同。

2009 年

破阵子·忆率部演习

冲破周天雪幕，碾开冻地冰河。掠阵战车咆若虎，扑敌官兵卷似波。杀声惊恶魔。　　踏遍山山曲径，枕温夜夜霜戈。练就雄师无敌术，谱出长城永固歌。壮心今未磨！

2009 年

三亚登高眺南海

极目茫茫万里波,南沙遥念铁拳摩。
龙腾隐忍青虾闹,鲲蛰冷观乌贼多。
风吼云翻天斥恶,礁巉浪打海磨戈。
会当长携雷霆往,卫国谁思两鬓皤。

2009 年

观日全蚀有感

伟象奇观何壮哉,归思久久独徘徊。
华辉照地从无语①,缺失经天岂费猜②。
除旧布新能自复,光今灼古更谁催?
襟怀坦荡真君子,德泽昭昭气度恢。

2009 年

【注】

① "华辉"句:意即太阳把光辉和温暖送给大地,从来是默然无语,不事炫耀。

② "缺失"句:指太阳有了缺失(蚀亏)也在天上展示于众人,毋费猜测。

游神农架

神姿一睹欲忘言,水秀山雄草木蕃①。
奔跃无羁奇兽国,绽开有信异花园。
密藏亘古难猜谜,遍布天工巧作痕。
探秘寻幽得真趣,留连沉醉若倾樽②。

2009 年

【注】
① 蕃:茂盛。
② 倾樽:畅饮。樽:酒坛、酒杯。

沁园春·访神农架①

久慕嘉名,今睹幽姿,叹不择言。看云蒸雾绕,山雄壁峭;木奇林广,瀑泻溪喧。异兽偷窥②,珍禽唱啭,花艳高低百草蕃。山村里,爱民风古朴,疑至桃源。　　洪荒于此延年③。似身处迷宫陷谜团。问神农炎帝,安寻圣迹?野人山鬼④,几露容颜?焉出"三哼"⑤?何来"九白"⑥?创世神诗谁为传⑦?求真趣,笑崎岖小道,岂畏登攀。

2009 年

【注】
① 神农架:位于湖北西部,属国家原始森林保护区。相传上古神农炎帝曾在此尝百草。

② 异兽：神农架多奇兽，如巨型水怪、棺材兽、独角兽、驴头狼等。行踪隐秘，很难见到。

③ 洪荒：指远古时期。此句指远古的气息在这里尚未改变。

④ 野人山鬼：神农架中时有发现野人踪迹的传说。我国古籍中曾有不少关于野人的记载和描述，仅称呼和别名就有山鬼、毛人、黑、狒狒等几十种。老家在神农架南秭归县的屈原，也曾写过一首《九歌·山鬼》："若有人兮山之阿，被薜荔兮带女萝"。

⑤ 三哼： 即地哼、山哼、树哼。是在一定条件下地、山、树发出的怪声，其音可怖，成因不明。

⑥ 九白：神农架有白雕、白獐、白猴、白鹿、白松鼠、白蛇、白乌鸦、白龟、白熊等白色动物，成因不明，是科学待解之谜。

⑦ 创世神诗：在神农架发现的千古流传于民间的史诗歌曲，是神农架先民崇敬上古开天辟地的英雄，把神话当作历史知识而代代传唱。在手抄本基础上整理出版的《黑暗传》，被称为汉民族的创世史诗，从而打破了西方关于中国没有自己神话史诗的定论，是中国神话学和楚文化的璀璨明珠。

醉蓬莱·游黄龙、九寨沟有感

　　任摩肩接踵，仍见尘扬，车来如水。北调南腔，更准隆眸碧①。山翠穿空，瀑喧动地，聚环球人气。林透霓虹，星迷歌舞，市声萦耳。　　万载沉沉，繁花自落，绿水空流，寂然谁理？头盖今掀，竞惊呼姣美。野谷昭君②，僻村西子③，占千秋红紫。得遇良时，能承甘露，物皆呈瑞。

2009 年

【注】

① 准隆眸碧：准，鼻子；隆，高；眸，瞳仁。即高鼻子兰眼睛。意指到此地来的还有外国人。

② 野谷昭君：汉王昭君出生于湖北兴山偏远山区。

③ 僻村西子：越国西施出自偏僻乡村。

秋游九寨沟

似入蓬莱境，惊观造化奇①。

茂林妆十色，群瀑竞千姿。

碧海何须画②，银峰自有诗③。

秋光非擅美④，四季尽佳时⑤。

2009 年

【注】

① 造化：造物主，大自然。

② "碧海"句：意即九寨沟的湖泊美丽得像神仙所绘的彩画。

③ "银峰"句：雪山突兀层林之上的美景，如自古流传至今的好诗。

④ 擅美：独占美好事物。

⑤ "四季"句：意即九寨沟四季都是美好的景致。

七 律

痛悼"两弹一星"之父钱学森学长。学长甫去,北京地区突降大雪。

满天雨雪满天悲,世人皆哀英哲萎。
史为奇功添异彩,国缘伟绩展雄姿。
星垂弹啸思无尽,志继薪传业永随。
此去三山应笑慰①,神州今已海桑移。

2009 年

【注】
① 三山:传说是仙人居住的地方。

庆贺建国六十周年

曾羞弱肉饲狮狼,卡尔风来送旭阳①。
搬去三山民作主②,远征四化国图强。
开门敞牖今非昔,革旧兴新抑变扬。
沧海桑田小康路,腾飞气势正轩昂。

2009 年

【注】
① 卡尔:卡尔·马克思。此处指马克思主义。
② 三山:三座大山,即帝国主义、封建主义、官僚资本主义。

满庭芳·与高中诸老师、同窗阔别 46 年欢会

学子莘莘，灯鸡三载①，真如火淬砧敲②。时逢饥馑，树叶赛腴膏③。短短求知苦旅，艰难里，却变迢迢。师生义，同窗厚谊，熬滤似醇醪④。　　今朝重聚首，满头霜布，满脸纹雕。已繁花开过，树剩虬条⑤。共忆平凡往事，频掀起，澎湃心潮。樽前话，风云滚滚，豪气寄儿曹。

2009 年

【注】

① 灯鸡：取"三更灯火五更鸡"意，喻起早贪黑苦学。
② 火淬砧敲：放在水中淬火，置于铁砧上捶敲。指经受磨炼。
③ 腴膏：营养丰富的美食。
④ 醇醪：喻美酒。
⑤ 虬条：曲若蟠龙的枝干。喻身骨如老树。

如梦令·井冈山笔架山风景区

万谷千山花树，此唱彼应莺语。有女放歌喉，震落一天春雨。风助，风助，如瀑云涛争渡。

2009 年

西江月

四月，随全国政协常委视察团至江西五市、县城乡考察，巨变喜人。

碧水千龙蟠曲，苍山万马回旋。杜鹃处处绽如燃，竹笋冲天无算①。　　祭奠英雄战地，难忘星火燎原。精神代代得承传，又绘辉煌画卷。

2009 年

【注】

① 无算：无数，无法计算。

破阵子·游云台山①

奇峡藏幽地底②，伟峰展秀云端。天瀑龙漱喷似练③，崖壁猴踪飘若仙。几疑非世间。　　椎失张良隐迹④，寿长王烈留泉⑤。醒酒啸吟台尚在，淬剑清心水自潺⑥。绕林寻昔贤。

2009 年

【注】

① 云台山：位于河南省修武县境内，世界地质公园，国家5A级旅游景区、国家森林公园、国家地质公园、国家级猕猴自然保护区、国家水利风景区、国家自然遗产风景名胜区。

② "奇峡"句：云台山有红石峡、潭瀑峡、泉瀑峡、青龙峡、峰林峡等峡谷，险奇雄美。

③ "天瀑"句：云台山山雄水秀，瀑布很多。最高的落差达 314 米，如天龙喷涎，泻珠垂练。练：白绸。

④ "椎失"句：云台山有子房湖、子房山，传说战国时张良（字子房）在博浪沙用大铁椎袭击秦始皇失手后，曾在云台山避祸。

⑤ "寿长"句：《修武县志》载，魏晋时期逸人王烈在云台山潭瀑峡，渴饮清泉，饿食黄精，寿至 338 岁，仍健步如飞。后人称其所饮泉为"王烈泉"。

⑥ "醒酒"二句：魏晋时期，史称"竹林七贤"的嵇康、刘伶、向秀、山涛等七位名士曾隐居云台山百家岩竹林 20 多年，并先后结识了孙登、王烈等隐士，留下了"孙登啸台"、"王烈泉"、"刘伶醒酒台"、"嵇康淬剑池"等遗迹。

早　春

草色青青看似有，柳烟阵阵赏还无。
东君赴约来犹去，惹得诗人捻断须。

2010 年

深秋日暮

长天云弄彩，斜照染疏林。
曲径轻风过，吹翻满地金。

2010 年

南乡子·鸭绿江残桥①

弹洞满钢桥。滚滚硝烟若未消。诉说当年鏖战事,堪骄!青史千秋记自豪。　　隔水望遥遥。层迭山峦浓淡描。无数英魂眠彼处,滔滔!心似江波酹绿醪②。

2010 年

【注】

① 鸭绿江残桥:在中朝两国界河鸭绿江上,当年美军轮番轰炸的铁桥仍然矗立,上面布满弹痕。

② 酹绿醪:酹:以酒洒地祭奠。绿醪:酒。

潇湘神·贺新年

新岁来,新岁来,好音律动雪云开。
国长瑞光人长志,无边佳气入君怀。

2010 年

七绝 六首

庚寅年北京一冬无雪,春节间大雪突降,喜赋。

(一)

许是天宫已晚春,梨花摇落满凡尘。
清晨小院晶莹毯,不忍踏行污素纯。

(二)

琪树琼株昨夜栽,瑶田玉鉴向天开。
一双喜鹊知诗意,飞落枝头入画来。

(三)

面热汽腾堆雪人,掷球交战笑声真。
天公飞使来度化,白首也还童稚身。

(四)

数耶抑或酒醺耶?司雪冬神不散花。
岁末银妆方盖野,欢声最早溢农家。

（五）

路滑车斜不着轮，过桥难似越昆仑。
但经大旱焦心苦，岂有嗔天怨雪人？

（六）

门前雪映对联红，灯染檐凌色彩丰。
天布烟花地铺玉，更添春意乐融融。

2010 年

虎年寄语

老牛彳亍又年终，举世依然萧瑟风①。
炯炯双睛斑虎到，浑浑九昊彩花同②。
让开天阃迎祥鹤③，腾掷人间壮巨龙④。
都道神州光景好，生威更送上苍穹。

2010 年

【注】
① "老牛"二句：意即牛年慢慢过去了，金融危机造成的全球萧条局面依然没有改变。
② 九昊：九天，高空。此二句是说人们以满天烟花迎来虎年。
③ 天阃：天门。传说中天门有虎把守。
④ 巨龙：此处指中华民族。

水龙吟·梅

莫非遭妒群芳，当年曾被东君弃①？韶光不顾，雪冰欺蹦，蝶蜂谁理②。驿外桥边③，凌寒墙角④，泰然栖立。看横斜疏影，仙姿冰骨，无半滴，长门泪⑤。　　更有暗香幽泌。似千秋，诗家才气：原骚郁烈，白诗淳永，轼词芳美⑥。独占天时，寒冬添彩，笑酬人世。自年年代代，成蹊醉赏，将深情寄。

2010 年

【注】

① 东君：春神，东方之神。

② "韶光"三句：写梅花的恶劣处境：春光不关顾，冰欺雪凌，蜜蜂蝴蝶不来理睬。

③ 驿外桥边：用陆游"驿外断桥边，寂寞开无主。"诗意。

④ 凌寒墙角：用王安石"墙角数枝梅，凌寒独自开。"诗意。

⑤ 长门：汉宫名。武帝时，陈皇后失宠退居长门宫。长门泪：比喻受贬谪之人的眼泪。

⑥ "原骚"三句：比喻梅花香味如诗人才气一样迸发出来，像屈原的离骚那样郁烈，像李白的诗句那样淳永，像苏轼的词章那样芳美。

东风第一枝·早春

爱美春神，迷人服饰，最先选择何色？草芽初发阳坡，鹅黄乍呈妙笔。河东岸柳，粟粉染，风姿飘逸。看苑中独放迎春，朵朵蕊含金粒。　　黄色现、白朱渐集；金蕊绽、蝶蜂展翼。凌寒尽显生机，破冰广昭律易。新妆未语，却报得，几多佳息。愿青帝驻我中华，长助古龙神力。

2010 年

参加全国政协反映民意共商国是会议有感

兴邦安国事，恰似架天梯。
民众攀高愿，江山稳固题。
唯应直冲起，岂可复回低①。
初举功多显，高登局易迷②。
最难调鼎味，恰是近虹霓③。
霹雳云端伏，飙风天际栖。
心疏遭险阻，梯毁坠尘泥。
大禹关山劈，愚公王屋移。
欲教雄业顺，尤赖众心齐。
征战驰霍卫，盐梅操仲蠡④。
卞和能识璧⑤，河子善探骊⑥。
协力排难上，灵霄当可跻。

2010 年

【注】

① "民众"四句：民众日益增长的物质文化需求，只能不断满足，不能降低。满足群众需求，是江山稳固的重要课题。

② "初举"二句：经济社会发展初期容易见到收效，发展到一定水平，就容易出现使人困惑的局面，前进日益困难。

③ "最难"二句：国家治理最困难的时期，恰是发展到较高的水平时。调鼎味：借指治理国家。近虹霓：指发展达到较高程度。

④ "征战"二句：有著名将领带领军队守卫国防，有卓越人才处理着国家复杂事务。霍卫：霍去病、卫青，汉武帝时名将。仲蠡：管仲、范蠡，均为春秋战国时期著名政治家、军事家。操盐梅：掌管国家机枢。

⑤ 卞和：战国时楚人，善识玉。得一璞玉，先后献于厉王、武王，均被诬以以石充玉，砍掉双脚。文王即位，和抱璞于荆山中哭泣三天三夜，泪尽泣血。文王令人剖璞得美玉，制成璧，史称和氏璧。

⑥ "河子"句：黄河畔一个贫困人家儿子，曾潜入河底，从一个沉睡中的黑龙嘴边，取得了一颗宝珠。以上四句是说，各类人才共献奇才，定能推动国家前进。

水龙吟

报载，德国波茨坦天体物理学研究所2010年7月21日发公报称：经科学家长期观察NGC3603和R136两个星团，发现多个表面温度超4万摄氏度的恒星。其中最大一颗R136的质量是太阳的265倍，热度近10倍，体积为30倍，亮度为1000万倍。

佳音来自重霄，真身今显惊牛女①。狂烧亿载，光华万丈，能高体巨②。硕硕骄阳，炎炎赤珥，顿成童竖③。看曦车叹卑④，羿弓羞软⑤，人共讶，争相睹。　　可叹无边穹宇，几多星，竟遭轻误。光芒被掩，尊容难识，悄然陨去。魁斗参辰，最怜应是，一埋千古！愿天睁慧眼，发微知著，护明星翥⑥。

2010年

【注】

① 牛女：牛郎、织女。

② 能高体巨：能量高，体积大。

③ 硕硕三句：巨大的太阳，炽热的日珥，与新星相比，都十分渺小。童：儿童；竖：旧称童仆。

④ 羲车：羲和用来拉载太阳的车。这句话是说，与新星相比，太阳的座车显得十分卑小。

⑤ 羿弓：后羿，神话传说中的大力士，嫦娥的丈夫。曾用弓箭射落九个太阳。这句是说，在新星面前，后羿的弓太软而羞愧。

⑥ 翥：飞翔。

夜宿千岛湖①

碧波岛兀浮千螺,明月九霄斜一河。
浪静偶闻鱼跃水,林幽只憾鸟无歌。
闲吟恬淡惟需酒,远去尘嚣久对荷。
心境老来如此境,平中有仄觅诗多。

2010 年

【注】
① 千岛湖:位于浙江省淳安县境内,是1959 年我国第一座自行设计、自制设备的大型水力发电站——新安江水力发电站拦坝蓄水形成的人工湖。

读 史

诛飞宠桧太荒唐①,遂使杭州步汴梁②。
或许昏花家族眼?祖宗亦不辨潘杨③。

2010 年

【注】
① 诛飞宠桧:指南宋宋高宗赵构宠信奸臣秦桧,诛杀爱国将领岳飞的公案。
② "遂使"句:指南宋都城杭州步北宋都城汴梁,最终沦陷。
③ 潘杨:即北宋奸臣潘仁美与爱国将领杨继业。戏曲小说中潘仁美残害杨家将的故事,便由潘、杨两人及后世事迹渲染而成。词句意即,宋高宗的祖宗宋太宗,也分不清谁忠谁奸。

西江月

据介绍，当年敌人攻占井冈山，叫嚣：茅草要过火，石头要过刀，人要换种……

草木曾过敌火，石头难避屠刀。红旗依旧耸凌霄，迎接朝阳普照。　　弥野杜鹃烂漫，横空山岭岩峣。令人血沸志增豪，战马犹闻嘶叫。

2010 年

柳梢青·赤壁雨中观江

雨幕垂沙，雨声成韵，雨脚生花。两岸楼台，一川船影，雾漫烟遮。　　此间史放光华。忆雄杰，吞云布霞。对水长吟，胸回豪气，心骋天涯。

2010 年

读 史

朱门臭肉路边骨①,自古安邦应解题。
君主何忧石崇富②,将军惟怕自成饥③。
虏强难击长城破,民弱常将社稷移。
贫富悬殊非小病,症除端赖有良医。

2010 年

【注】

① "朱门"句:杜甫诗:"朱门酒肉臭,路有冻死骨。"这里用其意,指社会贫富悬殊现象。

② 石崇:西晋大臣。任荆州刺史期间,拦劫远方贡使商客,致成巨富。晋武帝助王恺与他斗富,王恺亦不能胜。后石崇为赵王伦之党孙秀所杀。

③ 自成:李自成,明末农民起义领袖。

雨后游镜泊湖①

连天风雨后,明镜为泥污。
黄浪怒冲岸,青山难入湖。
烟笼飞瀑阔,洪泄吼声殊。
勇士纵身跃,探骊留壮图②。

2010 年

【注】

① 镜泊湖:黑龙江宁安县南部风景区。
② "勇士"二句:镜泊湖瀑布有在悬崖纵身跳水表演者。

这两句是讲，勇士自瀑布悬崖上跳下，留下了壮美的图画。探骊："探骊得珠"简称。古代寓言说深渊中有骊龙，颔下有千金之珠，欲得之甚难。

镜泊湖

寂寞空山谷，水丰方有名。
人如内涵少，定为世间轻。

2010 年

参观上海世博会有感

世博园如一小村，五洲四海作乡邻。
家珍共赏皆成友，前景同描倍觉亲。
万国风情各有异，百花姿色岂宜纯？
寰球葆此精神久，处处祥和处处春。

2010 年

风入松·岳麓山爱晚亭①

苍峰穿碧白云横，莺唱伴溪声。秀亭绿竹红枫簇，翠檐叠、翘角轻盈。神若临池仙鹤，势如冲宇雄鹰。　　当年于此聚精英，豪气尚回萦。朱栏应记风华茂，点江山、世振天惊。粪土王侯何在？神州龙影腾升。

2010 年

【注】

① 爱晚亭：位于湖南省长沙市岳麓山。当年青年毛泽东等革命志士常活动于此。

旅顺游记

每教碑石搅清游，鬼迹熊痕是处留。
海鸟低回谈史痛，浪潮往返忆邦羞。
湿风犹带血腥味，忠墓深藏家国仇①。
酒绿灯红人欲醉，可知仍有虎狼忧？

2010 年

【注】

① 忠墓：旅顺有万忠墓，葬着当年抗击外邦入侵者牺牲的烈士。

观渤海、黄海分水线有感

汪洋无际波如沸，一界蓝黄令品味。
莫道恢弘天意疏，严分清浊明泾渭。

2010 年

患白内障戏作

迎光瞳内聚飞蚊，把卷常嫌灯暗昏。
总有浮云遮望眼，从无澄宇畅吟魂。
循声看雁嗟踪杳，寻迹观鱼叹水浑。
安遇济公挥宝扇，一清双目眺朝暾。

2010 年

西江月

参加政协视察团到杜甫家乡①视察保障性住房工程建设情况有感

三代祖孙同舍，一间斗室悬帘②。人生期盼有尊严，遥望豪楼百感。　　大厦冲天而起，新居含泪初探。庇寒今日不空谈，诗圣勿须垂念③。

2010 年

【注】

① 杜甫家乡：在河南巩义县。这里泛指河南北部。

② "三代"二句：三代人同居一室，屋小人多，用布帘将空间隔开。

③ 庇寒：杜甫诗句："安得广厦千万间，大庇天下寒士俱欢颜"。

宝鼎现

1976年，我乘火车自关外赴京，临近唐山，恰遇大地震。车不能进，奉命原路返回部队。三十四年过去，我随中华诗词名家采风团又至唐山，一览巨变，感慨赋之。

当年远旅，客梦忽惊，人皆心悸。声闷响，隆隆奔吼，随伴毫光摧万里。九地裂，见堤崩桥断，轨扭楼倾路毁。廿四万，生灵灭绝，遍洒号天悲泪。

卅载重到伤心地。沐秋光，大厦群峙。荒野变，明湖台榭，亭秀花香林带翠。上沙岛，看明珠初现，洋溢曹妃笑意①。叹谷陵，天灾过后，幻出人间奇迹。

今日荟集诗家，吟不尽，名城新美。更讴歌来日，朝阳春风笔底。号角响，又征帆起。凤舞令人醉。喜放眼，精卫愚公，正赋飞天新义②。

2010年

【注】

① 曹妃：传说唐太宗东征至这一带时，曾命名所驻山头为唐山。随行曹妃病死这里，其埋葬地称为曹妃甸。

② "喜放眼"三句：说唐山人民以精卫填海、愚公移山精神，正赋予了唐山腾飞的新的内涵。

孤 树

西藏查果拉哨所前山口处有一棵红柳，是当地惟一的树。

伶仃孤苦立嶙岈①，落籽何缘天一涯。
似碗年轮犹少壮，如翁躯干早歪斜。
狂风撕扯凋冠盖②，飞石轰摧满茧疤。
岁岁顽强报春至，军人注目气升华。

2010 年

【注】

① 嶙岈：山深貌。此处即深山。
② 冠盖：指枝叶，树冠。

巫山一段云·夜练

月黑云低夜，风狂雪漫天。重重白幕实难穿，恶战玉龙拦。　　铁甲车灯熄，官兵枪械寒。悄然接敌夺机先，足迹印关山。

2010 年

捣练子·除夕

歌舞闹，彩灯明，不绝如雷爆竹鸣。
喜鹊枝间难入睡，起听新岁降临声。

2011 年

风光好·贺兔年

广寒开，岁君来。国盼祯祥世盼财，望和谐。勤挥神杵施灵药，人康乐。共助神州巨翼开，上瑶台。

2011 年

送虎年 三首

（一）

虎年过去不寻常，总为神州祈吉祥。
霸主挥刀兼设障，恶邻占垄又窥墙。
甫能温饱人仇富，欲筑篱笆贼忌强。
古国腾飞翅沉重，屡遭矢逐网罗张。

(二)

多难多灾亦正常，复兴梦岂尽嘉祥？
建功切莫忘尝胆，得道仍须苦面墙。
尧胄千秋崇报国，舜邦万世贵图强。
前程任有风雷激，更励鲲鹏巨翼张。

(三)

阴冷西风刮异常，金融久久未呈祥。
滥排祸水狂印钞，唆使弟兄蠢阋墙。
炮舰巡游凌弱小，战端挑动逗威强。
何年世上无凶霸，天下和谐正义张。

2011 年

口 占

十二地支交互忙，催人头上积繁霜。
秋冬春夏歌中替，苦辣酸甜笑里尝。
伏枥何曾惜余力，求知更怕误流光。
老来不必伤枯树，遍野新松立旭阳。

2011 年

雪　后

银岭瑶河连皓泽，琼花碎玉迷阡陌。
何来喜鹊落桥栏，点破晶莹千里白。

2011 年

早　春

岸草新芽雪下藏，寒流虐处柳丝黄。
残冰难挡春神步，万物无声正换装。

2011 年

参加全国政协会议有感

春来都市满和光，天下群英聚一堂。
广汇民声掏肺腑，共商国是吐衷肠。
建言除弊匡时论，献策兴邦济世方。
万里长空古龙舞，同挥巨笔写辉煌。

2011 年

红　线

政协委员议政中，得知有些地方欺上瞒下，仍在肆无忌惮地侵占耕地，国家保十八亿亩耕地的红线受到严重威胁，大家对此表示极大担忧。

赫然红线在，国脉实相悬。
耕地年年蹙①，迁农处处怜。
指荒充熟土，嘘数变良田。
一旦饥馑至，凭何去对天？

2011 年

【注】
① 蹙：狭窄、逼仄。

宴　散

高朋扶醉去，泔水尽珍馐。
谁记当年苦，饥荒尸委丘。

2011 年

中华民族颂

神州气脉本来黄①，天赐吾宗金质光②。
多彩春君钟首色③，丰收秋野喜常装。
羲娲后裔泥抟就④，坤土基因胄播香。
厚德凝心能立国，虚怀纳智善师⑤长。
地无私载⑥载万物，人有公心心大方⑦。
岂向恶魔卑屈膝，虽经磨难更兴邦。
根深重壤⑧青葱发，业赛骄阳赤帜张⑨。
大美不言⑩犹不尽，伟功无语亦无量⑪。
兹族兹民兹品性，生生不息笑沧桑。

2011 年

【注】

① "神州"句：苏轼《黄河》诗有句"昆仑气脉本来黄"。此处化用之。

② "天赐"句：指上天赐予我中华民族金子一样的黄色。

③ "多彩"句：春君：春神。钟：钟爱，喜欢。此句是说，多彩盛妆的春神到来时，最先穿着的是她钟爱的黄色。唐朝杨巨源《城东早春》："诗家清景在新春，绿柳才黄半未匀。"宋朝王安石："日借嫩黄初著柳"。

④ "羲娲"句：神话传说，中华民族是人文始祖伏羲和女娲用泥土捏成人形而繁衍起来的。

⑤ 师：学习，以人为师。此句指由于虚怀若谷，善于学习他人的长处。

⑥ 地无私载：孔子："天无私覆，地无私载，日月无私照。奉斯三者以劳天下，此之为三无私。"此句是说，大地没有私心，所以能够承载万物。

⑦ 大方：大地的别称。古人认为天圆地方，称天为大圆，地为大方。唐朝陈子昂《堂弟孜墓志铭》："大圆苍苍，大方范范。"此句是说，中华民族持有公心，心如大地般宽广。

⑧ 重壤：大地深处。

⑨ 赤帜张：喻阳光光芒四射。宋朝范成大《新岭》诗："瞳瞳赤帜张，昱昱金钲上。"

⑩ 大美不言：《庄子·知北游》："天地有大美而不言，四时有明法而不议，万物有成理而不说。"

⑪ "伟功"句：《荀子·尧问篇》载，孔子答弟子子贡"为人下之道"说："为人下者，其犹土也。"土地正是在人之下者，深掘便得甘泉，播上种子便五谷生长，树木繁植，禽兽成群。人类生时踏地而立，死后又入土而居。土地功高而无语，功德无量且从不止息。"大美"二句指中华民族继承了天地的美德，大美不言，故美而无尽；伟功无语，故功高无量。

恭王府赏海棠

一年一度海棠香，日泛崇光月转廊。
冷艳美人风雨立，静观王府历炎凉。

2011 年

厦门海滨晨吟

开窗清气扑帘斜，宏大潮歌韵律华。
雾霭初消千岛翠，朝阳幻出一天霞。
往来船舶鸣长笛，迎送海鸥追浪花。
我请晨风东寄语，血浓于水早还家。

2011 年

游杜甫草堂[①]

花径天天缘客扫[②]，蓬门怅失少陵容[③]。
喧江啼鸟皆诗意，修竹疏篱遍咏踪。
屋破茅飞悯寒士[④]，畦滋雨沛惦春农[⑤]。
低徊仍觉吟魂在，妙语惊人声似钟。

【注】
① 杜甫草堂：在四川成都市西郊浣花溪畔，为唐代诗人杜甫成都故宅旧址。
② "花径"句：杜甫诗句："花径不曾缘客扫，蓬门今始为君开。"这句反其意，说大量参观者每日都来。但杜甫不在了。
③ 少陵：杜甫曾住长安附近的少陵，自称少陵野老，人称杜少陵。
④ "屋破"句：杜甫在草堂居住时，曾作《茅屋为秋风所破歌》，表示了对天下寒士的怜念。
⑤ 杜甫在草堂时还写了大量悯农诗，看到自己苗圃雨水充沛，便为春农高兴。

瀑 布

顺柔娴静似娇娘，一遇悬崖忽转狂。
途到穷时巨人立，默逢绝处怒喉张①。
飞流砸地潭千尺，哮吼震空威八方。
不具常形隐玄妙，天教弱质变阳刚。

2011 年

【注】

①"途到"二句：河床中断，水经悬崖便像巨人一样站立起来，形成瀑布；默默无声的河流，到了绝壁，愤怒的喉咙就会狂张怒吼。

人生感言 八首

（一）

人生不可负天地，有志男儿当自强。
致远休教伤仲永①，学勤切莫效江郎②。
元平③浅薄身先缚，赵括④轻狂兵尽亡。
博达英灵⑤应守朴，浮名实祸落悲凉。

【注】

① 仲永：宋朝王安石著文《伤仲永》，记载一幼童仲永，聪慧可爱。其父虚荣，带他到处背文吟诗，以求人赞，不事苦学。过几年再见时，其儿平平，"泯然于众人矣"。

② 江郎：即江淹，南朝考城人，字文通，工诗能文。南朝·梁·钟嵘《诗品》卷中："初，淹罢宣城郡，遂宿冶亭，梦一美丈夫，自称郭璞，谓淹曰：'我有笔在卿处多年矣，可以见还。'淹探

怀中,得五色笔以授之,尔后为诗,不复成语。故世传'江郎才尽'。"

③ 元平:李元平,唐宗室疏裔。《新唐书·关播传》载,李元平好论兵,关播盛称荐举。拜任补阙后,李希烈发动叛乱,以李元平为检校吏部郎中兼汝州别驾知州事,委以重任。未及交战,被叛贼内应所缚。是纸上谈兵一个典型。

④ 赵括:战国时赵国名将赵奢之子。青年时学习兵法,谈之头头是道,后代廉颇为帅,不知活用兵法,且轻敌,为秦军射死,所率四十万赵军尽被秦军活埋。

⑤ 博达英灵:聪明强干。

(二)

一诀躬行莫思量,建功立业要人帮。
丝须经纬方成帛,篱欲纵横赖有桩。
结义皇叔尊庶亮⑥,揭竿亭长敬平良⑦。
楚歌喝彻乌江恨⑧,逐去范增⑨无智囊。

【注】

⑥ "结义"句:指刘皇叔(刘备)虽然与关羽、张飞结义,但还尊重徐庶、诸葛亮,广揽人才。

⑦ "揭竿"句:指刘邦(曾任亭长小官)在秦末揭竿起义,非常敬重陈平、张良这些谋士。

⑧ "楚歌"句:用楚霸王项羽在垓下被围、在乌江自杀事。指寡助必败。

⑨ 范增:项羽谋士。后因中刘邦反间计,项羽将范增逐出。范增死于返乡途中。项羽失去了惟一得力帮手,最终惨败。

（三）

寻朋觅友莫轻佻，朱墨鲍芝应谨挑⑩。
木长松林身自直，箨生竹海节争超⑪。
高山流水知音久⑫，割席断交谋道遥⑬。
感叹择邻三易地，育童孟母用心雕⑭。

【注】

⑩ "朱墨"句：古人云："近朱者赤，近墨者黑"；"入芝兰之室，久闻而不知其香；入鲍鱼之肆，久闻而不知其臭。"指环境对人影响至关重要，要仔细选择。

⑪ "箨生"句：箨：幼竹。此句是说，在竹海里出生的幼竹，为早得阳光，竞向高长，竹节都很长。

⑫ "高山"句：《列子·汤问》："伯牙善鼓琴，钟子期善听。伯牙鼓琴，志在高山，子期曰：'善哉，峨峨兮若泰山！'志在流水，子期曰：'善哉，洋洋兮若江河！'伯牙所念，子期必得之。"此句是说，志同道合，成为知音，友谊才能持久。

⑬ "割席"句：《世说新语·德行》：管宁、华歆"尝同席读书，有乘轩冕过门者，宁读如故，歆废书出看，宁割席分座，曰：'子非吾友也。'"此句是说，道不同，不相与谋。对于人格和追求低下者，要少来往。

⑭ "感叹"二句：用孟母为给幼年孟子找一个良好环境而三择其邻事。

（四）

人忌自封千里马，长悲不遇九方皋[15]。
井蛙陶醉观天大，砌蚁[16]安知登岳高。
淘去浮沙见金粒，舞随流气是鸿毛。
低姿谦谨方行远，傲物奇才命亦糟。

【注】
[15] 九方皋：古之善相马者。
[16] 砌蚁：台阶上的蚂蚁。

（五）

处事胸怀成败关，恢弘气度效前贤。
腹宽容海方能相[17]，心洁无尘可赛仙。
化敌期交肱股友，扫霾善变旭阳天。
论功行赏孤凭树[18]，履险排难应在先。

【注】
[17] "腹宽"句：用宰相肚里能撑船之意。
[18] "论功"句：东汉初名将冯异独凭大树，不参与诸将论功事，指不争功、不争赏。

（六）

名剑霜锋需砺磨，英才成长考官[19]多。
觅珍世俗求疵细，恨铁前贤责难苛。
同辈妒心常作梗，争冠对手暗操戈。
最严尤是修身事，克己终生费切磋。

【注】

[19] 考官：指考验。此诗是说，一个年轻人成长起来是不容易的，要经历世俗的挑剔、长辈的责难、同辈的嫉妒、对手的暗算，还要坚持长期努力，战胜自身的缺点、弱点和错误。

（七）

三绝韦编[20]虽不疲，多思方可得真知。
花缘蜂艺终成蜜，桑借蚕功始变丝。
获璧须能分石璞[21]，寻珠应敢访蛇骊[22]。
破书善悟躬行后，才是收瓜摘豆时。

【注】

[20] 三绝韦编：韦：熟牛皮；韦编：用熟牛皮绳把竹简编联起来。三：概数，意为多次。原意为孔子为读《易》而多次翻断了竹简的牛皮绳。后比喻读书勤奋。

[21] "获璧"句：璞：含玉的石头或没有雕琢过的玉石。此句指要想得到名贵的玉璧，须能够区分出不含玉的石头和含玉的璞。这里暗用和氏璧问世的曲折故事。

[22] "寻珠"句：蛇骊：蛇和黑龙。晋干宝《搜神记》二十："隋侯出行，见大蛇被伤中断，疑其灵异，使人以药封之……岁余，蛇衔明珠以报之"。《庄子·列御寇》："庄子曰：'河上有家贫恃纬萧而食者，其子没于渊，得千金之珠。其父为其子曰：'取

石来锻之！夫千金之珠，必在九重之渊而骊龙颔下。子能得珠者，必遭其睡也。使骊龙而寤，子尚奚微之有哉！'""寻珠"句指要想得到宝珠是十分不容易的事。只有敢于接近大蛇或黑龙，才能有所得。比喻学习要有所收获，也要付出艰辛。

(八)

人生谁免蹈崎岖，须对刀丛及丑诬[23]。
惧影杯弓终是影[24]，疑珠薏苡总非珠[25]。
饥鸮难蔽金乌耀[26]，恶犬何拦白象[27]驱。
君见经埋钟鼎器，一朝出土宝光殊。

【注】

[23] "须对"句：指需要面对一些险境以及丑化诬蔑。

[24] "惧影"句：用杯弓蛇影典。汉朝应劭《风俗通·怪神·世间多有见怪惊怖以自伤者》中记载：应郴给杜宣酒喝，"北壁上有悬赤弩，照于杯，形如蛇。"杜宣将杯中弓影误认为蛇，酒后自感腹痛，以至病倒，多方医治不愈。经应郴引于现场复证，确认为弓影，病方愈。后用杯弓蛇影比喻不必要的疑神疑鬼。此句是说，扑风捉影，影子再像也只是影子。

[25] "疑珠"句：用后汉名将蒙冤被谤事。《后汉书·马援传》："初，援在交趾，长饵薏苡实，用能轻身省欲，以胜瘴气。南方薏苡实大，援欲以为种，军还，载之一车。世人以为南方珍珠，权贵皆望之。援时方有宠，故莫以闻。及卒后，有上书谮（音zèn，说坏话，诬陷）之者，以为前所载还，皆明珠文犀。"

[26] "饥鸮"句：鸮：猫头鹰一类的动物，喜夜间觅食。金乌：太阳的别称。此句指饥饿的猫头鹰遮不住太阳的光辉。

[27] 白象：普贤菩萨的坐骑。

2011年

有　感

　　北京西山脚下，有一名为"红色经典"的饭店，装修以"红海洋"为主调，服务以着工农和红卫兵服装者为招待，席间有"文革"时歌舞演出。来者无不感慨系之。

红舞红歌红海洋，令人百感忆沧桑。
史无前例今留例，世忌疯狂昔尽狂。
长叹愚忠遭戏弄，堪忧家国遍鳞伤。
民心民气须珍贵，万众擎天是脊梁。

2011 年

西江月·游平山堂①

　　杨柳春风起舞，龙蛇古壁留踪。仙翁似在饮千盅②，旁有东坡说梦③。　　人物长江浪里，沧桑弹指声中。休言万事转头空，千古诗文传咏。

2011 年

【注】
① 平山堂：位于扬州城北蜀岗峰下，为宋庆历年间欧阳修所建。
② "仙翁"句：欧阳修《朝中措·平山堂》："文章太守，挥毫万字，一饮千盅。"
③ 东坡说梦：苏东坡《西江月·平山堂》："三过平山堂下，半生弹指声中。十年不见老仙翁，壁上龙蛇飞动。欲吊文章太守，仍歌杨柳春风，休言万事转头空，未转头时皆梦。"

有 感

　　重访革命领袖早年做基层工作时一些故居,村市尽拆,邻里皆迁,原有那种扎根群众之中、忘我艰苦奋斗的感佩怅然若失,慨而叹之。

　　　　千里重来瞻故居,当年感觉荡然无。
　　　　街邻不见离群雁,人气难寻失水鱼。
　　　　直误清幽孤别墅,浑忘朴实俗民区[①]。
　　　　形神何计俱长在,励志涤魂功莫虚[②]。

　　　　　　　　　　　　　　　　2011 年

【注】
　　① "直误"二句:让人(把革命领袖当年的故居)直误作清幽孤立的别墅,想不起来这里当年是勤劳朴实的老百姓居住区。
　　② "形神"二句:怎样才能使革命领袖故居形和神皆能保存下来,充分发挥激励斗志、涤荡灵魂的教育功能。

昆玉河夏晨即景

　　　　风定鳞纹细,晨光水映柔。
　　　　钓夫盯饵静,泳者击波遒。
　　　　隔叶笼莺啭,依人宠犬悠。
　　　　群拳宗太极,谁在练歌喉?

　　　　　　　　　　　　　　　　2011 年

忆 旧

窗外群儿笑语迷,置书久望忆孩提[①]。
门前跳格房连地[②],背后牵衣鹰捉鸡[③]。
顶日追风奔野岭,搅星捞月戏清溪。
如今头已霜丝满,燃点童心犹吐霓。

2011 年

【注】
① "置书"句:指放下书本,目视远方,想起自己的儿童时代。
② 跳格:指俗称"买房子"的二童或多童游戏。先在地上画出一定形状的方格,按照约定规则跳动,"买"下自己的房子和地。
③ 鹰捉鸡:一种群童游戏。

久旱逢透雨

日来雨阵趁东风,旱魃慌逃伎俩穷。
喜极百花含泪笑,饮狂万树碰杯疯。
纵横大地愁纹祛,纤细小河仪态丰。
旋见村村忙里乐,农机四野唱声隆。

2011 年

东北行①

畏饮关东总怯回,樽前相属却贪杯②。
浓情尽达无他计,厚意交传唯此媒。
万里雪霜溶密盏③,卅秋岁月酿佳醅。
人生难得开怀笑,战友千盅何快哉!

2011 年

【注】
① 东北行:作者在东北工作 20 多年,旧地重游。
② 樽前相属:宴会上相互敬酒、劝酒。
③ 密盏:意即碰杯、饮酒很勤。

念奴娇·谒汤阴岳飞庙①

忠祠烈庙,似千秋回转,《满江红》②曲。武穆③威仪尊万代,直使凶魔觳觫④。诛桧施全⑤,安灵隗顺⑥,义赛松朋竹⑦。持针刺字⑧,萱堂亮节慈目。　　堪惜白铁无辜,铸狞长跪,猥琐阶前伏⑨。古往今来凭吊客,恨不唾颜捶辱。青史昭昭,鸿毛泰岳,公道留篇牍。仰天长叹,安能奸竖皆肃⑩!

2011 年

【注】
① 岳飞庙:位于河南岳飞故里汤阴城内西南隅,始建于明景泰元年(1450 年)。

② 《满江红》：指岳飞所谱名词《满江红》（怒发冲冠）。

③ 武穆：宋孝宗为岳飞昭雪后赐谥号武穆。

④ 觳觫：因极端恐惧而发抖。

⑤ 施全：南宋钱塘人。原是殿司小军官，对秦桧主和误国诬害岳飞极为愤恨。南宋绍兴20年（1150年）正月，施全于秦桧赴朝途中，持利刃行刺之，误中轿柱，被捕后大骂秦桧。秦桧将其处以磔（zhé）刑，即分裂肢体处死。岳飞庙内设有施全祠纪念他。

⑥ 隗顺：南宋义士，原为狱卒，素敬重岳飞。岳飞遇害后，他偷偷将岳飞遗体背负于钱塘门外北山之麓掩埋，并置玉环于岳飞腰下，墓上栽双桔树为记。临终前告其子。二十一年后，宋孝宗为岳飞平反，下诏寻访岳飞遗体。隗子禀报，朝廷遂以礼改葬于西湖之滨的栖霞岭下。岳飞庙内敬有隗顺像。

⑦ 松朋竹：松、竹、梅为岁寒三友。此三句指两义士在岳飞像前如竹伴松。

⑧ 持针刺字：岳飞庙中有岳母在岳飞背上刺下"尽忠报国"四字的组塑。萱堂：母亲的代称。

⑨ "堪惜"三句：在岳庙山门前，有残害岳飞五贼秦桧、王氏、万俟卨、张俊、王俊的铸铁跪像，始铸于明正德年间。此三句指无辜的白铁被用来铸成千秋罪人，猥琐地长跪在岳庙的台阶前。

⑩ 肃：整肃，肃清。

千秋岁·谒太昊陵①

翠松长柏②,风雪环陵立。蓍草直,深情忆③。卦坛期再演,易理宣新密④。神像伟,犹传立极开天力。　　万里萦魂魄,万众寻根脉⑤。同祭祀,歌功德。自强人祖训,辟径羲皇迹。征程远,永传薪火休停息。

2011 年

【注】

① 太昊陵:即人文始祖伏羲的陵墓,位于河南省淮阳县境内。

② 虬:龙之子。此句意即古柏如龙。

③ 蓍草:一种多年生草,茎长而直。传说伏羲最早用其茎进行占卜。太昊陵旁有一蓍草园,内长罕见的白根蓍草。

④ 卦坛:太昊陵前有一石刻先天八卦图,为伏羲初创。此二句是说先天八卦坛期待着人文始祖再来推演八卦,宣示天地间新的秘密。

⑤ "万里"二句:全国及世界各地,每年都有人众到太昊陵来寻根拜祖、歌舞祭祀。

南社[1]百年纪念

南社当歌抗北廷[2]，神州谁忍解肢刑[3]。
陆沉暴发醒民吼[4]，夜暗探寻辨向星。
义理广传催变革，国魂大振孕雷霆。
百年回首兴邦路，晓岫巍峨天地青[5]。

2011 年

【注】
[1] 南社：是一个曾经在中国近代史上产生过重要影响的资产阶级革命文化团体，1909 年成立于苏州，其发起人是柳亚子、高旭、陈去病等。南社受孙中山先生领导的同盟会的影响，鼓吹资产阶级民主革命，提倡民族气节，反对满清王朝的腐朽统治，为辛亥革命做了非常重要的舆论准备。
[2] 北廷：指清朝统治者。
[3] 解肢：肢解，指帝国主义列强瓜分中国。
[4] 陆沉：意即国家灭亡。
[5] 晓岫：拂晓时的山脉。

步南阳诗词学会郭玉琨会长韵 二首选一

水曲山高别梦遥，多年游子鬓丝凋。
客心总伴飞鸿远，乡思难随明月销。
许国襟怀桑梓赋，横戈豪气火云烧。
驰驱劳顿今堪慰，禹甸已登通宇桥。

附：郭玉琨会长原诗

庐对平湖一箭遥，朔吹不忍木全凋。
冬青雪虐葱仍在，夹竹花残香未销。
虹起长川欲云合，霞堆薄暮似秋烧。
访朋得会归途晚，岸北蜗居近便桥。

2011 年

邀宝珊①打乒乓球

风和天气爽，红拍绿球台。
君有闲暇否，杀它三百回？

2011 年

【注】
① 宝珊：张宝珊，系作者同学、好友。

某青年说

长叹婚期杳，无房只有愁。
心焦楼市热，苦笑羡蜗牛。

2011 年

大渡河铁索桥

天堑奔涛吼，山崩铁索牵。
雾腾增险峻，鸟啭说幽玄。
河为长征显，桥缘勇士传。
抚碑良久立①，思绪溯流年。

2011 年

【注】
① 碑：大渡河畔立有多个碑刻，记载其历史演化及红军强渡大渡河的英雄事迹。

如梦令·花

昔见仙葩如画，念念常侵清夜。半世走天涯，觅思伴随戎马。惊诧，惊诧，岂料绽开邻舍。

2011 年

如梦令·晨

映颊红霞初布，如瀑柳丝悠舞。曲岸玉雕栏，荷下鱼儿来聚。毋语，毋语。此有读书仙女。

苏北小村

1967年初夏，我曾过苏北小村。从喧嚣争斗的城市乍到偏远幽静的村庄，恍如隔世。至今忆起，犹为感慨。

麦香秀景四方围，柔柳浓槐次掩扉。
饱卧牛羊双犬吠，戏喧鸡鸭数莺飞。
浣衣少女溪间笑，捉蝶顽童田畔归。
疑入桃源尘世外，祥和恬静久相违。

2011年

西江月·又上井冈山

距首次登谒已十五个年头了。

胸内满怀钦敬，眼前万丈光芒。山山水水读辉煌，报国豪情激荡。　　圣地依然亲切，激情仍觉驰张。雄心不减昔年狂，无奈一头霜上。

2011年

夜宿科尔沁大草原

跳出尘嚣外，飞来花草乡。
天清星斗近，气润野原香。
篝火河边跃，琴声风里扬。
枯荣千古意，尽入马头章①。

2011 年

【注】
① "尽入"句：指都融入到马头琴的乐章中去了。

沪上暮雨

江南梅雨杂烟尘，多少高楼半入云。
遥望家家灯亮早，光摇彩晕众星醺①。

2011 年

【注】
① 醺：醉酒。

为南阳百名诗词老师培训班而作

万物需装点，天公要好诗。
人皆能李杜，端赖有良师。

2011 年

紫竹园小景

琅玕①环水弓腰护，菡萏②迎风笑靥开。
有节虚心两高士③，游人仰慕八方来。

2011 年

【注】
① 琅玕：指竹子。
② 菡萏：荷花。
③ 两高士：指竹与藕，均有节且空心。

咏　诗

虽说骚人多命哀，莫愁世上少吟才。
诗花本是刚强物，泪雨情风着便开。

2011 年

为南阳第二次诗词吟唱会而作

唐宋诗词元有曲，风骚各领传千古。
今朝我辈献何葩，来壮神州芳卉圃？

2011 年

纪念中国共产党诞生九十周年

东方旭日现容时，地覆天翻桑海移。
蛰起苍龙驰电势，重生彩凤绚霞姿。
南针引棹穿涛险，北斗凝心辨路歧。
民族复兴鹏翼举，神州盛景指能期。

2011 年

转调踏莎行观看庆祝建党九十周年大型文艺晚会有感

韵律曾谙，英姿见惯[①]。风云烽火路，情重现。流光溢彩，双眸泪转。年月逝去，无穷思缅。　胜利何由？万民宿愿。一呼从者众，捧心献。相倾肝胆，海桑能变。乐鱼昵水，水推舟健。

2011 年

【注】
① "韵律"二句：意即对所演革命歌舞的旋律、舞姿过去都十分熟悉，看过很多了。谙：熟，熟悉。

过卢沟桥

当年鸠夺鹊巢枝，恶鬼穷凶弃画皮。
永定河滩洇热血①，宛平城堞显雄姿②。
群狮应记沉眠耻③，晓月毋忘久缺悲④。
满目繁华危尚在，还须深悟国歌词。

2011 年

【注】

① 永定河：北京西南的河流，卢沟桥跨其上。

② 宛平城：卢沟桥东的历史名城。1937 年 7 月 7 日，日本帝国主义在此发动侵华战争，中国军队奋起反抗，点燃了抗日战争烈火。

③ 群狮：卢沟桥护栏上有石狮 485 个，神态各异，栩栩如生。

④ 晓月："卢沟晓月"是当地著名一景。清乾隆帝曾亲书刻汉白玉碑，立于卢沟桥上。

纪念武昌起义一百周年暨南昌起义八十四周年

武昌之后是南昌，打响中华崛起枪。
恰似春雷惊蛰伏，古龙腾处变沧桑。

2011 年

垂 钓

潋滟波中抛饵遥，钓竿稳握眼盯漂。
来之收篓缘它傻，愿者上钩非我刁。
气静唐僧晨入定，神闲萧史夜吹箫①。
垂丝不具姜公志②，惟羡子陵心趣超③。

2011 年

【注】

① 萧史：传说中春秋时的人物，汉朝刘向《列仙传·卷上·萧史》中说："萧史善吹箫，作凤鸣。"

② 姜公：姜尚，字子牙。周初姜姓部族长。传说他在渭水边钓鱼隐居，得遇周文王，被封为"太师"。后佐周灭商，立大功。是历史上很享盛誉的政治家、军事家和谋略家。

③ 子陵：严光，字子陵。东汉著名隐士。少时曾与刘秀同游学。刘秀即位后，严不愿出仕，遂更名隐居。浙江桐庐县富春山麓有严子陵钓鱼台。

西江月·偶感

自古穷人欲富，从来富户忧穷。俭奢勤懒变穷通，铁律千秋未动。　　福为念邪而去，祸因恶作相逢。善行美德顺帆风，切切望君珍重。

2011 年

老槐树

年久根多朽，皮伤绿叶疏。
病枝肥蠹蛀，空干毒蛇居。
雷滚身躯晃，风吹足趾虚。
趁荫酣睡者，犹梦到华胥[①]。

2011 年

【注】
① 华胥：国名，列子虚构的国家。意即虚无的梦境。

北戴河观海

万古海天遥望空，星摇地撼四时同。
渔船隐现烟波里，泳将浮沉雪浪中。
涨落潮迎圆缺月，高低鸥唱暖寒风。
秦皇魏武知何往，惟见朝朝日出东。

2011 年

南乡子·夏日晚饭后，海边久坐，大雾渐弥

重幕落苍穹。礁岛楼台失影踪。野马浓云围我小①，朦胧。天地如回混沌中②。　　可怕是心矇③。心陷迷茫万事空。苟是襟怀膺北斗，从容。何惧前逢恶雾浓。

2011 年

【注】
① 野马：比喻大雾。
② 混沌：指天地未开的原始状态。
③ 心矇：心中迷茫。

水龙吟·海

几番慕海而来，听涛观浪忘昏晓。凌波岛舞，驾风潮咏，多情鸥绕①。日月轮潜，星辰同浴，四时欢闹。笑闲云爱美，千姿自赏，朝天鉴，恣相照②。　　无限生机弄巧。荡心胸、涤忧除恼。蝇头蜗角，名缰利索，俱抛淼淼。大海襟怀，空天眼界，顿登云表③。对常青造化，千秋盛景，且休言老。

2011 年

【注】
① "凌波"三句：即岛屿在海上凌波而舞，波浪在风吹下击节高歌，海鸥多情地飞来绕去。

② "笑闲云"四句：堪笑闲云很爱美，变换着千姿百态对着像天鉴（镜子）一样的大海，得意地照个不停。

③ "顿登"句：感到人像一下子上到云彩外面，心胸开阔。

水调歌头·海边有悟，兼寄友人

滚滚波涛外，可是有仙乡？秦皇使者①，一去千载滞何疆？我访蓬莱琼岛②，未见神仙踪影，谁晓往何方？或道蜃楼住③，飘渺使人伤。　　劈潮泳，纵舟泛，钓汪洋。长空澄目，无际波碧荡肝肠。忘我天人相合，脱俗阴晴俱乐，万象共徜徉。勿用寻仙界，仙界在心房④。

2011年

【注】

① 秦皇使者：史传秦始皇为求长生不老方，令徐福带五百童男童女，出海寻药。徐未归来。

② 蓬莱岛：传说是神仙居住的地方。

③ 蜃楼：海市蜃楼。是海上因光线折射形成的一种虚幻奇观。

④ "勿用"二句：不用寻找仙境，有了好心态，自己就是神仙。

齐天乐·蝉

踞高常去凡尘远，浓荫隐身餐露。万事悠悠，均称"知了"，饱学堪教人妒。清高自许。竟睥睨①群儒，亢声长语。傲态骄姿，汗青名士少朋侣②。　　焉知俗不能耐，只商音独调③，盈耳凄楚。开口滔滔，空言洒洒，聒噪令人叫苦。虚名祸贾。见觅食螳螂，暗趋刀举。嬉戏儿童，顺声张网捕。

2011 年

【注】
① 睥睨：斜眼看，轻视、瞧不起状。
② "汗青"句：意即历史上的名人高士无人可与其为伍。
③ 商音：古为宫、商、角、徵、羽五音中的金音，声凄厉。

闲吟五题

蝉

居高隐影远凡尘，饮露清奇雅士身。
岂料傲然声一发，俗烦难耐折磨人。

蚊

暗处嘈然不隐形，咂肤吮血狠营营。
最烦绕耳长篇语，说尽爱心关切情。

蝶

彩衣粉翅舞花丛，自在翩翩西复东。
同去寻芳蜂献蜜，癫狂蛱蝶一场空。

蛩

夜阑不绝断肠音，诉月悲愁长短吟。
莫谓此君唯苦咽，怒来勇战亦惊心。

萤

的历流光上下明，练囊曾聚照书生[①]。
谁教腐草神奇变[②]，化出清辉可乱星。

【注】

① "练囊"句：《续晋阳秋》载："车胤字武子，学而不倦，家贫不常得油，夏日用练囊盛数千萤火，以夜继日焉。"

② "谁教"句：古人传说萤火虫为腐草所变。

2011 年

莲　子

莲子秋来日见肥，喜随童稚出塘湄。
污泥不染虽称好，秽境长离更所希。

2011 年

部队跨区远程机动演习

挥师征战继晨昏，万里纵横守国门。
壶水寒中带冰饮，面球风里就沙吞①。
龙腾势破豺狼胆，虎跃威惊盗贼魂。
陆海空天浑一体，神兵戮力斩魔瘟。

2011 年

【注】
① 面球：部队自制干粮，多为面团在热石子中炒成。

河　套

贺兰山下水潺潺，锦绣田原五彩斑。
北国江南何忍别，黄河至此步回还。

2011 年

题《走出军营的士兵》一书

戎装虽卸未离鞍，万里长征仍闯关。
勇劈狂潮冲下海，力开新业再登山。
路途九曲谁心怯？财富三枯岂泪潸。
龙借云涛任腾跃，虎乘风势显斑斓。
奇花险境添浓彩，壮士逢时绽笑颜。
名铸百难千劫后，功成九死一生间。
君看舞起歌回处，战马骁骁征未还。

2011 年

贺天宫神八两次对接成功

无际苍穹大舞台，群星环贺惊奇瑰。
天宫神八深情吻，牛女笑颜含泪开。

2011 年

看电视动物世界《寂静的山林》

秀水幽林花草香，鸟啼蜂舞沐秋阳。
猴栖枝下游蛇近，鹿戏丛中猎豹藏。
或讶枭鹰冲野兔，时惊凶鳄扑羚羊。
迷人静谧安详境，多少玄机隐此乡。

2011 年

有　感

牛衣自有牛衣苦①，鼎食凭添鼎食难②。
治国治家舟溯水，篙篙吃紧莫偷闲。

【注】

① 牛衣：给牛御寒的草、麻编织物，类蓑衣。汉代王章，年轻时在京城长安求学，得病后睡在牛衣里，哭着与妻子诀别，遭到妻子的呵斥。后来，他做到京兆尹还不满足，妻子对他说"人当知足，独不念牛衣中涕泣时耶？"（见《后汉书·王章传》）这句是说，贫困时自有贫困的苦恼。

② 鼎食：列鼎而食。古时富贵之家钟鸣鼎食。这句是说，富裕后有富裕的难处。

赠大宏①

山乡赤子卧云身，秀质朗怀一望纯。
雄峻伏牛挺脊骨②，清泠湍水振精神③。
无心折桂名千里，有笔生花力万钧。
竹节荷魂尤可贵，愿君常洁不染尘。

2011 年

【注】

① 大宏：为诗人忘年交，同乡。
② 伏牛：伏牛山。为大宏家乡山脉。
③ 湍水：湍水河。为大宏家乡主要河流。

洛阳龙门石窟纪行

伊阙向空开①，诸仙迎面来。
天工传佛像，鬼斧动灵台②。
心肺倾间净，襟怀蓦地瑰。
何由臻圣境，魍魉化尘埃。

2011 年

【注】
① 伊阙：龙门石窟所在地又名。
② 灵台：心灵。鲁迅诗："灵台无计逃神矢"。

函谷关①怀古

连峰穿径细，峭壁夹天暝②。
雉厚山河界③，关雄社稷屏。
兴衰变今古，隐现转枢星④。
谁见沧桑步，泥封可使停⑤？

2011 年

【注】
① 函谷关：中国历史上建置最早的雄关要塞之一，因关在谷中，深险如函，故称函谷关。素有"一夫当关，万夫莫开"之称。
② 暝：日落；天黑。指高高的峭壁上夹一片天，因山高而发暗。
③ 雉：城墙垛子。代指城墙。
④ 枢星：即北斗星。
⑤ 泥封：因函谷关险要，史称"一丸泥可封之"。

游皇城相府①

相府巍巍气象华，君臣互得振邦家。
抚城仰叹张居正②，育帝何如去育瓜③。

2011 年

【注】
① 皇城相府：位于山西省东南部的晋城市北留镇境内，是清康熙年间的名相陈廷敬的故居。陈是康熙帝师。
② 张居正：明大臣。万历年间曾任首辅，魄力、智慧非凡。当国十年，有重大历史功绩。为一代能相，同时为神宗帝师。
③ "育帝"句：明神宗年幼时，张居正主裁一切军政大事，并为严师，辅佐教育神宗。万历十年，张居正卒。神宗记恨张居正要求太严，当张居正被宦臣张诚和守旧官僚攻讦时，遂下令抄其家，张居正家眷多人死于非命。张居正也险遭鞭尸。张居正在位所用官员也纷纷被削职、弃市。这句是说，张居正辅佐、教育这样的一个皇帝，真还不如去务农种瓜。

老区临沂印象

幢幢高楼代草房，明湖新市替穷乡。
似曾相识惟歌舞，义送儿郎上战场。

2011 年

谒巩县杜甫墓

得知诗圣墓在全国共有八座①，感赋。

凄寒潦倒苦平生，仙去九州存八茔。
山水争相留咏骨，世人共欲挽诗声。
叹遭倾轧兼离乱，幸遇尊崇与盛情。
天赐文才悭赐福，史怜佳作更怜名②。

2011 年

【注】

① 八座：八座杜墓，计湖南平江县小田村、耒阳，陕西鄜州（今富县）、华州（今华阴县），湖北襄阳，四川成都，河南偃师、巩县等地各有一座。除杜甫家乡巩县外，皆为纪念性的衣冠冢或空穴。

② "天赐"二句：指上天赐予诗人卓越的文才，对福分却十分吝啬，很少赐予；历史十分珍爱并流传了诗人的佳作，更珍爱和流传了诗人的大名。悭：小气，吝啬。

西江月·泰山

汇聚乾坤灵气，满凝历史沧桑。千秋默默立东方，冷对风雷激荡。　　屡见参禅遗迹，遍镌祈福词章。期同泰岳共天长，却付云涛烟浪。

2011 年

水调歌头·游白云山①

佳境隐尘外,美景险中寻。白云名满天下,常念到而今。曲径悬崖百转,石级云端万叠,皇顶②喜登临。山海多腾浪,翠色远天侵。　穿幽洞,探云栈,越深林。异花争艳,奇木叶里啭珍禽。更有瀑垂千丈,珠溅虹霓如幻,一洗利名心。谁倩挝雷手,奏出地天音?

2011 年

【注】
① 白云山:白云山风景区,位于洛阳嵩县。
② 皇顶:玉皇顶,是白云山风景区主要观光区之一。

再到泉城

又访济南情所牵,万排杨柳百重泉。
湖山花树一城秀,亭阁桥堤千景连。
美月美波留美韵,名园名士有名篇。
石街瓦屋寻幽古①,群厦悄然穿破天。

2011 年

【注】
① 石街:为济南一处明清建筑老街区。四周已为现代建筑包围。

黄果树瀑布

青峰远隔已闻声,翻转银河虹彩萦。
壁秉威严刚者气,瀑喧奔放快哉情。
九重白闪洪雷落[①],万组黄钟大吕鸣。
唤起生机四时发,花争颜色木争荣。

2011 年

【注】
① 九重:九天。

参观摄影展十记 十首

绿　意

溪添群竹翠,竹掩绿溪流。
画面框栏小,生机涌未休。

沙　漠

绿是奢华色,连天尽石沙。
黄风狂袭处,驼队影昏斜。

群　瀑

百练高低舞，珠飞虹彩生。
图前君静息，闻得瀑喧声。

天　际

白云连绿野，万马竞驰驱。
凡骥腾空去？天驹下世欤？

深山小学

室陋童心照，书残笑靥真。
细松岩隙长，道不拂星辰？

梯　田

彩凤斑斓羽，神龙七色鳞。
层层高叠起，引我出凡尘。

忧

嗷嗷雏待哺，大鸟远方瞧。
如火施工地，轰鸣已不遥。

古 藤

攀高腾跃起，左右善勾连。
谁主林中景？此公常占先。

山 村

溪边女浣衣，石级近柴扉。
绿树炊烟袅，牛羊薄暮归。

晨 曲

薄雾清晨谷，绿山藤索桥。
农夫黄犬走，影在水中摇。

2011 年

秋

云点高天白，霜欺莽野青。
逢时蛩唱月，呼伴雁穿星。
桂馥方弥苑，菊香潜沁庭。
桐愁叶先坠，枫醉渐忘形。

2011 年

读《当代军旅诗词选》

字词犹带硝烟味，篇什多留战火痕[①]。
万里沙场吟客骋，千秋边月咏声存。
爱憎倾注真情泻，肝胆皆披热血喷。
荡气回肠歌一曲，山应海和壮军魂。

2011 年

【注】
① 篇什：篇章。

采桑子·深秋练兵场

天蓝云白山斑驳，处处花黄。处处花黄。铁甲钢枪笑傲霜。　　南征雁阵声嘹亮，行色匆忙。行色匆忙。捎瓣心香到远方。

2011 年

有 感

报载，一对老教授因不堪空巢之苦，夫妻一同自尽。感慨赋之。

媪翁寂寞弃寰尘，为尔悲哀为尔嗔①。
冷屋多愁成地狱，亲情过望失天伦。
儿孙自有儿孙业，耄耋宜寻耄耋春。
何用莱衣添乐趣②，雏鹰应送上云津。

2011 年

【注】

① 嗔：生气。

② "何用"句：莱衣：相传春秋时，楚国隐士老莱子年七十，犹着彩衣在父母面前戏耍以取悦双亲，有时跌倒故作婴儿啼。此句是说老人宜自寻快乐，不需要孩子们像老莱子那样守着自己。

寄河南诗词学会会长林从龙老先生

天意公深会，人间留好诗。
兴邦醒世句，摘斗结珠词。
力振骚坛运，高擎咏阵旗。
龙翔祝长久，吟国仰名师。

2011 年

读姚雪垠先生长篇巨著《李自成》

毕生心血不寻常，写就甲申长祭章。
叱咤风云换天手，周期怪律谱苍凉①。

2011 年

【注】

① 周期怪律：即人称社会周期律。黄炎培在 1945 年参观延安之后对毛泽东说的，"我生六十多年，耳闻的不说，所亲眼看到的，真所谓'其兴也勃焉'，'其亡也忽焉'，一人，一家，一团体，一地方，乃至一国，不少都没有能跳出这周期律的支配力……"

乘飞机西行口占

万里晴空瞰九垓①，长风喜驾意悠哉。
山如群兽逡巡去，河似孤蛇迤逦来。
飘逸云团疑白鹿②，辉煌霞彩念金台③。
昊天可得逢青鸟④，邀谒瑶池饮一杯⑤？

2011 年

【注】

① 九垓：为兼有中央与八极之地。亦作九畡。韦昭注："九畡，九州之极数也。"
② 白鹿：传说中的神仙座骑。
③ 金台：传说中的神仙住地。
④ 青鸟：传说中的王母娘娘的使者。
⑤ 瑶池：传说中的王母娘娘的住所。

丝绸古道上

茫茫瀚海劲风回，万里苍凉古垒台①。
蓬草成团随石滚，胡杨排阵抗沙摧。
碛涸水尽溪疑失，泉汩波兴河又来。
断壁残基留往事，车流天际路新开。

2011 年

【注】
① 古垒台：古时军事用的烽火台。

胡杨颂

西北戈壁中有胡杨林。人称胡杨生则一千年不死，死则一千年不倒，倒则一千年不朽。

俨如军阵列沙场，苦斗风魔护远疆。
累累伤疤蔑飞石，萧萧枝叶傲骄阳。
战亡烈士身昂立，仆倒忠魂目久张。
西去何多歌泣事？大千世界有胡杨。

2011 年

南歌子·罗布人村①

傍水泥坯灶，依林木板房。钢叉舴艋捕鱼忙。闲坐寿星慈目溢安详。　　万代悠哉地，千秋自在乡。商潮来犯势难当。妪卖烤鱼游客喜争尝。

2011 年

【注】

① 罗布人村：位于新疆罗布泊盆底，为一人数稀少的民族，自古靠打鱼为生。

画堂春·辛格尔哨所①

鸭嬉鱼跃小池塘，秀亭茂苇花廊。双泉汩汩醉歌长。沙枣放清香。　　动地惊天事业，埋名隐姓行当②。根雕奇石启心窗③：苦里志昂扬！

2011 年

【注】

① 辛格尔哨所：马兰基地一个小哨所，位于新疆大戈壁深处。经官兵多年建设，成为大戈壁中一片小绿洲。

② 行当：行业、事业。

③ 根雕奇石：哨所多年来形成一个规矩：凡在哨所工作过的干部战士，都要给哨所留下至少一个根雕或奇石。久之，哨所有了一个内容颇丰的根雕奇石馆。官兵为作品取名多有寄托，展示心志。

宴山亭·秋游胡杨林

占尽秋光，三叶①共妍，满目金镶黄染。千载战霜，万世攘沙，斗士激情无减。直插长空，碧霄映、刚颜欢脸。华艳。看倒影清潭，白云装点。　　生死辉耀人间，总气贯长虹，义披肝胆。繁枝茂叶，老干枯躯，都迎瀚魔刀剑。乍起轻风，犹听得、将呼兵喊。铭感。令久久、心灵震撼。

2011 年

【注】

① 三叶：当地人讲,胡杨树有三种叶子,不同树龄、不同部位,叶子形状不同。

读　史

贬损褒扬多执词，论今评古语常歧。
屈原投水英名远①，苏轼蒙尘大作垂②。
正史实难遮野史，石碑永不抵心碑。
防民口胜防川决，牢记躬行切莫违。

2011 年

【注】

① "屈原"句：屈原被楚王贬逐，投水而死，但却得到千秋万代的同情颂扬。

② "苏轼"句：苏东坡因乌台诗案而入狱，差点送命，但他的作品却长垂史册。

读 史

乾坤万象贵求衡,铁律冥冥慎勿轻。
得失难调争斗激,阴阳欠协祸灾生。
不公褒贬时光纠,冒险驰腾衢道倾[①]。
允洽执中应记取[②],盐梅善理小鲜烹[③]。

2011 年

【注】

① "不公"二句:对人对事褒贬不公,时间都会予以纠正;失去平稳的奔驰腾跃,会在道路上倾覆。衢道:歧路,又意为四通八达的道路。

② 允洽执中:处事公允合和,恰当正确,不搞绝对化。

③ "盐梅"句:古人云:"治大国如烹小鲜。"盐和梅都为古时烹调佐料,古人将善用盐梅比作善于处理治国事务。

记某山村一师一校乒乓球活动

水泥台面带残冰,楚汉相分一草绳。
陋拍锯磨粘贴就,瘪球烫复往来仍。
露天时有风参战,入暮惟凭月作灯。
莫笑抽拉姿不雅,兴如奥运各施能。

2011 年

冬　泳

盈尺冰层一窟开，隆冬泳将任悠哉。
水花溅处银珠落①，手臂挥时玉汽偎。
短裤健儿肤色赤，皮袍看客面容灰。
寒风羞隐浓云退，堪衬英雄惟待梅。

2011 年

【注】
① 银珠落：指水花落下即成冰粒。

潇湘神 四首·龙年贺岁

（一）

喜迎龙。喜迎龙。普天爆竹彩灯红。新岁祝君云路上，家和世盛驾长风。

（二）

喜迎龙。喜迎龙。九州歌舞动苍穹。最盼古龙腾跃劲，相携世界出严冬。

（三）

喜迎龙。喜迎龙。万民欢庆志尤雄。已斩远征关万座，齐心再夺隘千重。

（四）

喜迎龙。喜迎龙。复兴大业正从容。昨日伟功来不易，明朝华夏更昌隆。

2012 年

全球华人喜庆春节

狮舞龙腾新岁来，跨洲越海笑颜开。
冬随炮竹寒威去，春伴烟花暖意回。
饺子殷殷包愿景，酒杯酽酽注情怀。
复兴宏曲同心奏，响彻钧天何壮哉！

2012 年

早 春

润草妆梅雪，催桃醒柳风。
春光寒暖里，诗思有无中。

2012 年

蝶恋花·倒春寒

律①变冬神仍固守。掠野凄风、鸟雀枝间抖。满目玉门关外柳②。腊梅沉睡逾时久。　或是黄巢非老手。取代东君、乱点花期谬③。我愿百花齐抖擞。斗寒笑展三春秀。

2012 年

【注】

① 律：此指时令变换规律。

② 玉门关外柳：唐王之涣诗云："羌笛何须怨杨柳，春风不度玉门关"。此处用其意，即眼前的柳均因春风不度，未能发芽。

③ 谬：误，不合理。

壬辰春望

总愿年年春色丰，山川秀美梦相同。
莫教败絮污清水，呵护芳英笑惠风。
蛰蝮死僵休出洞，蟠龙呼啸得升空。
马良神笔酣挥洒①，共与东君一展雄。

2012 年

【注】
① 马良：古代传说中的画童，得神笔，所绘皆能变实物。

海棠开

春苑犹如选美台，花仙依次现容来。
蓦然看客双眸亮，脉脉海棠香里开。

2012 年

傍晚逛街

饭后消闲步出门，顿遭喧闹市声吞。
车流震耳摇楼动，霾气呛人侵月昏。
过路险于冲海浪，寻幽难似觅仙痕。
归来急欲清心肺，鼻脏领黑复何论。

2012 年

沁园春·洛阳牡丹花展

　　绰约临风，万态千姿，艳压众芳。似大家闺秀，娇红贵紫；增城①仙女，敷粉衣黄。西子文成，昭君飞燕②，青史名姝聚一堂。莺声里，更神迷心醉，沁腑奇香。　　花王③仪仗堂皇。有偏爱青神为主张。看雪梅开道，丁香擎帜；海棠举火，芍药陪妆。叶帐荫成，花团锦簇，占断三春始出场。东君意，效长安风范，武曌行藏④？

2012 年

【注】

① 增城：传说为神仙居住的地方，在西方瑶池附近。

② "西子"二句：指西施、文成公主、王昭君、赵飞燕，皆历史上美女。

③ 花王：指牡丹。

④ "东君意"三句：指春神的意思，是否因为牡丹受武则天的责罚，就让牡丹出场仿效长安武后出行的仪仗和威仪？行藏：《辞海》："指出处或行止。"

夏日暮望野

野沐金辉远望赊，攒眸唯见一天霞。
彩云变幻须臾散，自在青山万世斜。

2012 年

登黄鹤楼

巍巍楼影耸晴空，两水三城一望中。
桐柳逶迤夹岸绿，霓虹闪烁映天红。
曾闻骚客吟豪杰，又见群雄趁好风。
黄鹤归来应不识，谷迁陵变古今同。

2012 年

鹧鸪天·偶感

学海无涯遮大海，文山有险挡名山。早年不顾书窗外，壮岁惟埋案牍间。　牛卸驾，马离辕。老来始晓有神仙。谁是山川风月主？看谁旷达看谁闲。

2012 年

重返辽阳,已阔别十六年矣

久别归来似令威[①],入眸观感却相违。
素交聚首人如故,古郡换颜城已非。
旧地重游呈异彩,新区崛起遍朝晖。
他年丁鹤回桑梓,定弃仙乡不远飞。

2012 年

【注】
① 令威:丁令威,汉辽阳人。传说学道于灵虚山,千年后化成仙鹤归来,集城门华表柱。时有少年举弓欲射之。鹤乃飞,徘徊空中而言曰:"有鸟有鸟丁令威,去家千年今始归。城郭如故民人非,何不学仙冢垒垒。"遂高飞冲天。

在上海大厦夜瞰外滩

俯视华妆不夜城,外滩巧饰更晶莹。
楼如星座夹江立,水赛银河映月明。
船队逶迤彩凤矞,车流浩荡火龙行。
当年学子忘头白[①],闹市逢春倍感荣。

2012 年

【注】
① "当年"句:作者早年曾在上海求学五年多。

贺我国女航天员刘洋乘神舟九号飞船上太空

嫦娥应是乐无穷，又有婵娟到太空。
海碧天青河汉灿，兔欢蟾笑烛花红[①]。
神舟呼啸添新友，巾帼豪歌出杰雄。
此后何须悔灵药，迢遥霄壤路常通。

2012 年

【注】

① "海碧"二句：唐李商隐有诗："云母屏风烛影深，长河渐落晓星沉。嫦娥应悔偷灵药，碧海青天夜夜心。"（《嫦娥》）"兔寒蟾冷桂花白，此夜姮娥应断肠。"（《月夕》）这里反其意而用之。

登三清山

头上高山山复山，穿天石级百重弯。
人生回顾真如是，步步艰难步步攀。

2012 年

偶 记

飘香茗一碗，泼墨字三张。
逢得诗思涌，常教茶自凉。

2012 年

偶 感

螳螂横死温情后①，茧合春蚕命绝时②。
世上伤心多自找，欲魔不伏任由之。

2012 年

【注】
① "螳螂"句：雌雄螳螂交配后，雌螳螂就把雄螳螂吃掉，以孕育小螳螂。
② "茧合"句：春蚕作茧自缚，待茧完全闭合后，它的一生便告结束。

有 感

箝制包围势又成，屠刀向我正高擎。
低眉难乞慈心发，亮剑方能狭路生。
胜算全凭谋局巧，先机还待出招精。
敢争善斗铮铮骨，营卫中华代代荣。

2012 年

秋日暮游呼伦贝尔大草原①

绿波万里沐微风，点点蒙包向远空。
百转清溪流玉碧，一轮落日布霞红。
羊群闲适归牛静，马阵奔腾牧犬疯。
闻得奶茶香四溢，更添游兴入诗中。

2012 年

【注】
① 呼伦贝尔草原：内蒙古满洲里市东南。是内蒙保护最好的大草原。

对　弈

毒箭快刀藏在胸，平和微笑面从容。
招招见血攻时狠，步步为营守处凶。
初战界河烧赤壁①，忽争宫阙捣黄龙②。
休嗔对手无情面，谁讲温良俭让恭③？

2012 年

【注】
① 烧赤壁：三国时，魏吴以长江为界。孙权与刘备联合，在赤壁大烧来犯曹操大军。史称"火烧赤壁"。这里借其意，喻初步交火。
② 捣黄龙：南宋岳飞北伐，攻金至朱仙镇，敌占区响应者众，岳飞以"直捣黄龙府"激励诸军。这里用其意，喻纵深战斗。
③ 温良恭俭让：指温和、善良、恭敬、节俭、忍让五种美德，是儒家提倡待人接物的准则。这里指态度温和。

大风曲

思虑金瓯固，刘邦唱大风①。
龙城唤飞将②，麟阁待奇功③。
海陆空天网④，光磁核化虫⑤。
今朝安社稷，更赖出群雄。

2012 年

【注】

① "思虑"二句：《史记·高祖本纪》："高祖还归，过沛，留。置酒沛宫，悉召故人父老子弟纵酒。……酒酣，高祖击筑，自为歌诗曰：'大风起兮云飞扬，威加海内兮归故乡，安得猛士兮守四方！'"

② 唐王昌龄《出塞》诗："秦时明月汉时关，万里长征人未还。但使龙城飞将在，不教胡马度阴山。"此处用其意，盼望能有李广那样的名将来安定边疆。

③ 麟阁：麒麟阁，汉代阁名，由汉开国丞相萧何建造。后来汉宣帝中兴，为表扬功臣业绩，将霍光等十一位功臣的像画在麒麟阁上。此句意即国家期待有更多的人保卫祖国建功立业。

④ "海陆"句：指当前祖国安全已不仅是边疆安全，有海域、陆域、空域、太空和网络诸领域，都需要维护其安全。

⑤ "光磁"句：此句是说敌人进攻我的手段也多样，有激光武器、电磁武器、核武器、化学武器和生物武器等等。我们保卫祖国也遇到更多的考验。虫：意指生物武器。

高阳台·游颐和园

　　云缀蓝空，船摇碧水，秋山屏绘斑斓。月桂飘香，千姿陶菊争妍。画廊崇阁玲珑塔，贯秀桥、堤似龙蟠。有鱼跳，喜鹊鸣枝，群鹜翩翩。　　当年银砌新园美，唯圆明不再，旧曲难弹。国若无防，如人俎[①]上鲜脔。漏船恶浪惊风雨，对沧桑，谁奈何天！正笙歌，炮响刘公[②]，竿揭中山[③]。

2012 年

【注】
① 俎：砧板。
② 刘公：刘公岛，中日甲午海战旧址。
③ 竿揭中山：指孙中山领导的武昌举义。

临江仙

　　我八、九岁时因家贫曾寄养伯父家，与亲人天各一方。其间闻母亲病逝，常不堪思念之苦。今与家人忆之犹感伤也。

　　柳下萤光明灭，石间蛩咽凄寒。草丛久躺望星天。贫家多少事，过早扰童年。　　慈母远行仙界，父兄恨隔重山。同窗小友梦魂牵。异乡身独寄，涕泪背人弹。

2012 年

颐和园怀古

湖水涵天阁插空,廊长堤秀塔玲珑。
遮灰掩烬新园美①,固本补牢良策穷。
浪拍舫舟骄太后②,海沉战舰陷刘公③。
如烟往事何须道,五彩楼船歌乐中。

2012 年

【注】
① "遮灰"句:指颐和园是在八国联军焚烧的旧园子上建成的。
② 舫舟:指颐和园中的石舫船。
③ 刘公:刘公岛,位于山东威海市附近海域,是中日甲午海战遗址。

与老友王永民同访当年接受再教育时渤海湾部队农场

古稀结伴共追踪,四十三年常梦通。
碧海金沙仙鹤白。蓝天翠苇碱滩红,
迎人似识茅庐燕。扑面相亲水稻风。
旧舍青春俱已去,昂扬往事使心雄。

2012 年

雅安行 二首

（一）

今古名姝羞现容，山川云锁雾封中①。
茶马远输千古驿，熊猫久隐万筠风。
碧峰峡满仙娲谜，孟获城书诸葛功。
清室珍馐龙凤肉②，寻常百姓佐醪盅。

（二）

众叹此行真不虚，乾坤混沌辟开初。
昊天残漏多霖雨，江水清泠献贡鱼。
庙绕周公传计梦③，村留茗祖种茶书④。
尤游上里流连久⑤，桥曲溪明伴古居。

2012 年

【注】

① 雅安系通往东南亚及西藏的茶马古道始发地，每年有二百多天阴雨，人称女娲当年漏补此地天。

② 雅鱼为此地仅产，味鲜美，贡于清廷，慈禧赞之为龙凤之肉。

③ 雅安有周公庙，相传当年诸葛亮率军到此，曾梦周公传安南之策。

④ 雅安蒙顶山，相传是中国茶祖师吴理真最早结庐种茶处。

⑤ 上里古镇，明清建筑错落，历史上茶马古道重镇。唐宋文物遗迹众多，红军长征路过此镇。

题刘迅甫长诗《农民工之歌》

动地掀天应运生，神州新厦肉躯擎。
伟功青史千秋记，一曲长歌满是情。

2012 年

岁 月

岁月悠悠近古稀，心趋恬淡似皈依。
恩恩怨怨忘人怨，是是非非剖己非[①]。
闲忆当年鸿爪印[②]，精描今日夕阳辉[③]。
痴吟时序妆山水[④]，乐走龙蛇翰墨飞[⑤]。

2012 年

【注】

① "恩恩"二句：指忘掉自己对他人的怨怼，多剖析自己的不是。

② 鸿爪印：指以往岁月遗迹。宋代苏东坡诗"人生到处知何似，应似飞鸿踏雪泥。泥上偶然留指爪，鸿飞那复计东西。"

③ 夕阳：指晚年岁月。

④ "痴吟"句：时序：一年四季。此句指作者作诗吟咏一年四季山水的变化。

⑤ 龙蛇翰墨：比喻书法，走笔写字。

游武赤壁

曲径层台插碧空，往来船只淡烟中。
江分大地田原绿，浪拍摩崖矶石红。
狂妄阿瞒逃北土，踌躇诸葛笑东风。
春秋不负英雄业，功过是非刀笔同。

2012 年

游文武赤壁①有感

昔日长江战火红，千秋演义话无穷。
壁分文武皆神往，事历沧桑久梦通。
沉郁词人留绝唱，风云将帅建奇功。
遭逢一世何由己，随遇生辉是杰雄。

2012 年

【注】

① 文武赤壁：文赤壁即东坡赤壁，位于古黄州（今湖北黄冈县）城西门外。宋苏轼贬居黄州时，常游此地，有前后《赤壁赋》和《念奴娇·赤壁怀古》等篇。为与三国时期"赤壁之战"的赤壁相区别，清康熙年间重修时定名为"东坡赤壁"，亦称"文赤壁"。武赤壁即蒲圻县石头关，位于县西北 36 公里长江南岸。东汉建安十三年（公元 208 年），孙权、刘备联军在此用火攻，大破曹操战船。

吟于蔡伦墓前

蔡伦发明造纸术，晚年因罪入狱，59岁自杀牢中，30年后平反恢复侯位。

一展才华天下愕，文明缘汝高飞跃。
可怜最是付残生，证得人情如纸薄。

2012 年

谒武侯墓①

云低雾漫雨霏霏，双桂苍松俱泪飞②。
未统三分青史恨。长传两表赤心辉③。
深情北蜀埋丞相，眷恋南阳思布衣④。
我代乡亲凭吊远，茅庐岁岁盼君归。

2012 年

【注】

① 武侯墓：即诸葛亮墓，位于陕西勉县定军山麓。此地三国时为蜀国所有。

② 双桂：武侯墓前植有两棵桂树，已生长一千八百余年，至今枝茂花香。

③ "未统"二句：三分：指魏、蜀、吴三足鼎立局面。两表：指诸葛亮所书《前后出师表》，表达了他的雄才大略和一片忠心。

④ 布衣：诸葛亮前《出师表》中有"臣本布衣，躬耕于南阳"句。

《万马军中一哑兵》①读后

鏖战刑天不畏残②,取经白马任劳烦③。
失聪质朴心能悟,难语情真行作言。
无姓无名忠义举,敢憎敢爱地天翻。
苦苗何可凌云长?土沃阳和木自蕃④。

2012 年

【注】

① 《万马军中一哑兵》:为一纪实故事书,讲述一聋哑残疾人参加红军,经历长征,在中央领导身边东征西战的传奇故事。人们不知其姓名,是我军惟一的授予军衔的无名聋哑干部。

② 刑天:《山海经》所载古代神话故事中的人物。刑天与天帝(黄帝)争夺神位宝座,帝断刑天首级,并把他葬于常羊之山。但刑天魂魄不灭,竟以乳头作眼,以肚脐作口,手执干戈,拿着盾牌和斧头向天挥舞不止。

③ 白马:《西游记》中唐僧坐骑,平常无言,但为取经立下大功。

④ 蕃:茂盛。

水龙吟

老友收集文物，欲作一些考证研究，孰料屡陷赝品误导，颇为苦恼。

探源欲溯时空①，却游槐国如儿戏②。珍珠耀眼，忽成鱼目，南方薏苡③。驰骋花骢，登堂纹鹿，公然相易④。更棉花柳絮，黄钟瓦缶，浑然似，看无贰⑤。　史路艰辛多诡。最难堪，错分真伪。千重假象，满眸歧路，一川钓饵。探古求知，几多心血，几多酸泪。倩天公抖擞，回归道德，振中华气。

2012 年

【注】

① "探源"句：想通过收藏考古，回溯时空，认识史实。

② "却游"句：槐国：槐安国，虚构之国。事出唐代李公佐所作传奇《南柯太守传》。故事说淳于棼一日醉卧宅南大古槐下，梦入大槐安国，娶公主、任太守。醒后发现大槐安国原是槐树下的一个大蚁穴，南柯郡不过是槐树南枝而已。这句是说，文物赝品引导人所到的是个虚构世界，想取真知如同做梦，尽属儿戏。

③ "珍珠"三句：看似耀眼的珍珠，一转眼却成了鱼目，或者是南方的薏苡，都是假的。薏苡：植物果实，形似珍珠。

④ "驰骋"三句：造假者公然指鹿为马。

⑤ "更棉花"四句：赝品制造者把败絮做成棉花、瓦缶做成黄钟，而且十分相像，分不出真伪。

题《云水佳境》图

云雾山间绕，瀑流天上来。
苍松依壁立，红蕊染崖开。
日自忙升落，景徒更盛衰。
丹青神笔运，仙境永佳哉。

2012 年

家乡南阳举办第七届全国农运会，喜赋

九域英豪聚帝乡[①]，山川城郭沐韶光。
昔谋温饱忙田亩，今竞优长驰赛场。
体育常将腾达育，民强更利复兴强。
遥期桑梓传新捷，游子高歌为引吭。

2012 年

【注】
① 帝乡：东汉光武帝刘秀生于南阳。

题《中州英雄图谱》

中州气脉出炎黄，壮丽山河多难邦。
砥砺玉成群俊彦，家乡辉耀史光昌。

2012 年

全国多地打击黑社会

豺狼群为害，劫难庶民煎。
狡兔营三窟，恶人求二天[①]。
雷霆轰顶击，毒瘤快刀镟。
抚掌休轻敌，死灰能复燃。

2012 年

【注】
① 二天：第二重天，喻得到罩佑。除上天外，还有人保护。《后汉书·苏章传》："苏章，顺帝时，迁冀州刺史。故人为清河太守，章行部案其奸藏。乃请太守，为设酒肴，陈平生之好甚欢。太守喜曰：'人皆有一天，我独有二天。'章曰：'今夕苏孺文与故人饮者，私恩也；明日冀州刺史案事者，公法也。'遂举正其罪。"

感皇恩·秋兴

蓦地到深秋，谁催时序？彻夜难眠听风雨。无边凉意，悄悄漫窗来顾。顿忧花落尽，繁华去。　　晨起天晴，蓝空红树。晚桂幽香怒喷吐。菊花争艳，驱散一腔愁绪。九和新画面，人歌舞。

2012 年

摸鱼儿

　　在西藏麦克马洪线察隅地段驻守的某团政治处主任黄白华，因守边任务重，多年没有探亲。其妻赴队探望他。车在极其危险的山路上颠簸，又被大雪封路，终不能进。司机劝她退回昌都等待好天，她坚持下车，背着行装，不顾生命危险步行前进。在她患了雪盲、精疲力竭、几欲倒下时，来接应的丈夫赶到了……

　　问人间情是何物，直教生死相许[①]？年年万水千山隔，夜夜两心遥语。登远旅。为一晤，雪崩路断焉能阻。凡间织女，对险障重重，鹊桥难觅，承载更多苦。　　相思泪，常浸诗词曲赋。今朝尤让人妒。柔情融得千秋雪，绝境化成天路。风且住，山折服，静观悲壮夫妻聚。边防何固？有大爱支撑，长城似铁，家国用心护。

2012 年

【注】

① "问人间"二句：引自金末元初元好问《摸鱼儿》一词名句。

摸鱼儿

在黄山，有一瘦小中年妇女，每日凌晨一时半出家门，攀登数千台阶，将刚煮出的玉米等食物背上光明顶，售予观日出的游客。25年来，将两个儿子供到大学毕业，一个在上海工作了，一个读研究生。谈到儿子，她眉飞色舞，一切劳苦顿忘脑后。

叹嫩肩显雄巾帼，曦和难与相匹①。每宵险径攀援上，抬出一轮红日。天下赤。直布下、黄山美景真如画。数千石级。算廿五春秋，岩怜松悯，汗雨洒如一。　　双肩上，担负如天重责。全家生计衣食。笋干玉米常年背，压出似弓腰脊。儿出息。勤攻读、深山俊鸟添鹏翼。光明顶立。看满脸欢欣，周身汗水，苦乐动游客②。

2012年

【注】
① 羲和：神话传说中为太阳驾车的神。
② "看满脸"三句：意即这位妇女的苦和乐都深深感动着各位游客。

苏幕遮·立春日挥毫

雪偷融,冰暗薄。暖意初回,嬉闹檐间雀。喜鹊喳喳登雪落。探问梅君,可赴头年约?

走龙蛇①,挥笔乐。龙去蛇来,两岁潜交错②。思逐三江兼五岳。华夏腾飞,新境忙经略。

2012 年

【注】

① 走龙蛇:喻挥毫写字。

② "龙去"二句:指龙年过去,蛇年到来,两岁在立春日悄悄交替。

苏幕遮·除夕

绽烟花,倾美酒。天上人间,同把新年守。户户红联灯似昼。云孕诗情,遣雪将词凑。

看熊牛,相斗久①。华夏龙腾,气势仍依旧。冲破阴云向北斗。挽引银河,育我风光秀。

2012 年

【注】

① 熊牛:喻熊市牛市。指在金融风暴之后世界经济形势一直起伏不定。

寄友人

休因世事暗伤神，莫守凡胎期出尘。
冷眼观云不祈雨，潜心护苑任回春。
张良抑欲修常进，韩信贪求祸自循。
磨难皆增天地智，啸吟愿与子陵邻。

2012.7

苏幕遮·边防哨所之春

雪催梅，风唤柳。鹊觅春踪，河边飞停久。
夜转南箕移北斗，冰裂声微，惊吠门前狗。
勿寻春，春未走。战士青春，永饰家邦秀。
岁岁边防常固守。火眼钢枪，个个擒狼手。

2013.4

酷 夏

癸巳夏，高温酷暑地广日久，世人苦不堪言。吟而有思。

或是西游又遇愁，谁遣铁扇骗孙猴。
一山炽焰煽难灭，万国焦烟烧不休。
抑或祝融威势发，鞭龙策日不稍歇。
地灼石熔云起火，湖干河断泉停汩。
炎蒸热炙汗长流，谷瘟禾枯粮绝收。
见惯骄阳无蜀犬，喘惊明月遍吴牛。
烤倾南极水晶宫，饿毙北冰大白熊。
万顷海洋波欲沸，珠峰千载雪消融。
何堪儿女行为怪，慈母地球脾性坏。
人类家园恣自毁，更悲不识天惩戒。
此番八卦炉中炼，我愿教人添识见。
火眼金睛人尽有，知危识耻言行变。
遵天敬地为儿孙，尊律守规观念存。
崇爱自然循正道，精心建好地球村！

2013.10

毛主席120周年诞辰日有感

伟人身后谤难休，涂尽雌黄鬼伎稠。
鸦噪何拦天地转，蝛沙岂损舰船道。
昆仑万仞巍巍立，河汉千秋滚滚流。
风扫乌云朗日在，穿空松柏笑蚍蜉。

2013.12

学书自嘲

羲之技法学嫌迟①，秉烛挥毫亲砚池。
读帖无时人笑醉，书空随处自云痴②。
神凝唯见龙蛇舞，思逸常牵电闪驰③。
笔冢墨塘功未到④，涂鸦却盼出奇姿。

2013年

【注】
① 羲之技法：指王羲之的书法技巧。此处泛指书法。
② 书空：指用手指在空中写字。
③ 龙蛇、电闪：均比拟书法笔势。
④ 笔冢墨塘：唐代和尚、著名书法家怀素勤学书法，弃笔堆积，埋于山下，号曰"笔冢"。东汉书法家张芝，练字十分勤奋，洗笔把整个池塘的水都染黑了。

夜游宫·夜宿三亚海边

窗外波涛放恣。耳边若、殷雷难已。霄夜滔滔入梦里。骋沙场？战洪峰？神舟起？　　梦醒床头倚。半生事、尽翻心底。老矣追风昔日骥。号声鸣，炮声隆，犹血沸！

2013 年

三亚海滨月夜思

更深星月静，唯有浪涛声。
蛟闹安停息？雷奔懑吼鸣。
梦惊开牖望，思骋忽忧生。
总觉潮如鼓，频催强国兵！

2013 年

怀焦裕禄 二首

（一）

桐树沙丘夸好官，黄河娓娓忆清澜。
心如红日暖村户，血绘兰图驱苦寒。
星感爱民忧世目，雨悲穿椅拄车肝[①]。
流光岂减英灵色，水水山山见寸丹。

2013 年

【注】

① 焦裕禄时患肝癌，为强忍疼痛坚持工作，在室内，他以物顶肝，以至把藤椅顶破；在去村镇路上，他以自行车把顶肝，弯腰前行。

（二）

君矗高标华夏红，感天动地气融融。
泪挥顿化催苗雨，誓出浑成破浪风。
甘苦同尝鱼得水，风波共济业升空。
而今长念焦书记，呼唤强根固本功。

2013 年

云南寄北

蓝天无点尘，夜夜满星辰。
安可携三尺，赠予霾里人。

2013 年

七　律

北京地区入冬百日无雪，作歌祈之。

山川街市隐重霾，雪惧脏污安肯来。
焦渴巳蛇难稳蛰，奔腾午马急相催。
愁农盼水滋冬麦，吟客祈天惜腊梅。
我愿人间变纯洁，无边大地永琼瑰。

2013 年

喝火令

苦也诗吟事，呕心岂见功！夜深方睡意朦胧。忽觉思奔词涌，清梦顿成空。　　语贴拈须断，词工累眼红。却抛疲惫乐无穷。乐在醪淳，乐在水山中。乐在咏朋诗友，唱和似仙翁！

2013 年

七 律

观看总装老干部舞蹈队演出，主持人称，该队平均年龄77岁。

怡人轻乐奏从容，舞伴依依情意浓。
粉颊莲裙飞彩凤，霜头燕服起虬龙。
神鹅南极闲乘月，仙鹤北山频绕松。
休道桑榆布霞晚，妆天饰地色妍丰。

2013年

看电影《那些失去的岁月》有感

风吹云去剩尘埃，石驻溪流空自哀。
刻骨铭心情尚在，牵魂系魄岁焉回。
庄周梦里飞蝴蝶[①]，林逋园中凋腊梅[②]。
往事悠悠何可忆，今朝凿凿细镌裁。

2014.4

【注】

① 庄周：庄子。古代思想家。《庄子·齐物论》："昔者庄周梦为蝴蝶，栩栩然蝴蝶也。自喻适志与，不知周也。"元马致远《夜行船·秋思》曲："百岁光阴如梦蝶，重回首往事堪嗟。"

② 林逋：宋代诗人。其名作《山园小梅》传世。

纪念"七·七"事变七十七周年

东倭应记响丧钟，史笔如椽文墨浓。
昏胀狂蛇欲吞象，落荒厉鬼岂胜龙！
天良泯灭天惩恶，民志昂扬民伏凶。
今日卢沟桥上月，冷观疯犬又汹汹。

2014.7

访山东峄县冠世石榴园

秋日依然积翠重，清风阵阵果香浓。
绿林遍隐红灯照，斑叶难遮靓女容。
匡里佳传千载赞，榴仙喜驻万珠丰[①]。
偷光凿壁当年事，今已缤纷五彩中。

2014.9

【注】

① 峄县是汉时凿壁偷光、自学成才者匡衡故里，传说此地石榴是匡衡从长安引进而发展起来的。目前峄县正在培植世界最大的石榴产业。

蝶恋花 二首

自京乘高铁冒霾南下，连绵数省，未见尽头。

（一）

千里飞车穿不透。霾阵重重，锁困城乡久。四顾茫茫屏障厚，昼无丽日宵无斗。　　大圣奈何妖雾厚[①]？筋斗云翻，竟未逃魔咒。玉宇澄清驱怪走，须求风伯伸援手。

【注】

① 毛主席诗句："金猴奋起千钧棒，玉宇澄清万里埃。今日欢呼孙大圣，只缘妖雾又重来。"这里化用之。

（二）

自毁家园斟苦酒。铁律相违，必为天公究。人有远谋行可久，事无长计难成就。　　应建中华如锦绣。水美风清，业进人长寿。我愿神州重抖擞，图强先虑山河秀。

2014.10

为南水北调中路通水而歌

碧水如龙穿野行，百花夹岸映空明。
沥披肝胆重排宛①，牵挽河津送到京。
血脉神州同律动，春秋禹裔共书成。
清波信见浇滋处，大业腾飞竞日荣！

2014.10

【注】
① 南水北调中路自河南南阳至京。

浪淘沙慢·游古城邯郸

沐初秋，凉风细雨，访古城阙。漳沁滔滔百折，西峰雾绕兀屹。更伟立丛台千载阅。各街巷，满载传说。任代代英豪展鸿志，纵横舞台阔。

称绝。武灵好学如渴。看效仿胡人，倡骑射、累赘肥褂脱。创国富兵强，百业蓬勃。列强敢蔑！现一时燕赵，风光年月。

北望沙丘伤心穴。英雄业，曲终炬灭。向高去，阶阶须慎蹀。雨声密，直滴心头，暮色降，先贤巨影幽然别。

2014.10

秋雨中访邯郸古丛台①

两千年后我迟来，据典追踪访古台。
仿佛英豪眼前列，依稀战鼓耳边催。
秀亭虬树风云壮，危垒层阶故事堆。
一石一碑皆史鉴，殷勤秋雨洗尘埃。

2014.10

【注】
① 丛台，为战国赵国倡导胡服骑射而强国的名君赵武灵王所建，是国君阅兵台。经历代修缮，至今雄峙华北大地。上有古今名人游迹。仅乾隆就有两诗碑在上。

甲午重阳至圆明园

重九登高日，圆明赏菊来。
昔年烟火味，却总拂难开。

2014.10

西山赏秋

秋深知气正①，蛇蝮急藏身。
遍地红黄染，迎来第二春。

2014.10

【注】
① 唐吴澈诗句："秋深知气正，家近觉山寒。"借用之。

风入松·霾中至扬州

霾缠雾裹至扬州。何处写风流？高楼压得园林小，一湖瘦，倍显孤愁。曾欲登楼远望，感伤重障遮眸。　　当年杜牧梦悠悠，十载醉淹留。人间仙境繁华地，是何故，树怯花羞？明丽堪如名画，却成炭抹灰勾！

2014.10

冬至日游公园

日暖公园喜气融，众人疾走快如风。
笑谈耄耋排排坐，学步孩童跌跌冲。
几处舞迷旋乐律，一堆棋友发兵戎。
谁忘数九今朝至，任是冰封兴亦同！

2014.12

自京来三亚海滨有寄

北国方辞千里雪，南疆来访百花芬。
海风频逗波头兴，阵雨繁书水面文。
绿岸红瓴闻唱鸟，近船远舸伴闲云。
眼前美景催愁起，忧思飞驰九段氛。

2015.1

瑞鹤仙

接到退休证书，夜深难寐，披衣记感。

看红皮小本，镌四纪、岁月风云远遁。繁霜染双鬓。脱戎装征甲，从今归隐。军营激韵。已只能，魂寄梦引。率千军万马，驰骋沙场，曲终烟泯。　　忆昔青春奋发，投笔从戎，护疆挥刃。神豪气振。心犹在，意难尽。叹聊聊建树，功微惭怍，忝居高位自问。愿余生放热，腾作晚霞彩阵。

2015.1

鹧鸪天 三首

院有红梅一株，每年冬去春来，得与梅友共乐也。

一、樽前说梅

冬隐春归喜又逢。艳腮酡脸一般红。看君破萼踞枝笑，讶我忘形举盏疯。　　来慢慢，去匆匆。年年相似不相同。幽香丽质君如故，可觉吾颜衰变中？

二、雪中品梅

天赐雪花陪腊梅，红颜俏立着银帔。琼瑶铺地歌台净，玉屑飞空帷幕垂。　　冰玉质，倚疏枝。仙姿绰约目难移。我筹诗句寒中坐，吟咏浑忘雪满衣。

三、月下赏梅

万里清辉转玉轮。嫦娥悄悄访凡尘。红梅夜静迎佳蜜，绿蚁更深宴贵宾。　　高举酒，浅哦吟。月仙梅子属频频。冰清玉洁难能觅，我是今宵被度人。

2015.1

鹤冲天·贺三中全会胜利召开

穿玉宇，击星空。矫影傲苍穹。识时辨向起征鸿。喜醉满山枫。　　顶西风，惊燕雀。一往无前飞跃。凯歌串串撒长天，举世仰头看。

2015 年

龙抬头歌

春风造访柳丝黄，春草绿波泛池塘。春雨润滋花丽丽，春雷一动惊蛰藏。春温仁厚万物苏，春景如火复如荼。春色最忌恶蝮闹，春望龙腾展宏图。咦嘘唏！　　中华民族龙传人，辉煌历史伴艰辛。堪恨列强欺古国，龙蛰百年不得伸。数十春秋苦索求，新国新路费筹谋。古龙怒吼冲天起，雪耻强国图志酬。几番迷雾几番痛，始得帆悬长风送。大旗猎猎万众从，华夏共圆复兴梦。龙抬头，不回头，万里云津任遨游。冲破千难排万险，携雷穿宇势更遒。古国春来日日新，古龙奋起喜绝尘。我愿东君助神力，天歌地唱梦成真！

2015 年

访通道侗寨

迤迤青山拥入怀，多情秀水绕村回。
笙吹舞起春犁动，酒酿肉薰长宴排。
路不拾遗非妄说，夜无闭户岂传猜。
男耕女织民和乐，亲至桃源如梦哉。

2015.6

通道转兵[①]

仙驹遭狩猎，其势甚凶危！
头上旋鹰啄，周边恶犬围。
智寻生道启，顿甩死神追。
从此无空阔，仰观天马飞。

2015.6

【注】

①通道会议：1934年12月12日，被蒋介石数十万大军围追堵截，在湘江战役中折兵大半的工农红军，在湘西通道召开了重要会议，采纳了毛泽东同志意见，决定放弃北上入川与二、四方面军会合的原行动方案，避开敌人布下的口袋阵，西入贵州。从此摆脱险境，步步转危为安，走上胜利。

长相思·夜幕初降乘机赴京

一重天，两重天？灯似星河在下延。银轮头上悬。　　向人间，向仙间？长倚舷窗上下看。心驰天地宽。

2015.7

谒柳州柳侯（宗元）祠

嶙峋石像与山齐，屈骨贾风兼似之①。
无计庙堂胜九丑②，多灾瘴地叹三瞿③。
奇才来种黄柑树④，异梦去寻清水池⑤。
天不假年明主弃，世间偏爱尽褒词。

2015.6

【注】

① 屈骨贾风：意即柳宗元有着与屈原、贾谊相似的风骨。

② 九丑：柳宗元《龙城石刻》中书有"福四民，制九丑"句。四民：指士、农、工、商，福四民即造福老百姓。九丑：九，数，意即众多。制九丑，泛指制服消灭一切邪恶势力。

③ 三瞿：《辞海》瞿，忧愁，苦难。柳宗元在柳州先后瞿患霍乱、疗疮、脚气三种病，备受折磨而死。

④ 柳宗元被贬谪柳州后，大力推广种植黄柑树，帮助当地民众增加收入。

⑤ 韩愈所写《柳州罗池庙碑》文载，柳宗元死后三年，托梦给欧阳翼，告曰："馆我于罗池。"后在罗池的清水湖畔修筑了柳侯庙（即今柳侯祠）。

满江红·为抗战胜利七十周年而作

八载烽烟,山河破,神州浸血。驱厉鬼,几多鏖战,几多英烈。牵挽黄河天上水,洗清青史人间劫。七十年,举世卫和平,成心结。　　作恶者,身名裂;贤孙辈,雌黄舌。欲时光倒溯,再行顽劣。史训如山安可眇,天威似炬谁能蔑?快回头,不义若多行,雷霆灭!

2015.7

昆玉河边春游有记

青帝归来天亦开,惠风尽扫久封霾。
柳丝秀似仙姑发,桃蕊艳如童稚腮。
喜鹊呼朋枝上跳,小鱼结伴岸边来。
纸鸢成阵迷人眼,映得河中俱闹哉。

2015.7

再至玉门

玉门关外树,又绿如烟雾。
镜里苍苍发,春风真不渡。

2015.8

齐天乐·蝉

踞高常去凡尘远,浓荫隐身餐露。万事悠悠,均称"知了",饱学堪教人妒。清高自诩。竟睥睨群儒,亢声长语。傲态骄姿,汗青名士少朋侣。

焉知俗不能耐,只商音独调,盈耳凄楚。开口滔滔,聒噪令人叫苦。虚名祸贾。见觅食螳螂,暗趋刀举。嬉戏儿童,顺声张网捕。

2015.8

水调歌头·乘夜航机

似到苍窿外,天地另安排。幽深旷远诡秘,头上隐奇瑰。脚下群星闪烁,星座疏疏密密,河汉巧镌裁。织女嫦娥在,何处看吾来? 对寥廓,思绪骋,任徘徊。悲欢皆净,此身此刻远尘埃。旷野玉成神骏,大海催生精卫,眼界出胸怀。不尽凌空意,坦荡展灵台。

2015.8

沁园春·贺军悦终端阅读器研制成功

浩浩乾坤，漫漫千秋，尽入一机。喜书山歌海，需之任取；史评法典，查者能依。中外沙场，古今战例，睿智宏谋皆入迷。闲暇里，有官兵娱乐，网上擒魁。　　令人日醉宵痴。似好友、尤如不倦师。赞课堂广阔，道传随处；课题贴近，惑解应时。建大平台，用高科技，牢铸军魂扬战旗。疆场上，看虎师添翼，一展雄姿。

2015.9

齐天乐·观"九·三"大阅兵有感

今朝堪谓中华日，乾坤为之惊震。火箭高昂，炮车低唱，装甲雄姿滚滚。铁流神韵。更导弹沉思，战机亢奋。老将新兵，如虹豪气一腔酝。　　壮哉举世称颂，叹由来不易，奔泪难忍。百载抗争，八秋驱寇，赢得春归尧舜。高歌猛进。盼国富军强，党纯民振。华夏巍巍，是和平剑盾！

2015.9

望远行·大阅兵放歌

　　煌煌史步,铿锵去、此际丰碑留下。凤凰经劫,火海重生,始见彩辉环射。大展雄姿,真似倚天挥剑,重把星空镌画。笑沧桑、欢泪酣畅抛洒。　　神话。民族复兴梦美,奋力处、鹄飞龙化。趁势蹈高,驾风猛进,腾起永昌华夏。牢记修篱尝胆,强兵精器,防范魔妖奸诈。卫世间谐顺,和平无瘕。

2015.10

南浦·与大学同班同学游北固山

　　满目尽红黄,正秋浓,北固旧游重访。江水直奔东,清风细,烟雾悄然依傍。飞鸿不见,唯闻船笛交相唱。遥望金焦山点点,宛似守疆兵将。　　当年一代英豪,羡孙刘,叱咤风雷激荡。吾辈实堪羞,空忙里,已化翁媪形象。功言德立,书生豪气仍怀想。应效秋枫红照野,无愧春君期望。

2015.10

七 律

观央视《等着我》栏目有感，并致栏目组所有工作人员。

离合悲欢情倍牵，视屏内外泪潸然。
心遭劫袭灾磨碎，月为云开雾散圆。
大海觅针凭大爱，甘霖泽世汇甘泉。
春风禹甸融融暖，共济飞槎上九天。

2015.12

隆冬乘飞机返京作诗不成

果然高处不胜寒，冻结诗思难起澜。
天上飞行数千里，字词百劝拒相安。

2016.2

和郭会长岁晚诗

楼名随兴命忘忧，旷达高歌本远愁。
美酒只缘情激饮，好诗常为意扬留。
疑蝉避世由它去，唱鸟乐天犹自啁。
苟可吟哦添雅韵，是人是蝶笑庄周。

2016.3

附：郭会长原诗

岁　晚

楼命忘忧故国西，砚田岁晚允耕犁。
黄昏欹案风翻卷，清晓行歌月满溪。
酒为题诗每还饮，蝉疑避世不闻啼。
多应穷达惯常见，堪笑庄周物欲齐。

【注】
玉琨乙未岁晚于帝乡忘忧楼吟斋。

游天台山国清寺

细雨除尘谒国清，五峰拱卫鸟禁鸣。
柏樟肃立传禅意，佛殿幽深绕呗声。
千古风雷梅下寂，万家烦怨磬前平。
素斋尚未穿肠过，吾辈凡身已觉轻。

2016.3

【注】
寺有隋时所栽梅树一株，至今干壮冠巨叶茂实丰。

隋 梅

　　天台山国清寺有一梅树，为隋代建寺时所栽，有1400多岁了，然叶茂实丰。

　　　　虬枝横石壁，宛似老僧依。
　　　　百态观尘世，千秋悟佛机。
　　　　果随钟鼓长，韵逐梵音飞。
　　　　古塔遥朋比，同增名刹辉。

2016.6

【注】
寺有高塔，与隋梅同在古刹轴心线上。

贺母校上海交通大学建校 120 周年

　　　　两轮甲子不凡程，奋力攀登铸显荣。
　　　　累累震空惊世果，群群破壁弄潮英。
　　　　感恩师长呕心哺，沉醉同窗聚首情。
　　　　学子天涯霜鬓老，共祈母校永年轻。

2016.4

念奴娇·乘高铁去江南

飞车南下,见春光渐减,夏来添迹。无始无终无墨画,闪动掠窗悬壁。云缀蓝天,山环明水,田野苗初碧。景观多幻,目接无暇恨疾。 忽思如旅人生,月移星转,宛似丹青客。漫漫征途长卷抹,笔笔涂何颜色?造化催程,白头霜重,倍感羲和逼。不能安坐,仰天长啸昂立。

2016.5

咏龙泉剑龙泉青瓷

天公偏爱付龙泉,名剑名瓷共一川。
英气横空尊侠士,秀颜盖世赞婵娟。
阳刚反衬仙姝媚,温润凭添赤子坚。
相济相生相映耀,并称国宝续奇缘。

2016.5

龙泉剑

手握龙泉剑,胸生浩荡风。
廉颇虽老迈,犹可赴边戎。

2016.5

永遇乐·游千峡湖

　　小小游艇，掠湖分浪，探往幽处。群岫环青，层林竞翠，峡绿齐流注。风轻云定，波平鱼隐，白鹭殷勤翻舞。一时间，身心俱净，似居玉宫琼府。　　蓦然回首，发青年少，忽变苍头迟暮。昔日豪情，时时化作，中夜无眠苦。人生如寄，须争分秒，奋翼迎风高骞。应常让，胸藏春色，青涵肺腑。

2016.6

吟　家

吟家眼内总三春，诗海痴迷乐委沦。
苟得妙思纵雅趣，便成狂士化仙身。
心裁骚赋酬天意，肩拍李陶追古人①。
若献佳篇垂斗柄，全忘风雨与艰辛。

2016.9

【注】

① 李陶：李白、陶渊明。此处指古代名诗人。

南海非法仲裁案有感

强梁嘴脸世人谙,豪夺从无羞与惭。
昔日瓜分恣饕餮,今朝蚕食倍贪婪。
江山叹遇魔多扰,华夏欣非狮睡酣。
旧恨新仇催奋起,雷霆在握岂空谈。

2016.9

G20 峰会晚会

城作幕帷湖作台,盛妆西子献奇瑰。
绚楼彩塔高歌起,明月繁星曼舞来。
袅袅萦回中外韵,欣欣醉赏古今醅。
桥横堤曲连洲海,长忆杭州新路开。

2016.9

秋

霜叶追风遍洒金,斑斓秀色饰群岑。
何须强比春秋好,各献乾坤一片心。

2016.11

写于毛主席诞辰日

时久形弥伟,风狂色更鲜。
基开千古业,言立七星篇。
功岂沙虫毁,名如日月悬。
昆仑光影里,谁为噪鸦怜!

2016.12

敬步凯公韵贺《中华辞赋》创刊三周年

古葩重绽惜迟迟,百载雪霜摧瘦枝。
文运欣随邦运转,诗情还共世情驰。
新坛汇集生花笔,旧赋翻呈动地辞。
高奏龙腾圆梦曲,云槎正值满帆时。

2017.1

致友人

休伤尘事叹炎凉,参透春秋皆正常。
世态归根是心态,智商宿敌在情商。
胸中块垒诗书净,眼底风云志节扬。
君看德言功立者,旷观天地气堂堂。

2017.2

五 律

在昆明原本下午五时许乘机返京，遇晚点，被告知：不知何时可飞，有时会晚到半夜。待机时觅句。

斜晖时向晚，滞困彩云南。
报喜无青鸟，飞天失紫骖。
久聊谈兴尽，长叹怨声涵。
心火还应灭，悠然对苦甘。

2017.4

七 律

参观安徽金寨县革命博物馆忠烈名录室有感。

十万英灵名在墙，森严阵势列堂堂。
杀声犹响腾人血，浩气回萦热我肠。
换得和风销弹雨，赢来大地沐朝阳。
鞠躬三表由衷敬，唯愿初心证久长。

2017.4

我航母舰队巡洋有感

深蓝恭候碧空迎，初展英姿震四瀛。
今日犁涛驰巨舰，来年镇海立长城。
安邦赖有雄师护，富国休忘烽火惊。
水盗侵吾千载患，期挥天剑一朝平！

2017.4

海峡边月夜偶吟

万点繁星垂碧海，一弯新月钓蓝天。
悠悠笛曲留风住，淡淡花香醉浪眠。
诸葛生前事难舍，放翁身后愿仍悬。
我祈早见江山统，大白笑浮无挂牵。

2017.5

无 题

日曾天狗吞，月有缺阴昏。
自古真豪杰，名多刀箭痕。

2017.5

有　感

　　今日微信中有两消息，一是16岁男童被陌生人挖去双目，二是过路老板纵身在激流中游100多米救14岁落水女童，力尽未能如愿，落泪自责。阅后叹息良久。

　　读罢微章五味尝，满心感佩又悲凉。
　　舍身救溺慈如佛，下手伤童恶似狼。
　　同裹人皮不伦类，分沉地狱上天堂。
　　安能借得孙猴棒，扫尽奸邪扬善良！

2017.6

海边月夜

　　碧空悬桂魄，天地遍晶莹。
　　疲惫风安歇，咽嘶蝉暂停。
　　航标灯远闪，北斗柄长横。
　　久坐清心听，海洋呼吸声。

2017.7

作诗有感

诗词自古善酬人，增尔欢欣倍尔瞋。
爱赋豪情旷天地，必吟伟业耸云津。
戚章若是愁遮眼，悲啸堪教泪误身。
惟愿生花椽笔健，聚能幻彩绘良辰。

2017.8

蝶恋花 三首

为红叶诗社创建30周年而歌。

（一）

三十年前苗出土。沥血呕心，雨露将军布。根植柳营花处处，今朝长作参天树。　　歌咏风雷镰斧举。韵味丹青，赫赫英雄谱。更颂中华园梦旅，佳吟直助神龙翥。

(二)

代代群贤旗下聚。须断衣宽，竞吐惊人语。多少甘甜多少苦，捧珠献玉神州许。　　虽遇风云多歧路。向日诗心，再再驱迷雾。词仗军魂追李杜，胸怀豪气春常驻。

(三)

红叶风光安永著？而立之年，当思开新步。雏凤清声应辈出，好诗莫逐斜阳去。　　火热军营藏宝库。生活洪炉，炼得瑶华句。个个天孙抛织杼，凝香彩锦钧天舞。

2017.8

夏晨游小园

小苑生机闹，朝阳万物荣。
桐桦青盖举，松竹翠梢挺。
出水荷苞秀，抱枝楂果增。
天鹅频点首，暖暖唤雏声。

2017.9

夜宿海峡边，更深登楼远眺

深夜风悠天幕开，海平似镜细鳞排。
高空云散繁星闪，远岫岚轻明月来。
时有醒花香暗访，或闻梦鸟语难猜。
遥怀对岸思乡客，右老吟魂何日回[①]？

2017.9

【注】
① 右老，于右任，国民党元老，临终写有《国殇》诗。

粉蝶儿·忆上大学时与同学自上海步行韶山记事

小小红旗独飘天寒地远。起蹒跚，渐趋刚健。喜终教，得遂了，一腔宏愿。日升山，久久至诚留恋。　　生平经历多少雨雪雷电，更风云，浪狂流漩。感天公，都化作，老君炉炼。走天涯，常忆小旗翻卷。

2017.9

附：于右任

《国　殇》

葬我于高山之上兮，
望我故乡；
故乡不可见兮，
永不能忘。

葬我于高山之上兮，
望我大陆；
大陆不可见兮，
只有痛哭。

天苍苍，
野茫茫，
山之上，
国有殇。

中夜思

印军侵入我境内，久驱未去。

虽说秋来暑未消，扰心烦热汗如浇。
床间反侧翻忧思，月下徘徊沸怒潮。
叮血蚊嗡挥不去，侵疆鬼闹劝尤嚣。
忍逾极限雷霆发，一显天威灭此獠。

2017.10

附：周笃文老师和诗

凛凛英风老未消，连天大雨岂能浇。
边关烽火来千驿，胸底豪情涨巨潮。
小丑跳梁真孟浪，雄图出手镇浮嚣。
安排八阵擒龙虎，一击长霆灭葛獠。

霜风晓角·海边晨步

风定蝉寂。早潮仍未息。旭日红轮悄上，朝霞布，海天赤。　　逸鸥孤掠碧。泳人遥浪劈。诗客神迷心醉，佳句涌，何须觅。

2017.10

党的十九大盛会有感

海笑山吟擎日妍，春秋史笔贺佳篇。
东方狮醒威新显，古国龙腾梦正圆。
舵稳船坚斗枢耀，天清风好锦帆悬。
精雕前景同堂聚，万众豪歌唱大千。

2017.11

天　山

玉龙百万卧云间，辉日银冠耀永年。
塞北寒风御岩下，江南春色蕴峰巅。
胸怀农牧膏腴地，头顶生灵泽惠泉。
遥结昆仑连五岳，中华挂起艳阳天。

2017.12

江城子·习主席颁训令全军开训

一传训令地天摇。隼冲霄，舰犁涛。弹指苍穹，铁甲骋咆哮。密密电波旗猎猎，华夏沸，练兵潮。　　洪音在耳激情烧。志锤敲，技精雕。守卫和平，报国赤心交。他日倚天挥利剑，除恶鬼，灭凶獠！

2018.1

咏冬 八首

（一）

秋林无奈一宵风，摇落红黄枝叶空。
大野弥漫肃杀气，苍穹飘杳远征鸿。
玄冥不喜斑斓色，覆载都倡素雅功。
怪道吾随时变老，厚衣缩颈白头翁。

（二）

冬送寒门熬与煎，倚窗遥望忆当年。
檐间凌挂垂盈尺，头上云凝重似铅。
风雪饥肠不眠夜，经纶锥股读书天。
冰封万里浑无路，却信昆仑可蹑巅。

（三）

书生意气万夫雄，期效长征不世功。
月夜寒侵身拥草，星晨旗展眼迷风。
汗倾安矿沾煤黑，心向韶山仰日红。
千里行经茧如铁，笑看冰雪伴飘蓬。

（四）

岂当安逸老爷兵，拉练专挑三九行。
千里雪原圆缺月，万山石径苦甘程。
粘皮咬肉铁张口，陷阵涉流衣满冰。
长记温馨农户乐，拳拳共叙一家情。

（五）

才越高山又一梁，雪飞暮色更苍茫。
遥看村树三分白，隐透窗灯几点黄。
岩麓谁家鸡犬闹，柴门何处酒茶香。
军情未许乡情发，脚下征程仍漫长。

（六）

千军万马乘风来，北国无端战事开。
翻卷云低玉龙怒，驰腾野阔铁狮排。
电波密谱凯旋曲，导弹威奔破阵雷。
一俟灰飞烟灭后，银山瑶岭共传杯。

（七）

洋洋洒洒下天宫，六角琼花铺域中。
大爱仙人忙种玉，无情冬律自除虫。
素装世界清心肺，寒节柏松骄昊穹。
我愿乾坤长洁净，繁昌饱暖九州同。

（八）

堪叹人生有四时，却无冰月续春期。
童心唯赖高怀寄，骥志还凭秉烛驰。
休说当时牡丹好，应看今日腊梅奇。
咏冬不尽殷殷意，伫听冰开令入迷。

2018.2

五　律

农历二月初一，京城首降大雪。恰两会落幕在即，龙抬头诗人雅集次日举行。是以歌之。

天上春光老，梨花满世倾。
密集飘空宇，晶莹耀古京。
盛妆歌盛会，新咏颂新征。
六出琼仙子，来添诗客情。

2018.3

水调歌头·咏梅

院中晨雪里,忽现一枝花。绛红映衬皓素,艳美似娇娃。更有幽香暗送,增得冰姿韵媚,鹊雀亦来夸。笑绽孩童脸,喜庆漫邻家。　　凌寒立,孤自放,意高奢。莫非遭妒,青帝怜护独荫遮?远避群芳白眼,图报东皇圣德,寒岁献芳华。百感观仙影,把酒醉横斜。

2018.3

调寄清风满桂楼·阔别游子春日回故乡

春光满目。旷野斑斓,东君色盘倾覆。湍水送清波,承载着,千山鹊鸣莺语。农夫遍地走,唤醒了,苗抽芽吐。河边燕,精裁柳叶,绕丝绦舞。

风光撩心绪。一似儿时,翻观远非如故。今日赏花游,当年是,充饥遍寻食处。春荒变喜旅。更宏业,如春笋举。教游子,疑化令威唏嘘。

2018.3

月中桂

上海交大六八届学生毕业五十年后相聚母校，均古稀翁媪矣。

岁月匆匆，忆当年、学踪历历如昨。名师老校，聚九州年少，青春喷薄。数秋炉火炼，去俗质，修心换魄。一别天涯远，生根发芽，花果累枝著。　　悠悠五十年轮，笑重逢白头，情似浓酌。师恩厚重，念入心传道，随滋天角。共圆华夏梦，我辈幸，亲参实作。但愿人长久，同庆飞龙腾海岳。

2018.4

垂杨碧·郏县三苏墓①

天地广。瑞凤祥龙曾访②。妙乐钧天常可赏③。更喜峨嵋傍④。　　埋尽官场惆怅。长寄天涯绝唱。有幸中原文伯葬。更添诗脉旺。

2018.4

【注】

① 三苏：指一门三学士，苏洵及苏轼、苏辙父子。

② "瑞凤"句：史载，孔子周游列国时，曾传道于黄道，郏民受其教化。郏县曾一次现龙、两次落凤。

③ 传说，人类始祖轩辕黄帝曾在郏县钧天台观"钧天广乐"。

④ 三苏墓附近有小峨嵋山。

访三苏祠 二首

(一)

远祭三苏春已残,碑前未见百花删。
离川惊啸瞿塘险,入仕还嘘蜀道难?
学士沉浮游宦海,词章今古耀文坛。
官场不幸诗吟幸,如撒珍珠涌巨澜。

(二)

运舛时乖令世嗟,偏偏宿命忌才华。
花缘哀思容颜变①,树满乡愁躯干斜②。
不尽黄河长逝水,难淘青史巨吟家。
名随天际金星亮③,四季辉辉岂可遮!

2018.4

【注】
① 当地传说,三苏纪念堂前不管种什么花,都会逐渐变成白色。
② 三苏墓园中的松柏树都朝西南倾斜,人称代主思念四川故乡。
③ 金星,即太白金星,朝为启明,暮为长庚。

山坡羊·寄友人

何愁镜照，何悲波啸。何须浊泪牛山掉。练晨刀，读深宵。胸中永葆青春调。笑对山河言甚老。心，最怕小。神，最忌扰。

2018.5

咏槐花

容无桃色艳，绽不抢春先。
朴实如农女，清香赛玉莲。
年丰千树蜜，灾至万家筵。
自有高标在，世人偏爱怜。

2018.5

高 铁

一线分原野，驾风呼啸驰。
奔停云聚散，吞吐客流移。
山水遐成迩，时光疾变迟。
天涯小儿女，何用苦悲离。

2018.5

将军山

迁西山区自古为兵家必争之地,多出英雄豪杰。李勣(徐茂公)、戚继光、李运昌、宋哲元等均在此征战过。

历朝风雨伴葱茏,多少英雄征战中。
刀上仇凝雄万众①,心头血洒沃千峰②。
精神耿耿辉天地,气节昭昭壮柏松。
今日将军山下祭,林歌鸟唱彩云重。

2018.5

【注】

① 当年抗日队伍在此唱大刀歌,一时"大刀向鬼子们的头上砍去"的歌声响遍全国。

② 民族英雄戚继光当年在这里驻守战斗16年,写下了"繁霜尽是心头血,洒向千峰秋叶丹"的诗句。

春日小景

碧水流云夹柳烟,风筝摇曳扣青天。
童奔犬逐惊乌鹊,飞上枝头评纸鸢。

2018年

钗头凤·花园口

花园口。当年丑。直教青史伤心透。苍天暗。黄河泛。尸漂三省，殍横千垡。惨、惨、惨。　民需佑。豺应狩。放洪开坝情荒谬。浮雕览，游人撼。碑须长立，劫当常念。鉴、鉴、鉴。

2018 年

河南炎黄广场

炎黄云表立，浩荡率群贤。
华夏辉煌史，混元浓缩篇。
奔涛录雄步，唱鸟说新天。
我为狂吟啸，长歌古国翩。

2018 年

再版后记

拙作此前曾由人民出版社出版过《李栋恒将军诗词书法集》(1—4卷)，解放军出版社出版过《李栋恒将军诗词选》。中国书籍出版社新近与中华诗词学会组织出版"中华诗词存稿"，拙作入选。特增加近年新作诗词近百首一并付梓。一生戎马，深爱诗词，老至拙作得以再次结集奉世，就教于社会各届，实感幸甚。谨向中国书籍出版社、中华诗词学会及采薇阁诸同志表示由衷谢意！

李栋恒

2019年11月18日於北京拾慧斋